aufbau taschenbuch
AUFBAU VERLAGSGRUPPE

Vonne van der Meer, geboren 1952, debütierte 1985 mit »Het limonadegevoel en andere verhalen«, danach erschienen etliche Romane und Erzählbände, u. a. »De reis naar het kind« (1989, dt. »Die Reise zum Kind«, 1996). Der Roman »Inselgäste« ist 1999 in den Niederlanden erschienen und verkaufte sich bisher sechsstellig. 2002 erschien der Roman »Die letzte Fähre«, 2004 »Abschied von der Insel«, in denen Vonne van der Meer Geschichten aus den »Inselgästen« wieder aufnimmt und weitererzählt. Im Gustav Kiepenheuer Verlag erschien 2006 ihr Roman »Was du nicht willst«.

Im Ferienhaus »Dünenrose« auf einer Nordseeinsel geben die Saisongäste einander die Klinke in die Hand. Da kommen ein junges Paar, das versucht, eine zerbrochene Beziehung zu kitten, und ein verwitweter Mann, der seinem Leben ein Ende setzen will. Eine Zwanzigjährige hat gerade entdeckt, daß sie schwanger ist. Ein Mittvierziger, dem ein junger dynamischer Kollege vor die Nase gesetzt wird, grübelt über einen Ausweg aus seiner schier hoffnungslosen Situation. Und auch drei Studenten, die eine verzwickte Dreiecksgeschichte verbindet, tragen sich ins Gästebuch ein.

Aus sicherem Abstand kommentiert die Putzfrau das Kommen und Gehen der Besucher. Zu gern erführe sie mehr über deren Schicksale: »Ich weiß, daß ich unsichtbar bleiben muß ... Doch wünschte ich manches Mal, daß ich sehen könnte, was in dem Ferienhaus vor sich geht.« Zeuge all der Träume und Geheimnisse, die sich hinter den Eintragungen im Gästebuch verbergen, wird allein der Leser dieses hinreißend erzählten Sommerreigens.

Vonne van der Meer

Inselgäste

Roman

Aus dem Niederländischen
von Arne Braun

Aufbau Taschenbuch Verlag

Die Originalausgabe unter dem Titel
»Eilandgasten«
erschien 1999 bei Uitgeverij Contact,
Amsterdam/Antwerpen

ISBN 978-3-7466-2314-6

Aufbau Taschenbuch ist eine Marke
der Aufbau Verlagsgruppe GmbH

12. Auflage 2007

Umschlaggestaltung Preuße & Hülpüsch Grafik Design
unter Verwendung eines Fotos von Sophia Paeslack
Druck und Binden AALEXX Druck GmbH, Großburgwedel
Printed in Germany

www.aufbau-taschenbuch.de

Höchste Zeit, daß ich fertig werde. Wenn sie die Mittagsfähre genommen haben, können sie in einer halben Stunde hiersein. Einmal ist es mir passiert, daß ich sie unten am Muschelweg stehen sah, neben einem Handwagen voller Gepäck und Kinder – und ich hatte gerade verschwitzt und zufrieden die Tür hinter mir zugezogen und den Schlüssel unter den Abtreter gelegt. Diese Enttäuschung auf ihren Gesichtern. Seitdem weiß ich, daß ich unsichtbar bleiben muß. Wenn sie mich hier antreffen, fühlen sie sich weniger zu Hause, und wenn sie sich nicht zu Hause fühlen, werden es keine glücklichen Tage. Zwar wissen die Leute, daß sie dieses Haus für eine Woche oder zwei oder vielleicht gar einen ganzen Monat mieten, doch sie müssen so tun können, als ob es ihnen gehört. Mir würde das nicht schwerfallen. Von allen Häusern, in denen ich geputzt habe, ist mir »Dünenrose« das liebste. »Turmblick«, »Kornweihe«, »Jojanneke« und »Einkehr« habe ich im Laufe der Jahre abgestoßen. Schöne Häuschen, keine Frage, mit Fliesen und Linoleum auf den Fußböden, viel pflegeleichter als »Dünenrose«, aber es wurde mir zuviel, ich mußte mich entscheiden.

Für das Großreinemachen am Anfang der Saison plane ich anderthalb Tage ein, die Wäsche nicht mitgerechnet. Aber wieviel Zeit ich mir auch nehme, es endet immer damit, daß ich mich beeilen muß. Decken, Matratzenschoner und Vorhänge wasche ich am Ende der Saison. Zu Saisonbeginn bügle ich die Vorhänge, doch manchmal übersehe ich auch was. Im letzten Moment entdecke ich dann, daß sich der Saum der gelben Gardine im Elternschlafzimmer gelöst hat. Das muß ich in Ordnung bringen, denn ich weiß genau, wie es läuft: die Kinder kriechen morgens zu ihren Eltern ins Bett, reißen die Vorhänge auf, und ehe man sich's versieht, hängt der ganze Saum herunter.

Gut, daß ich gestern alle Fenster und Türen, von den großen Flügeltüren bis zur Durchreiche und zu den Dachfenstern, geöffnet und richtig Durchzug gemacht habe, um die Winterschlafluft zu vertreiben. Heute regnet es andauernd. Zwischen zwei Schauern habe ich den Kokosläufer rausgelegt, denn er riecht ein bißchen muffig, und noch einmal den Holzfußboden gesaugt. Das hatte ich gestern auch schon getan und am Ende der letzten Saison natürlich, doch aus den breiten Ritzen zwischen den Dielen kommt immer wieder Sand. Ich möchte wirklich mal wissen, wieviel Kilo ich da im Laufe der Jahre rausgesaugt habe. In diesem Jahr wird der Strand aufgeschüttet, überall liegen Rohre, so dick wie Baumstämme, aber eine direkte Verbindung mit meinem Staubsaugerschlauch wäre auch eine Lösung gewesen.

Dieser Kokosläufer müßte eigentlich mal ersetzt werden. Braun-orange gestreift, er dürfte schon an die dreißig Jahre alt sein, aus den Sechzigern, als Braun und Orange modern waren, obwohl ich mir nicht vorstellen kann, daß Herr Dünenrose ihn aus diesem Grund gekauft hat. Mit modern oder unmodern brauche ich ihm nicht zu kommen. Er hat nicht einmal ein Telefon. Ich habe ihm geschrieben, daß der Läufer im Wohnzimmer erneuert werden müßte und daß er einen neuen schicken oder Geld überweisen soll, damit ich in Harlingen etwas Hübsches aussuchen kann, aber darauf hat er noch nicht reagiert. Auch nicht auf den Brief, daß der Fernseher, seit ich denken kann, kaputt ist.

Um den Winter zu vertreiben, habe ich ein paar Kienäpfel auf den Tisch und aufs Fensterbrett gelegt, aber ich bin heute schon wieder so lange hier, daß ich nicht mehr weiß, wie es riecht. Oh, ich kann das Schiff schon hören.

Wenn ich es höre und noch hier bin, fühle ich mich wie Aschenputtel auf dem Ball. War der Kühlschrank nun zu? Habe ich eine neue Rolle Toilettenpapier in den Halter gehängt? Liegt eine Schachtel Streichhölzer neben der Büchse am Herd? Ist das Radio aus? Noch einmal durchs Haus, ruhig, zuerst werden die Gepäckwagen vom Schiff gefahren, dann erst dürfen die Passagiere herunter.

So ... Wenn sie ein Taxi nehmen, können sie jeden Moment hiersein. Ich muß gehen, aber es fällt mir nicht leicht, denn es ist vorläufig das letzte Mal, daß ich alles in Ruhe überprüfen kann. Im Spülschrank stehen Reinigungsmittel, über dem Eimer hängt ein neuer Scheuerlappen, zweimal gewaschen, sonst nimmt er keine Feuchtigkeit auf, und man gibt ihm die Schuld, wenn der Boden nicht sauber wird. »Die Gäste haben das Haus sauber zu hinterlassen« – so steht es im Mietvertrag und auf dem Zettel neben dem Durchlauferhitzer in der Küche. Ich werde nur fürs Großreinemachen am Anfang und am Ende der Saison bezahlt, darf, »falls erforderlich«, kleine Anschaffungen machen, und im Prinzip brauche ich dann den ganzen Sommer nicht mehr herzukommen. Aber es hat auch nie jemand gesagt, daß ich zwischendurch nicht mal nach dem Rechten sehen darf. Das darf ich schon.

Das Buch, das Gästebuch, wo soll ich das nur hinlegen? Auf dem Eßtisch ist es zu aufdringlich, auf dem Couchtisch sieht es zu sehr nach Zierde aus. Auf dem Bücherbord wird es Leuten, die nie lesen, vielleicht gar nicht auffallen. Ich will, daß sie es sehen. Ich finde es so traurig, wenn sie nichts hineinschreiben. Wenn sie ausgepackt haben und sich ein wenig umsehen, sollten sie es finden, dann denken sie später bei bestimmten Ereignissen vielleicht: Ah, das wäre etwas für das Gästebuch. Und dann bleibt nur zu hoffen, daß sie sich am Tag vor ihrer Abreise daran erinnern und sich nicht in letzter Minute mit ein paar Sätzen aus der Affäre ziehen. Daß das Wetter so herrlich war oder gerade nicht,

»aber wir haben uns dadurch nicht den Spaß verderben lassen«. Welchen Spaß? denke ich, wenn ich so etwas lese. Warum sind diese Menschen auf die Insel gekommen? Nach dem Geschirr zu urteilen, das hier innerhalb weniger Monate draufgeht, scheinen sie sich ganz schön abzureagieren. Manchmal wünschte ich, daß ich dieses Haus nicht nur sauberhalten würde, sondern daß meine Arme die Wände wären, meine Augen die Fenster. Daß ich sehen und hören könnte, was Haus »Dünenrose« erlebt.

Hier, auf das Eckbänkchen lege ich es. Wenn die Sonne untergeht und es zu kalt ist, noch einmal an den Strand zu gehen, sitzen die Gäste hier, denke ich. Wenn ich das Häuschen gemietet hätte, würde ich abends auf diesem Bänkchen sitzen wollen. Man überblickt den ganzen Badweg, bis zur letzten Düne vor der See. Es ist der schönste Platz, mit den Sträuchern, die sich am Haus hochranken. Wenn die Dünenrose im Mai blüht, sitzt man mitten in den Blüten. Ja, da lege ich es hin. Da liegt es, als ob es schon immer da gelegen hätte. Und die kleine Feder, die ich heute morgen am Waldrand gefunden habe, lege ich hinein, auf eine neue Seite, damit die ersten Gäste dieses Jahres das Buch gleich an der richtigen Stelle aufschlagen.

I

Ein quadratisches Häuschen, mit geteerten Brettern verkleidet. Anbauten an beiden Seiten, wie breite Hüften. Ob es Zimmer waren oder eine Küche oder ein Schuppen, war auf dem Foto nicht zu erkennen gewesen. Im Erdgeschoß große Flügeltüren, die auf eine von einem weißen Holzgeländer umgebene Terrasse führten. Dort würde Floris auf einer Decke in der Sonne spielen können. Direkt unter dem roten Ziegeldach befand sich noch ein kleines Fenster, und in dem Dreieck zwischen Fenster und Gesims ein schmales weißes Schild mit schwarzen Buchstaben: »Dünenrose« mußte dort stehen. Chiel war eines Abends, vor ungefähr fünf Wochen, mit einem Ferienhauskatalog nach Hause gekommen und hatte ihn aufgeschlagen auf ihren Schoß gelegt. »Schau, dieses Häuschen habe ich für eine Woche gemietet.« Das Haus hatte etwas Stabiles, Klares, sah sie sofort, all das, was ihr in letzter Zeit fehlte. Sie hoffte, daß die Bretter noch nach Teer riechen würden, Teer versetzte sie immer zurück in die Sommer ihrer Kindheit, zu den Kais, wo sie mit ihrem Vater die Fischerboote beobachtet hatte.

Dana hatte sich das Foto von Haus »Dünenrose« eingeprägt, doch nun, da sie dort hinfuhren, regnete es so stark, daß sie durch die Busfenster alles nur schemenhaft sah, es war nicht viel zu erkennen. Wenn Chiel sich mit ihr beraten hätte, statt sie zu überfallen, hätte sie sich vielleicht doch für einen Urlaub in einem warmen Land entschieden, für eine Insel mit einem exotischen Namen, wo man im April schon im Bikini herumlaufen konnte.

Sie hielten an einem Campingplatz, der »Stortemelk«

hieß, niemand stieg aus, es war noch viel zu kalt zum Zelten. »Stortemelk« – Milchsturz, komischer Name, er erinnerte sie an die Strahlen, die aus ihren Brüsten geflossen waren, als sie nach sechs Monaten aufgehört hatte zu stillen. Sie war noch nie auf Vlieland gewesen, hatte keine Ahnung, wie weit »Dünenrose« vom Hafen entfernt war, ob sie bald dasein würden oder gar schon vorbei wären, wenn der Fahrer vergessen hatte, ihnen Bescheid zu sagen. Dann würden sie noch ein ziemliches Stück zurücklaufen müssen, im strömenden Regen mit Floris und dem ganzen Gepäck, eine riesige Tasche allein mit Bettwäsche. Als ob sie nicht schon genug zu schleppen hätten. Floris war die ganze Fahrt über, zwei Stunden im Auto und anderthalb Stunden auf dem Schiff, hellwach gewesen, doch jetzt schlief er, mit dem Kopf an Chiels Brust. Warum hatten sie bloß kein Taxi genommen, sie wären längst da. Sie stieß Chiel an.

»Weißt du, wo wir raus müssen?«

»Nein, aber der Fahrer sagt uns Bescheid.«

Sie wußte nicht, ob es von der Busfahrt kam, sie fuhr fast nie Bus, oder davon, daß sie sich die Nase an der Fensterscheibe platt drückte und hinausspähte, doch sie erinnerte sich plötzlich ganz deutlich, wie es früher war, wenn sie von einer Klassenfahrt zurückkam: die Unruhe, wenn sie ihre Mutter nicht sofort unter den wartenden Eltern erblickte. Eine Unruhe, die noch dadurch verstärkt wurde, daß ihr übel war vor Müdigkeit und von den vielen Süßigkeiten. Wenn ihre Blicke sich dann fanden, hatte ihre Mutter sie in dem Bus voller aufgeregter Kinder längst entdeckt. Sie merkte es daran, wie sie sie ansah, wie sie winkte. Manche Mütter standen nur da und schwatzten, die schauten gar nicht hin.

Vielleicht erkennt das Haus ja uns, dachte sie, es steht schließlich auf einer Düne, vielleicht hat es uns schon kommen sehen.

Der Bus fuhr langsamer, Dana wischte über das beschlagene Fenster und schaute angestrengt zu den Häusern auf der rechten Seite. »›Kornweihe‹, ›Brummtopf‹, ›Marianna‹, ›Suzanna‹, ›Veronica‹«, sagte der Fahrer und hielt am Straßenrand. Unwillkürlich blickte sie Chiel an, um zu sehen, ob er beim Hören eines dieser Frauennamen reagierte, aber er verzog keine Miene, sein Kinn ruhte noch immer auf dem Kopf von Floris. Das Geräusch, mit dem sich die Türen öffneten, glich einem tiefen Seufzer, als habe der Bus ihre Gedanken erraten. Sie hatte Chiel nie gefragt, wie sie hieß, diese Frau in Berlin. Bewußt nicht. Er hatte ihr erzählt, daß sie in der DDR aufgewachsen sei und daß sie als Dolmetscherin arbeite. Mehr wollte Dana nicht wissen. Wenn sein Betrug einen Namen hatte, war er schwerer zu vergessen. Angenommen, es wäre ein häufig vorkommender Name, wie Eva oder Marianne, dann würde sie jedesmal, wenn er fiele, wieder daran erinnert werden. Sie wurde schon oft genug daran erinnert. Wenn jemand sagte, daß er zu einem Kongreß fährt, zum Beispiel. Kongreß war seit Berlin ein Wort wie Bordell oder Sauna.

Ein Ehepaar mit etwa fünfjährigen Zwillingen stieg aus. Zuerst die Frau mit den Kindern, der Mann reichte ihr hastig die Koffer, während er immer wieder ängstlich zum Fahrer blickte, als fürchte er, daß der Bus schon abfahren könnte. Dana paßte auf, daß nicht aus Versehen eine Tasche von ihnen ausgeladen wurde. Floris konnte ohne seinen Schlaflappen, ein zerrissenes blau-grau kariertes Geschirrtuch, nicht einschlafen, seine Tasche durfte nicht wegkommen. Während sie in Gedanken durchging, was in welcher Tasche war, fiel ihr auf einmal wieder ein, was sie vergessen hatte: ein dickes Buch. Schon seit Wochen hatte sie es lesen wollen. Aber sie wußte nicht mehr, wo es lag.

Alle Koffer und Taschen des Paares mit den Zwillingen standen am Straßenrand. Der Mann nickte dem Chauffeur zu, wischte sich den Schweiß von der Stirn und winkte auch ihnen erleichtert. Dana nickte abwesend. »Die unendliche Geschichte«, so hieß das Buch. Sie hatte es von ihrem Vater zum dreißigsten Geburtstag bekommen. Ob es etwas für sie war, wußte sie nicht, sie hatte erst ein paar Seiten gelesen, aber die Geste hatte sie gerührt. Meistens kaufte ihre Mutter die Geschenke für die Kinder, manchmal schickte er auch seine Sekretärin los, doch dieses Buch hatte er selbst ausgewählt. »Es scheint für Kinder und Erwachsene zu sein«, hatte er gesagt, und da sie nun Mutter sei ...

Der Bus nahm eine scharfe Kurve, und automatisch sah sie zur anderen Seite. Chiel hatte seine freie Hand schon um Floris gelegt. Seit Berlin kümmerte er sich ständig um ihn. Das hatte gleich bei ihrem Wiedersehen in Schiphol angefangen. Als versuchte er, über das Kind zu ihr zurückzukommen und, indem er hartnäckig den Vater spielte, auch wieder ganz ihr Mann zu werden. Floris spürte nichts von der Kurve, der Hand oder den Blicken, die über seinen Kopf hinweg gewechselt wurden. Manchmal brauchte man nur ein Bein zu strecken, schon wachte er auf, und ein anderes Mal hätte man sich getrost mit ihm in eine Achterbahn setzen können. Ein Motorrad, das unter seinem Schlafzimmerfenster aufheulte, störte ihn nicht, aber als sie eines Abends in der Badewanne einen Weinkrampf bekommen hatte, war kurz darauf aus dem Kinderzimmer auch sein Weinen zu hören gewesen, wie ein Echo. Chiel hatte ihn aus dem Bett geholt und sich mit dem weinenden Kind auf den Wannenrand zu seiner Frau gesetzt und nicht gewußt, wen er zuerst trösten sollte. Sie hatte sich schnell einen Waschlappen aufs Gesicht gelegt. »Mama aua?« – »Nein, Mama erkältet.«

Der Bus wurde langsamer. »›Amsel‹, ›Turmblick‹, ›Dünenrose‹«, sagte der Fahrer. Wieder öffneten sich die Türen mit einem Seufzer. Nicht mehr dran denken, dachte Dana, sechs zermürbende Wochen sind genug. Es muß vorbei sein. Ich will mich nicht mehr wegen jeder Kleinigkeit über ihn ärgern. Wenn ich mir das vornehme, gelingt es auch: Es ist vorbei. Das war mein letzter Seufzer.

Sie stand auf und holte tief Luft. Salz, sie roch es sofort, sie brauchte nur die Dünen zu überqueren und war am Meer. Ihr Blick fiel auf ein Haus mit rotem Ziegeldach und geteerten Brettern. Sie lächelte unwillkürlich. »Da, unser Haus«, sagte sie, mehr zu sich selbst als zu ihrem Mann und ihrem Sohn.

Es hatte etwas Aufregendes, einen Schlüssel, den sie nicht selbst dort hingelegt hatte, zu einem Haus, das nicht ihnen gehörte, unter dem Abtreter hervorzuholen. Als sie die Tür nicht sofort aufbekam, ertappte sie sich dabei, daß sie sich ängstlich umschaute, und als Floris quengelnd wach wurde, versuchte sie schnell, ihn zu beruhigen. Sie nahm Chiel das Kind ab und gab ihm den Schlüssel; und nachdem er ein paarmal daran gerüttelt hatte, mit geschlossenen Augen, weil er sich so besser konzentrieren konnte, ging die Tür auf. Er tat einen Schritt zur Seite, machte eine ritterliche Geste: Treten Sie ein, und lief den Weg zurück, um den Sportwagen zu holen und die Taschen, die noch am Zaun standen.

Sie schaute in den schmalen Flur, von dem vier Türen abgingen und eine Treppe. Glänzend lackierte Türen, meergrün, in einem etwas dunkleren Rahmen. Das Linoleum auf dem Fußboden war beige-grau, fast dieselbe Farbe wie der Muschelweg hinter ihr. Bevor sie das Haus betrat, putzte sie sich gründlich die Schuhe ab. Floris schob die Unterlippe vor, zögerte, ob er betreten schweigen oder doch lieber wieder weinen sollte. Um ihn zu beruhigen, begann Dana, ihm alle Dinge, die sie sah, zu zeigen und beim Namen zu nennen. Verlegen, weil es doch unhöflich war, in einem fremden Haus einfach so eine Tür zu öffnen, legte sie ihre Hand auf die erste Türklinke.

»Guck, die Toilette.«

Als kleines Kind hatte sie überall, wo sie mit ihren Eltern gewesen war, bei Verwandten, in Restaurants, zuerst die Toilette sehen wollen. Komisch, wie oft sie, seit sie Mutter war, an ihre Kindheit zurückdachte, an manchen Tagen ständig. Diese Toilette war in Schuß, das Klobecken sauber, das Waschbecken auch, und es roch nach grüner Seife. Eine neue Rolle hing im Halter und darüber ein handgeschriebener Zettel: »Denk nicht, wenn du das letzte Blättchen abgerissen, der nächste wird sich schon zu helfen wissen.« Die Schlaufen der Buchstaben waren auffällig groß, wie Flügel.

Kichernd zog sie einen gestreiften Plastikvorhang auf und wieder zu und schluckte gerade noch das Wort Dusche hinunter. Schon bei dem Wort flippte Floris aus. Zu viel Lärm, zu viel Gespritze. Es gab keine Badewanne in diesem Haus, hatte sie im Katalog gesehen, aber bestimmt eine Waschschüssel, in der sie Floris baden konnten. Sie wollte die gegenüberliegende Tür öffnen, war wieder versucht zu klopfen, tat es aber nicht. Das Haus gehörte ihnen, sie konnte überall hineingehen, sich setzen, legen, laut singen, lachen, bei offener Tür pinkeln. Sie hatten es für eine ganze Woche gemietet und bezahlt.

Die Tür führte in ein kleines Schlafzimmer. Schlafzimmer im Erdgeschoß, das war immer so in Ferienhäusern. Vor dem Fenster hingen altmodische grüne Gardinen mit gelben und roten Blümchen, die das Zimmer in ein grünliches Licht tauchten. Floris sah in diesem Licht aus, als wäre er seekrank, ein seekrankes Fischlein in einem Aquarium. Sie zog die Vorhänge auf. Draußen, auf der Straße, stieg ein Mann von seinem Fahrrad, streifte sich sein gelbes Regencape über den Kopf und schüttelte die Tropfen ab. Dana setzte Floris neben dem Bett ab, damit er etwas zum Festhalten hatte. »Bett«, sagte sie. »Nicht Floris' Bett. Floris' Bett steht woanders.« Es mußte hier irgendwo ein Kinderbett geben und einen Kinderstuhl.

Auf der Matratze lagen ein Matratzenschoner, sauber

offenbar, ein Kissen und zwei karierte Decken. Zu Hause hatten sie auch Decken. Sie mochte es, wenn sie richtig festgesteckt wurden, das war besser, als wenn einem jemand nur das Federbett zurechtzog. Ihre Mutter hatte sie früher immer ganz fest eingepackt. Dana hatte manchmal ein Spiel daraus gemacht: die Kunst bestand darin, die ganze Nacht still liegenzubleiben und morgens, ohne Laken und Decke herauszuziehen, aus dem Bett zu schlüpfen, wie ein Brief aus einem Kuvert rutscht, das nicht zugeklebt ist. Dann war ihre Mutter früh ins Zimmer gekommen und hatte erstaunt getan: »Guck dir das mal an, Gerard, Daantje hat heute nacht nicht zu Hause geschlafen.« Darüber mußten ihre Eltern furchtbar lachen, jedesmal wieder, und dann fragten sie sich, wo sie in dieser Nacht wohl gewesen sei, bei wem?

Als sie früh um acht im Hotel angerufen hatte und Chiel nicht in seinem Zimmer gewesen war, hätte sie es schon wissen müssen. Acht Uhr ist die beste Zeit, mich anzurufen, hatte er gesagt, dann bin ich auf jeden Fall wach, aber noch nicht weg. Sie hatte den Mann an der Rezeption noch fragen wollen, ob ihr »Ehemann« vielleicht gerade beim Joggen sei, aber sie war sich auf einmal nicht mehr sicher, was das auf deutsch heißt.

Schnaufend stellte Chiel die letzte Tasche im Flur ab und wischte sich mit dem Handrücken den Regen aus dem Gesicht. Das Regenwasser war salzig, schmeckte nach Meer, Chiel konnte sich nicht erinnern, wann er diesen Geschmack zum letzten Mal auf den Lippen gespürt hatte. Er hatte sich beeilt, das ganze Gepäck so schnell wie möglich ins Trockne zu schaffen, doch als er die Haustür hinter sich zuzog, sah er, daß es aufgehört hatte zu regnen. Er hätte sich nicht so ins Zeug legen müssen. Aber er konnte nicht anders, sein Bestes zu geben war ihm in letzter Zeit zur zweiten Natur geworden. Er sah Dana in dem Zimmer gleich neben der Eingangstür stehen, über das eiserne Bettgestell gebeugt. Sie roch an den Decken. Ihre Nase, davor hatte er am meisten Angst gehabt. Daß sie es sofort riechen würde. Daß sie es riechen und schmecken würde, das Salz auf seinen Lippen. Als er wieder im Hotel gewesen war, hatte er bestimmt eine halbe Stunde in der Wanne gelegen, um die Nacht aus seinen Poren zu weichen.

Dana drehte sich um. »Was guckst du so?«

Er verjagte die Erinnerung mit einem Grinsen: »Dana, der Drogenhund.« Er bückte sich und hob Floris hoch in die Luft. »Ist das was, gefällt es euch ein bißchen?«

Zu dritt besichtigten sie in aller Ruhe das Haus. Die Küche war geräumig, mit einer niedrigen Anrichte aus Granit und einem schwarz-weiß gefliesten Spülbecken. In der Wand zum Wohnzimmer befand sich eine Durchreiche. Vor einem Fenster mit Blick auf die Dünen stand ein Glas, das einmal Nescafé enthalten hatte, gefüllt mit Zucker, daneben lagen ein Päckchen Kaffee und eine Packung Teebeutel.

»Hinterlassenschaft der vorigen Bewohner?« fragte Chiel.

»Ich glaube, wir sind die ersten in diesem Jahr.«

»Woher weißt du das?«

»Die Decken riechen noch nach Waschpulver.«

Nachdem er begriffen hatte, wozu die Durchreiche diente, wollte Floris nicht mehr auf dem Arm seiner Eltern ins Zimmer, sondern nur noch durch die Luke, und Dana ging ins Wohnzimmer, um ihn Chiel abzunehmen. Wieder fing sie an, Floris alles zu zeigen und laut beim Namen zu nennen: Eßtisch, Blumen, Korblampe, Stühle, Fernseher, Aschenbecher aus Glas – nein, nicht anfassen –, Kinderstuhl, Sofa, Couchtisch. Gardinen mit Blumen oder fleischfressenden Pflanzen – was soll es sein? –, Ofen, Bücherbord. Sie setzte Floris neben dem Couchtisch ab und öffnete eine Tür, die zu einem weiteren Schlafzimmer führte.

Ein Doppelbett nahm fast den gesamten Raum ein, neben der Tür war nur noch Platz für einen schmalen Schrank, in dem Kleiderbügel hingen. Schon seit Jahren wahrscheinlich, das Metall fühlte sich rauh an, als sei die salzige Luft sogar in den Schrank gedrungen. An den beiden Fenstern hingen gelbe Gardinen. Sie liebte diese Farbe, man hatte selbst an grauen Tagen das Gefühl, daß schönes Wetter sei. Sie streckte sich auf dem Bett aus, sah, daß es keine Nachttischlampen gab, wohl aber eine Steckdose kurz über der Scheuerleiste neben dem Bett. Sie würde eine der Stehlampen aus dem Wohnzimmer hierherstellen, denn sie wollte unbedingt im Bett lesen, und bevor sie es wieder vergaß, mußte sie Chiel doch einmal fragen, ob er »Die unendliche Geschichte« irgendwo liegen sehen hatte. Sie richtete sich auf, und im selben Moment fiel ihr ein, daß in dem anderen Zimmer ein Ofen stand, zu dem Floris hinkrabbeln konnte.

Vorsichtig berührte sie mit den Fingerspitzen die gußeiserne Ofenklappe, aber die war ungefährlich lauwarm. Trotzdem war es nicht feucht oder winterklamm im Haus, jemand mußte den Ofen heute eine Zeitlang höher gedreht haben, um die Kälte aus dem Haus zu jagen.

Floris schlug mit der flachen Hand auf den Tisch und schaute sich um. Sein Mund stand auf, er sabberte vor Aufregung. Was sah er? Bestimmt nicht dasselbe wie sie. Er sah ein Sofa mit großen weichen Kissen, die er herunterziehen konnte, während sie, wenn sie dasselbe Sofa ansah, nur denken konnte, wie häßlich sie es fand. Ein braunes Holzgestell mit schrägen Armlehnen und einer auffallend hohen Rückenlehne; die quadratischen Kissen waren mit einem unverwüstlichen, grob gewebten, kackbraunen Stoff bezogen.

»Worüber lachst du?« Chiel legte seinen Arm um sie.

»Über die Einrichtung, das Sofa vor allem, wie aus der Vorkriegszeit.«

»Es ist nur für eine Woche.«

Schon als dieser Urlaub zum ersten Mal zur Sprache gekommen war und sie sich über das Foto von »Dünenrose«

gebeugt hatten, war Dana nicht entgangen, wie gern er wollte, daß seine Wahl, seine Überraschung, ihr gefiel.

»Es macht auch nichts«, sagte sie, »sauberes Klo, der Ofen funktioniert, keine Kuhlen in der Matratze. Es ist ein prima Haus, wirklich.«

»Aber dieses Braun. Das Sofa hat genauso eine Farbe wie das Zeug aus dem Glas, mit dem wir Floris manchmal gefüttert haben. Was für ein Stil ist das? Oisterwijk?«

»Ostdeutsch.«

Es war ihr herausgerutscht. Sie hatte es einfach so gesagt und meinte nichts anderes damit, als daß das Möbel ein wenig ostblockartig aussehe.

Chiel wandte sich mit rotem Kopf ab und beschloß, so zu tun, als hätte er es nicht gehört. Kongreß stand seit etwa sechs Wochen auf der Liste belasteter Wörter, doch Ostdeutschland nun offensichtlich auch. Das konnte ja noch heiter werden ... Er streckte sich. »Hast du schon irgendwo ein Kinderbett entdeckt?«

»Nein. Unter dem Bett im Aquariumzimmer vielleicht?«

»In welchem Zimmer?«

»Gegenüber dem Klo. Aber vielleicht auch oben, da bin ich noch nicht gewesen. Ich schau gleich mal ...«

»Nein, ich gehe schon.«

Er eilte aus dem Zimmer und zog die Tür hinter sich zu, um so schnell wie möglich unsichtbar für Dana zu sein. Langsam stieg er die schmale, steile Treppe hinauf. Es war doch nicht seine Schuld, daß sie dahintergekommen war? Wenn es nach ihm gegangen wäre, hätte er es geheimgehalten. Geheim, ein schwerwiegendes Wort für eine Nacht mit einer anderen Frau. Es müßte ein Wort geben für etwas, das man lieber für sich behält, eins, das weniger gewichtig ist.

Oben stieß er auf eine Tür mit einem kleinen weißen Metallschild, auf dem in schwarzen Buchstaben PRIVAT stand. Er konnte es nicht lassen und legte seine Hand auf die Klinke, doch die Tür gab nicht nach. Diese Nacht mit

Helga hätte auch ein verschlossenes Zimmer bleiben müssen, von dem Dana nichts wüßte. Helga wohnte in Berlin, in einer Wohnung mit verschlissenem Linoleum auf dem Fußboden, das an den Scheuerleisten schon abbröckelte. Ein Bett, ein Küchentisch, an dem sie aß, arbeitete, Briefe schrieb, mehr stand dort nicht. Eine Wohnung, die so kahl war, daß er dachte, sie sei gerade dabei umzuziehen. Das hatte er sie auch gefragt. Sie hatte gelacht. Nein, so müsse es sein, so sehe es hier immer aus. Von dem Gehalt, das sie als Dolmetscherin verdiene, unterstütze sie ihre Mutter. Sie sei schon froh, daß sie eine Wohnung für sich allein habe; was für sie selbst übrigbleibe, gehe für Miete, Essen und Kleidung drauf. Während sie von den Problemen erzählte, sah sie ihn mit ihren großen braunen Augen unverwandt an, und er fragte sich, wie er ihr helfen könnte. Sie kannten sich jetzt seit drei Tagen, suchten ständig die Gesellschaft des anderen. Er durfte ihr doch wohl – einfach als Freund – etwas Geld anbieten: Hier, nimm es bitte an, für einen Teppich, einen guten Schreibtischstuhl oder eine bessere Lampe zum Arbeiten. Schäm dich nicht; als ich nichts hatte, ist mir auch geholfen worden. Doch je weiter der Abend fortschritt und die Flasche Wodka sich leerte, desto weniger dachte er ans Helfen, sondern nur noch ans Habenwollen. Und nachdem er die Nacht mit ihr verbracht hatte, wußte er überhaupt nicht mehr, wie er auf unverfängliche Weise seine Brieftasche zücken sollte, ohne wie ein Kunde zu wirken, ein Wessi, ein Großkotz. Sie war eine gut ausgebildete Dolmetscherin, sprach Russisch, Englisch, Niederländisch, er hatte Angst, sie zu beleidigen.

Später hatte er doch noch eine Lösung gefunden. Als er wieder in seinem Hotelzimmer war und triefend aus der Wanne kam, sah er das Buch auf seinem Nachtschränkchen liegen. Ein prächtiges, dickes, gebundenes Buch, in dem er noch keine Seite gelesen hatte, es sah aus, als käme es geradewegs aus dem Laden. Sie hatten es zu Weihnachten bekommen, Dana oder er, zusammen wahrscheinlich, von wem, wußte er nicht mehr, Danas Familie war zu Weihnachten immer sehr großzügig mit Büchern. Beim Mittagessen am letzten Kongreßtag hatte er es Helga geschenkt. Ein deutsches Buch in niederländischer Übersetzung, sie hatte sich darüber gefreut, fand es passend, aber eine unendliche Geschichte würde ihre gemeinsame Nacht wohl nicht werden? Nein, hatte er geantwortet, das würde sie nicht, in diesem Punkt sei er doch vom ersten Moment an sehr ehrlich gewesen? Er sei verheiratet und »nicht einmal unglücklich«, er sei sogar schon Vater.

Unten hörte er Dana mit Floris reden. Er konnte jedes Wort verstehen. So nah war sie in jener Nacht auch gewesen. Er hatte sie nicht vor sich gesehen, als er Helgas Bluse aufgeknöpft hatte, aber sie war dagewesen, die ganze Zeit.

»Nein, den Fernseher machen wir jetzt nicht an. Erst heute abend, genau wie zu Hause. Pfui! Aschenbecher. Erst wird Papa Floris' Bett aufbauen, dann werden wir es beziehen ... Ja, Kienapfel. Riechst du den Wald? Nicht in den Mund!«

Er hatte das Kinderbett längst entdeckt, auf dem Treppenabsatz, es lehnte zusammengeklappt am Geländer, daneben lag eine Matratze. Er hatte hier nichts mehr zu suchen. Außer der verschlossenen Tür, an der PRIVAT stand, gab es noch ein Zimmerchen hier oben, hellblau gestrichen, mit einem kleinen Fenster, das Aussicht auf die Dünen bot. Ein schöner Platz zum Briefeschreiben. Es hatte etwas von einer Zelle oder einer Kapelle, wenn man sich die Möbel wegdachte.

Er hatte Helga nicht nach ihrer Adresse gefragt, wollte sich nicht in Versuchung bringen, sie noch einmal anzurufen, ihr zu schreiben oder sich mit ihr irgendwo in Europa zu verabreden. Sie war beruflich viel unterwegs, es wäre ganz einfach gewesen, aber er wollte es nicht. Nicht noch verwirrter werden, als er ohnehin schon war, wenn er an jene Nacht dachte. Nicht, daß sie anfangen würde, sich nach ihm zu sehnen, ihn wiedersehen wollte, mal hier, mal da. Er mochte kein zerrissenes Leben führen, mit noch mehr Erinnerungen, die er Dana verschweigen mußte. Er war übermütig gewesen. Er vertrug keinen Wodka, er wußte es, und doch hatte er zwei Gläser getrunken, weil er einmal vergessen wollte, wer er war, wessen Mann, wessen Vater. Komischerweise fühlte er sich seit jener Nacht mehr denn je als Ehemann und Vater. Ein Vogel, der kreischend sein Nest bewacht.

Er stützte sich mit den Händen auf die Tischplatte, beugte sich vor, um aus dem Fenster sehen zu können. Ihr Häuschen stand auf einer Düne, inmitten anderer Dünen mit Häuschen wie diesem, manche größer, neuer. Der Abstand zwischen den Häusern war groß genug, man konnte sich nicht gegenseitig ins Fenster schauen und nicht die Gespräche der anderen hören, wenn man draußen saß.

Er sah zu dem Haus, das ihrem genau gegenüberlag, in einer Dünenkuhle auf der anderen Seite des Badwegs. Wenn er sich beklommen fühlte, half es ihm immer, sich vorzustellen, daß in einem anderen Haus, neben ihm oder gegenüber, ein Mann herumlaufen würde, der das alles auch schon einmal erlebt hat, der ihn versteht und ihm väterlich zunickt. Doch die grünen Fensterläden des Hauses gegenüber waren geschlossen, die Saison hatte gerade erst begonnen. Die Straße, auf der sie gekommen waren, lag wie ausgestorben da, am Rand standen große Pfützen. Ihm fiel ein, daß auf der Insel keine Autos erlaubt waren, nur Busse, Taxis und die Autos der Bewohner. In der Ferne hörte er das Meer rauschen. Es war so still hier, daß er das Gefühl hatte, man könne seine Gedanken hören, Wort für Wort, als flüstere er sie jemandem ins Ohr.

Die Lügen hatten schon auf dem Flughafen angefangen. Er war halb fünf gelandet und hatte ausgerechnet, daß Dana, wenn sie ihn abholen wollte, schon um drei hätte losfahren müssen. Weil Floris da noch schläft, war er sicher, daß sie nicht dasein würde, er wollte den Zug nehmen. Aber sie stand da, er sah sie schon von weitem wegen des gelben Luftballons, den sie Floris ans Handgelenk gebunden hatte. Sie winkte, ließ Floris winken, und der Ballon winkte mit. Linkisch umarmte er sie, ihrem Mund ausweichend, und verhedderte sich dabei in der Schnur. Gereizt schlug er den Ballon weg, er konnte sie nicht küssen, nicht einmal flüchtig, wie sie es sonst in der Öffentlichkeit taten. Trotz all seines Badens, endlosen Zähneputzens, des Frühstücks und Mittagessens und etlicher Gläser Mineralwasser hatte er Angst, daß Dana den Verrat schmecken würde. Vor noch nicht einmal vier Stunden hatte er Helga zum letzten Mal geküßt. Um seine Verwirrung zu verbergen, stürzte er sich auf Floris. Seine Hände zitterten, als er seinem Sohn die blau-weiß gestreifte Mütze über die Ohren zog.

»Wie ist die Ohrenentzündung verlaufen«, fragte er, »ist das Fieber wirklich ganz weg?« Ich schwatz mich schon irgendwie aus der Affäre, dachte er dabei. Wenn wir erst einmal im Auto sitzen, kann ich so tun, als müßte ich auf den Weg achten, zu Hause kann ich im Badezimmer verschwinden, »mich frisch machen nach der Reise«, und danach muß ich dringend in mein Arbeitszimmer, um im Büro anzurufen, und morgen habe ich alles vergessen, habe ich nichts mehr zu verbergen, bin ich wieder ein Mann ohne Geheimnis.

Es war, als würde alles, was sie fragte, auf Helga hindeuten, als sei Helga ein Magnet, der jeden Satz, den Dana sagte, mit aller Kraft anzog. »Du warst kaum eine Stunde weg, da sank das Fieber schon«, sagte sie, während sie zum Ausgang gingen. »Ich glaube, er hat gespürt, daß wir zusammen weg wollten. Ich hätte ihn gut und gerne noch zu meinen Eltern bringen und einen späteren Flug nehmen können.« Er sagte nicht: Ja, das hättest du tun sollen. Er brachte es nicht über die Lippen. Vielleicht wiederholte sie deshalb immer wieder, wie schade es sei, wie schade, daß Berlin, die erste Möglichkeit seit Floris' Geburt, mal ein paar Tage zusammen wegzufahren, ihr durch die Lappen gegangen war. Wenn ich erst einmal am Steuer sitze, dachte er.

Aber es kam anders. Sie wollte fahren, sie bestand darauf. »Du bist müde, du siehst blaß aus, deine Hände zittern.« O Gott, sah sie denn wirklich alles? »Ja, ich bin müde, schlecht geschlafen heute nacht.« – »Das sieht man dir an. Ich fahre.« Ausnahmsweise hatte sie sich gemerkt, wo sie das Auto geparkt hatte, und lief, mit den Schlüsseln klingelnd, schnurstracks darauf zu, in ihren nagelneuen schwarzen Halbstiefeln. Schon bei der ersten Frage, die sie stellte, hatte er das Gefühl, in die Falle gelockt zu werden. Nicht gelockt, er saß schon drin, mit dem Sicherheitsgurt festgezurrt, kein Steuer in der Hand, an dem er sich festhalten konnte, kein Sohn, auf den er sich stürzen konnte, denn der saß hinten auf dem Kindersitz mit seinem Luftballon, vor sich ein Tischchen mit Klappern. Es war, als ob Dana genau wüßte, worauf sie mit ihren Fragen zielte, als ob sie ihn nur ein wenig zappeln lassen wollte.

»Und, hast du noch was vom alten Ostberlin gesehen?«

»Ja, ein bißchen.«

»Ist noch was übrig von der Mauer und den Vierteln auf der anderen Seite?«

»Ja, schon.«

»Und was? Wird das nicht alles saniert?«

»Wenn man die Leute zu Hause besucht, sieht man schon einen Unterschied.«

»Du bist bei jemandem zu Hause gewesen, wie schön. Daß du dafür noch Zeit hattest. Ich denke, es war so ein volles Programm?«

Sie sah ihn aufrichtig neugierig an. Schnell schaute er weg, starrte auf ihre schwarzen Stiefel, Wildleder mit Lederspitze, die sie extra für Berlin gekauft hatte, wie er sich jetzt erinnerte. Er geriet so aus der Fassung bei dem Gedanken an all die Fragen, die sie in ihrer Unschuld noch stellen würde, und daß ihm dann nichts anderes übrigbliebe, als Helgas Wohnung zu beschreiben – die einzige Wohnung, die er in Berlin von innen gesehen hatte, Helgas Wohnung, aber ohne Helga, als sei sie ein Leichnam, dessen er sich entledigt hatte –, daß ihm Tränen in die Augen stiegen. Schnell wischte er sich mit dem Handrücken über die Augen, und ehe sie weiter fragen konnte, fing er an, von den Problemen der Ostberliner zu erzählen.

Dana schwieg.

»Es ist doch etwas anderes, wenn man die Leute zu Hause besucht und sieht, wie wenig sie haben. Das war schon verwirrend.«

»Ja, das merke ich.« Sie sagte auf der ganzen Fahrt nichts mehr, als sei sie nun diejenige, die etwas zu verbergen hat.

»Buch, ja, rotes Buch«, hörte er sie eine Etage tiefer zu Floris sagen. »Gib es mir.«

»Ich habe das Kinderbett gefunden«, rief er hinunter.

»Schön.«

»Soll es in das Vorderzimmer, oder legen wir ihn hierher?«

»Nein, nach unten.«

Er hätte Floris lieber oben gehabt, damit er nicht von jedem Schritt, von jedem Seufzer seiner Eltern aufgeweckt werden würde, aber er wollte Dana nicht widersprechen. Seit sechs Wochen widersprach er ihr sowenig wie möglich. Er lauschte, nicht auf das, was sie sagte, sondern auf ihren Ton. Sie klang entspannt. Wahrscheinlich hatte sie mit dem »Ostdeutsch« nichts anderes gemeint, als daß dieses braune, klobige Sofa sie daran erinnerte. Viel hatte er ihr nicht von Helga erzählt, Gott sei Dank hatte sie fast nichts gefragt. Außer, ob es sich bei den »Leuten«, bei denen er gewesen war, vielleicht um eine Frau gehandelt haben könnte? Und ob er mit dieser Frau geschlafen habe? Wie sie sich kennengelernt hätten? Oh, bei einem der Diners während des Kongresses? Ja, diese Kongresse sollten eigentlich verboten werden. Und Tanzen mit wildfremden Frauen auf Kongressen erst recht.

An ihrem lakonischen Ton hatte er gemerkt, daß sie es sich vorstellen konnte. So was konnte passieren, wenn man ein paar Tage allein in der Fremde war. Und weil sie es sich vorstellen konnte, konnte sie ihm verzeihen. So hatte sie es später auch gesagt: Es hätte mir genauso passieren können, laß uns davon aufhören. Ich verzeihe dir. Er fand, daß es ein wenig feierlich klang, aber ihr sei auch feierlich zumute, sagte sie, genau wie damals, als sie entdeckt habe, daß sie ein Kind von ihm wollte. Sie hatte ihn ruhig angesehen, doch kurz darauf war sie aufgesprungen. Er hörte, wie die Wanne vollief, und durch das Geräusch des strömenden Wassers hindurch hörte er noch etwas anderes. Sie weinte. Er wartete, aber sie hörte nicht wieder auf. Als er mit Floris auf dem Arm ins Bad kam, legte sie sich schnell einen Waschlappen aufs Gesicht, weil sie nicht wollte, daß ihr Kind sie so sah. Bis zu diesem Moment mochte er sich vielleicht noch ein wenig als Don Juan gefühlt haben, aber das war sofort vorbei, als er sie sah, nackt, bis auf den grünen Waschlappen, und sich erinnerte, was sie über Vergeben gesagt hatte.

Wenn sie ihm vergab, was machte das aus ihm? hatte er sich im Badezimmer gefragt, und jetzt fragte er es sich wieder. Ein Betrüger war er nicht mehr, nachdem er ihr alles gebeichtet hatte. Daß er ihr die Arglosigkeit genommen hatte, war vielleicht noch das Schlimmste, schlimmer als der Betrug selbst. Er konnte keine passende Bezeichnung für sich finden. Sünder war auch wieder so ein schweres Wort, so wollte er nicht genannt werden. Gab es nicht eins, das dasselbe bedeutete, aber nicht so altmodisch klang, einen nicht so in die Tiefe zog? Er schaute auf die Häuschen in der Ferne, sah irgendwo ein Licht angehen, aber keine Menschen in den Zimmern, keinen Mann, der zufällig am Fenster stand und ihm zunickte.

Floris reichte ihr ein Buch, das auf der Eckbank lag. Er konnte noch nicht richtig laufen, und als er sich zu ihr umdrehte, verlor er fast das Gleichgewicht. Sie nahm ihm das Buch mit einer Hand ab, während sie mit der anderen seinen Arm ergriff und sich umsah, ob es irgendwo eine scharfe Kante gab. Zu Hause kannte sie mittlerweile jede Stelle, an der er sich stoßen, schneiden, hochziehen konnte, doch hier mußte sie das alles erst entdecken. Wenn man sich mit einem Kind irgendwo eingewöhnt, kann man sich nicht einfach treiben lassen, wie man es tut, wenn man allein ist, es ist eher eine Art Leistungssport. Wenn Floris für einen Moment aus ihrem Blickfeld verschwunden war, schrak sie bei jedem Geräusch hoch und rannte zu ihm, um zu sehen, was er wieder angerichtet hatte. War es zu lange still, sah sie schon vor sich, wie er mit ausgestreckten Fingern auf eine Steckdose zukroch.

»Lesen«, befahl er jetzt und schlug mit der flachen Hand auf das Buch. »Gästebuch« stand mit schwarzer Tinte auf dem roten Leineneinband. Äußerlich schien es ein ganz normales Buch zu sein, dasselbe Format wie viele gebundene Bücher, aber innen war das weiße Papier in den unterschiedlichsten Handschriften beschrieben, mit Kugelschreiber, verschiedenfarbiger Tinte und Bleistift. Zwischen zwei leeren Seiten lag eine kleine grau-blau-weiße Feder. Sie strich Floris damit über die Wange. Er quietschte vor Vergnügen und wollte dasselbe bei ihr tun. Sie wußte, daß in seiner Hand nichts ganz blieb, und zeigte ihm, wie er das Federchen festhalten mußte, ohne es zu beschädigen, vorsichtig zwischen Daumen und Zeigefinger. »Ei, ganz sacht.«

Sie wollte nicht, daß gleich in der ersten Viertelstunde, die sie hier verbrachten, etwas zerbrochen, zerstört oder zerdrückt würde. Schon gar nicht so etwas Zartes, Unnützes wie eine Feder, die jemand bei einem Spaziergang gefunden und zwischen die Seiten eines Buches gelegt hatte. Sie blätterte weiter, sah, daß es kein Zufall war, daß die Feder gerade an dieser Stelle gelegen hatte, auf der ersten unbeschriebenen Seite. Ein gutes Zeichen, dachte sie, das Haus will auch, daß wir noch einmal neu anfangen.

Am Datum über den Sätzen sah sie, daß längst nicht alle Gäste etwas in das Buch geschrieben hatten. Manchmal fehlten ein paar Wochen. Es war auch schwierig, Leuten zu schreiben, die man nicht kannte, obwohl man zwischen ihren Sachen gewohnt, auf ihrem Sofa gesessen, in ihrem Bett geschlafen hatte. Auf der ersten Seite des Buches stand: *Willkommen in diesem Haus, ich hoffe von Herzen, daß Sie hier glückliche Tage verleben werden!* – darunter eine unleserliche Unterschrift. Derjenige, der das geschrieben hatte, war nicht der Schreiber der Zettel. Dana versuchte die Unterschrift zu entziffern, und fragte sich, ob Name und Adresse unter dem Willkommensgruß absichtlich unleserlich waren. Es gab natürlich immer Leute, die sofort anriefen und sich über alles beschwerten, was ihnen an dem Haus nicht paßte.

»Was liest du?« fragte Chiel.

Sie schaute hoch. »Etwas vom Haus. Das Gästebuch.«

»So ein Buch, in das man spontan hineinschreiben soll, wie schön man es gehabt hat?«

»Manche Leute schreiben nur ›Danke‹, andere ergehen sich eine halbe Seite lang.«

»Ich schlage vor, daß wir darin festhalten, wie oft wir es in diesem Urlaub tun und wo …«

Es klang übermütig, doch an seinem Blick bemerkte sie, wie unsicher er war.

Sie lächelte. »Und in welcher Dünenkuhle …«

»Hast du daran gedacht, als du zum ersten Mal wieder Dünen gesehen hast?« Er kniete vor ihr nieder, schlang seine Arme um sie, schmiegte den Kopf an ihre Knie. »Wie es wäre, wenn wir uns dort küssen würden?«

»Eine Dünenkuhle Anfang April regt meine Phantasie nicht sonderlich an.«

»Was dann? Du brauchst es nur zu sagen.«

»Lies mal, hier. Ein paar Deutsche werden sogar richtig poetisch: *Wir möchten dieser Insel ein großes Kompliment machen für ihre landschaftliche Schönheit und Vielseitigkeit und für ihre Einwohner, die einen so schönen Sommerurlaub möglich machten.*«

Sie lächelte ihn an. Obwohl es ihn ärgerte, daß sie, sobald sie deutsch sprach, ein etepetetes Gesicht zog, als seien alle Deutschen schrecklich bürgerlich, lächelte er zurück. »Stehen noch mehr solche lustigen Sachen drin?«

Sie klappte das Gästebuch zu. »Hast du das Buch gesehen, das ich von meinem Vater zum dreißigsten Geburtstag bekommen habe?«

Er sah sich im Zimmer um, das mit Kleidern, Bauklötzern und Puzzleteilen von Floris übersät war. »Hast es gerade ausgepackt und kannst es jetzt schon nicht mehr finden ...«

»Nicht hier, zu Hause. Ich vermisse es schon seit Wochen, ein dickes, gebundenes Buch.«

»Wie heißt es?«

»Die unendliche Geschichte.«

»Was für eine Geschichte?«

»Die unendliche Geschichte.«

Er stand auf, schaute erschrocken auf das braune Sofa, die Korbstühle, das Bücherbord neben dem Ofen, als müsse das Buch, das sie suchte, doch irgendwo hier liegen.

»Die unendliche Geschichte?«

»Ja, eine Übersetzung aus dem Deutschen. Gebunden, auffälliger dunkelroter Umschlag mit weißer Schrift.«

»Hast du das zu deinem dreißigsten Geburtstag bekommen?«

»Von meinem Vater, ja.«

»Nicht zu Weihnachten?«

»Weißt du nun, wo es ist, oder nicht?«

»Schnauz mich nicht so an, ja!«

»Ich habe dir eine ganz normale Frage gestellt.«

Sie hatte ihm eine ganz normale Frage gestellt. Er erinnerte sich, wie er triefend aus der Wanne gekommen war und das Buch auf dem Nachttisch gesehen hatte. Er erinnerte sich an seine Erleichterung: Es würde doch noch alles gut werden. Das könnte er Helga schenken, ein dickes, teures Buch, etwas Persönliches, etwas von ihm.

»Ja, weißt du nun, wo es ist?«

Dana sah ihn forschend an. Wie sollte er hier wieder herauskommen? Ich habe es im Flugzeug liegenlassen. Oder nein, in meinem Hotelzimmer. Ich irre mich, ich habe es nirgends liegenlassen, denn ich hatte es gar nicht mit. Auf Reisen habe ich keine Zeit zum Lesen, also warum sollte ich es mitgenommen haben. Wie kommst du dazu zu denken, daß ...? Es hatte keinen Sinn zu lügen. Wenn sie ihn so ansah, konnte er sie nicht belügen, saß er wieder im Auto, mit dem Sicherheitsgurt festgezurrt, nackt, noch naß vom Baden. Wo er auch hinschaute, sie folgte seinem Blick, der zum Nachtschränkchen in einem Hotelzimmer in Berlin wanderte, wo das Buch gelegen hatte, das sie seit Wochen vermißte. »Ich habe es verschenkt.« Noch ehe sie fragen konnte, an wen, fügte er hinzu: »An das Mädchen in Berlin, die Dolmetscherin. Sie sprach fließend Niederländisch.«

»Es gehörte mir.«

»Das wußte ich nicht.«

»Mein Name stand drin.«

»Das habe ich nicht gesehen, wirklich nicht ... alle Bücher und CDs, die wir geschenkt bekommen oder kaufen, gehören doch uns beiden? Das hatten wir doch ausgemacht? Nicht dieses neumodische Getue, sofort den Namen reinzuschreiben für den Fall der Fälle.«

»Ich habe meinen Namen nicht hineingeschrieben«, rief sie, und ihre Stimme überschlug sich. »Der stand schon drin. ›Für Dana, meine Tochter, die mir meinen ersten Enkelsohn geschenkt hat, zu ihrem dreißigsten Geburtstag.‹«

Er deutete mit einem warnenden Blick auf Floris, der wieder einen Heulmund zog. Konnte sie sich nicht ihm zuliebe etwas beherrschen, ihre Stimme dämpfen? Er schnappte sich Floris und stiefelte mit ihm durchs Zimmer, zeigte auf eine große Silbermöwe, die im Strandhafer vor dem Fenster hin und her spazierte. »Guck! Möwe!« Auf Reiter, die den Badweg entlangritten in Richtung Strand. »Will Floris auch reiten, auf Papas Rücken? Oder auf dem Bauch durch die Luke?« Als er nicht mehr wußte, wie er seinen Sohn ablenken sollte, setzte er ihn vor den Fernseher, der nicht funktionierte, welche Knöpfe Chiel auch drückte.

»Setz das Kind doch nicht mitten am Tag vor einen Fernseher, der nicht funktioniert. Und paß auf, er greift nach dem Aschenbecher.«

»Er weint nicht, weil der Fernseher nicht geht, sondern weil du so schreist.«

»Ach, jetzt ist es alles meine Schuld?«

»Ich wußte es nicht, ich wußte nicht, daß es dein Buch war«, sagte er ein paarmal hintereinander. Wenn er gesehen hätte, daß es ihr Buch war, ihren Namen darin entdeckt hätte, nie hätte er, sein Lebtag nicht ... aber er habe es eilig gehabt. Er erinnere sich, wie er nach dem Buch langen wollte, um zu sehen, ob es in gutem Zustand war und noch ohne Eselsohren, daß er sich aber zurückgehalten habe, weil seine Hände naß waren. Er erinnere sich, daß er dachte: Ich schaue gleich mal hinein. Aber später habe er es in der Eile vergessen.

»Soll ich es zurückverlangen?«

»Ich denke, du hast ihre Adresse nicht?«

»Die habe ich auch nicht.«

»War das etwa auch gelogen?«

»Wieso gelogen? Ich habe dir doch sofort erzählt, daß ich mit einer anderen ...«

»Ja, nachdem ich dich danach gefragt hatte.«

»Das war sofort.«

Nach seinem Geständnis hatte er sie gefragt, woher sie es gewußt habe, so schnell. Sein Ton habe ihn verraten, hatte sie gesagt, sein emotionaler Bericht im Auto über diese kahle Wohnung in Ostberlin habe sie stutzig gemacht. »Ich bin auch schon manchmal in ärmlichen Wohnungen gewesen, aber ich mußte nicht darüber weinen. So viel Mitgefühl habe ich nicht. Und du auch nicht.«

Er schaute auf das Gästebuch, das noch immer auf Danas Schoß lag, und erinnerte sich, wie sehr sich Helga über seine Geste gefreut hatte. Hätte sie das Buch damals nur aufgeschlagen, nicht in der Mitte, sondern auf der ersten Seite, auf die Danas Vater seine Widmung geschrieben hatte. »Für Dana, wer ist Dana?« hätte Helga mit einem steifen Lächeln gefragt. Peinlich, aber immer noch weniger schlimm als diese blamable Situation.

»Sobald ich im Büro bin, rufe ich im Kongreßgebäude an.«

Sie reagierte nicht.

»Sie hat dort gedolmetscht, sie müssen ihre Adresse haben.«

»Raffiniert! Hast du dir das alles schon überlegt, für den Fall, daß du sie doch einmal wiedersehen möchtest?«

»Das will ich nicht. Ich habe dir versprochen ...«

»Willst du es nicht, weil du es nicht willst, oder nur, weil du es mir versprochen hast? Wie heißt sie eigentlich?«

»Ich dachte, du willst es nicht wissen?«

»Sie weiß nun auch, wie ich heiße.«

Warum, verstand er nicht, aber er wollte Helgas Namen für sich behalten, und so sagte er: »Heidi.«

»Heidi? Ich bin mit einer Heidi betrogen worden?«

»Heidi, so heißt sie, ja, aber ich bin mit dir zusammen. Ich will mit dir zusammenbleiben, und ich sorge dafür ...«

»Spar dir die Mühe, ich brauche das Buch nicht zurück.«

»Ich kauf ein anderes für dich. Ich meine: ein anderes Exemplar derselben unendlichen Geschichte ...«

Nach seinem Angebot war eisiges Schweigen eingetreten. Und da erst merkte Dana, daß sie Floris schon eine ganze Weile nicht mehr gehört hatte. Er stand in einer Ecke des Zimmers, neben dem Eßtisch unter der Durchreiche, und lief rot an, er sah aus, als hätte er einen Kienapfel verschluckt. Um uns zu bestrafen, dachte Dana, als sie zu ihm eilte, doch noch ehe sie bei ihm war, roch sie, daß er sich bloß in die Hose machte. Sie hatten nur noch eine Windel, es war schon halb fünf, und morgen war Sonntag. Von einem Moment auf den anderen gab es wichtigere Dinge.

Während Chiel Floris wickelte und Dana alle Kienäpfel auf den Sims über dem Ofen legte, dachten sie nach, was außer Windeln eingekauft werden mußte: Kaffee und Tee waren da – Brei für Floris, Steckdosensicherungen, Obst, Spaghetti – und was würden sie morgen essen? Ernsthaft überlegten sie, wieviel Brot sie für das Wochenende brauchten und was für eine Soße sie zur Pasta machen würden.

»Rote Soße findest du doch am leckersten?« fragte Chiel. »Soll ich Gehacktes kaufen und eine Dose geschälte Tomaten, Zwiebeln, Knoblauch?«

»Entscheide du«, antwortete Dana, »schau mal, was es gibt.«

Der Ton, in dem sie es sagte, beruhigte ihn. Als wolle sie ihm, indem sie ihm die Entscheidung überließ, zu verstehen geben, daß sie ihm nicht auf ewig mißtrauen würde.

»Morgen können wir auch essen gehen. Es soll ein gutes Fischrestaurant geben, gleich am Hafen.«

»Vergiß nur nicht den Salat.«

Er war erleichtert, daß sie ihm nicht länger eine Szene machte, und hätte beinahe gerufen, daß es kein Rohkosturlaub werden solle, daß er sie schön finde, wie sie sei. Er beherrschte sich, wußte, daß es zu früh war, daß sie auf solche Schmeicheleien keinen Wert legen würde, nicht jetzt, noch nicht. Also legte er seinen Versöhnungsdrang in die Einkaufsliste, in Löffelbiskuits für Floris, in Schokolade, in

Käsegebäck und eine Flasche roten Portwein, in die Beute, mit der er nach Hause zurückkehren würde.

Während Chiel ins Dorf ging, um sich ein Fahrrad auszuleihen und einzukaufen, packte Dana die Taschen aus. Zuerst bezog sie Floris' Bett im Aquariumzimmer, denn wenn seine Augen so glänzten, konnte er jeden Moment einschlafen. Doch noch ehe sie fertig war, schlummerte er schon, auf dem Fußboden, zwischen den braunen Kissen, die er vom Sofa gezogen hatte, mit dem Zipfel des Schlaflappens im Mund.

Sie ging in ihr Schlafzimmer, ließ die Tür offen, damit es wärmer würde, und fing an, das Bett zu beziehen. Es war gar nicht so einfach, denn das Bett stand mit der linken Seite an der Wand, unter dem Fenster. Sie mußte über die Matratze kriechen, um das Spannlaken über die Ecken zu ziehen.

Es geschah, ehe sie sich's versah, plötzlich überfiel sie eine große Unzufriedenheit. Nicht nur das mit dem Buch war seine Schuld, sondern alles, was schiefging, hatte er verursacht. Sie warf ihm vor, daß er ein Häuschen gemietet hatte, dessen größtes Schlafzimmer so klein war, daß das Bett in einer Ecke stehen mußte. Was sollte das heute abend werden oder heute nacht, wenn sie aufstehen mußte, um Floris zu beruhigen? Derjenige, der unter dem Fenster schlief, konnte nur über das Fußende raus, oder er mußte über den anderen hinwegsteigen. Und warum hatten sie Bettwäsche mitgeschleppt, wenn man sich auch welche ausleihen konnte? Das stand im Katalog. Vielleicht bezogen sie ja dann auch die Betten für einen. Alles nur aus Sparsamkeit, dieselbe Sparsamkeit, die ihn getrieben hatte, ein Buch von ihr zu verschenken, statt etwas für Heidi zu kaufen. Heidi, was für ein Name. So hießen Mädchen mit Schürze und Puffärmeln. Hatte sie ihr Dirndl vielleicht auch im Bett anbehalten? Wie konnte man auf jemanden hereinfallen, der so hieß. O Heidi, mein Schatzilein.

Mit einem Ruck zog sie das Laken straff. Wir hatten uns versprochen: Nie, niemand anders als dich. Und zu allem Unglück schenkst du ihr ein Buch, das mir gehört. Ich werde nicht noch einmal dreißig. Ich bekomme nicht noch einmal ein Buch, in das mein Vater so etwas Liebes hineingeschrieben hat. Vielleicht liest sie ja gerade darin und denkt dabei an dich, Schatzilein, Schatzilein ...

Sie streckte sich auf dem Bett aus. Sie war todmüde, mehr noch von ihren aufrührerischen Gedanken als von dem Gekrauche über das Bett. Sie starrte an die Decke aus hellgelb gestrichenen Holzfaserplatten, sah einen Wasserfleck direkt über sich. Man konnte ein Land mit Flüssen darin sehen, aber auch ein Gesicht.

»Hilf mir«, hörte sie sich murmeln, sie wußte nicht, zu wem sie es sagte, aber sie sagte es, laut: »Hilf mir, hilf mir.«

Sie blieb liegen und lauschte dem Tosen der Brandung. Ich habe ihm diese Frau verziehen. Oder nicht? Was tut das Buch dann noch zur Sache? Laß dieses kleinliche Genörgel in meinem Kopf aufhören. So bin ich nicht. Sie blieb liegen und lauschte, bis ihr Kopf klar war, leergepustet, bis sie nichts anderes mehr hörte als das Rauschen in der Ferne.

Den Rest der Woche ließ Chiel Dana ausschlafen, holte Floris aus dem Bett, gab ihm seinen Brei und ging mit ihm ins Dorf, um frisches Brot zu kaufen. Wenn sie zurückkamen, hatte Dana den Frühstückstisch gedeckt, das Radio angestellt, und das Haus duftete nach Kaffee. Die Insel war zu klein, um sich zu verirren oder sie vor allzu viele Entscheidungen zu stellen. Es gab nur ein Dorf, mit einer Kirche, einem Friedhof, einem Museum. Sie brauchten nicht viel mehr zu tun, als am Watt entlangzuradeln und dem Schimmel seine tägliche Zuckerration zu geben oder mit Floris auf der Spielwiese am »Posthuis« zu schaukeln. Jeden Tag gingen sie über die Dünen, um das Meer zu sehen, einen Strandspaziergang zu machen und Muscheln zu sammeln, die sie in derselben roten Schüssel abspülten, in der sie Floris badeten. Die schönsten Muscheln legten sie zu den Kienäpfeln auf den Sims über dem Ofen. Ihr »Inselmuseum« nannten sie es.

Eines Tages legte Dana noch einen Zweig dazu, den sie am Strand gefunden hatte, einen Zweig, der aussah wie ein Stück von einem Geweih oder wie ein Katapult. Sie hatte ihn nicht wegen der Form mitgenommen, sondern vor allem wegen der Farbe und der Art, wie sich das Holz anfühlte, wenn sie darüberstrich. Sand und Salz hatten es ganz ausgelaugt, blank gescheuert. Hellgrau, fast weiß, und glatt war es geworden, es war kein Haken, Knoten oder Splitter mehr daran.

Nach ein paar Tagen hatten sie das Gefühl, schon wochenlang hier zu sein. Auch wegen dieser Frau, die jeden Abend um die gleiche Zeit vorbeifuhr und neugierig hereinschaute. Wenn sie einen von ihnen sah, nickte sie freundlich. Die Königin, nannte Dana sie, weil sie so aufrecht und würdevoll auf ihrem schwarzen Damenrad saß, eine Handtasche am Lenker.

Über Heidi wurde kein Wort mehr gesprochen. Aber bei der ersten sich bietenden Gelegenheit, als Dana in einen Buchladen ging, tauchte sie doch wieder auf. Was tue ich hier? dachte Dana. Such mir selbst ein Buch aus, weil das Buch, das ich hätte lesen wollen, von meinem Mann verschenkt worden ist, Abschiedsgeschenk für eine Frau, mit der er unbedingt ins Bett gehen mußte. Als sie das Buch, das sie sich gekauft hatte, am Abend aufschlug, sah sie, daß Chiel scheu wegschaute. Er fragte nicht: »Was liest du?« Und gerade weil er nicht danach fragte, dachte Dana wieder an »Die unendliche Geschichte«, die nun in einer Berliner Wohnung lag, auf einem Nachttisch oder unter einem fremden Kissen.

Sie dachte an Heidi, als sie eines Nachmittags mit Floris und einer Einkaufstasche aus dem Dorf zurückkam und Chiel nirgends sah, obwohl seine Jacke an der Garderobe hing. Erst als sie zweimal gerufen hatte, antwortete er. Er saß oben, in dem hellblauen Zimmerchen unter dem Dach, auf einem weiß gestrichenen Thonetstuhl an einem weißen Tisch, auf dem nichts lag, keine Zeitung oder irgendwas zum Schreiben. Er saß einfach nur da, starrte aus dem Fenster auf die Häuser gegenüber, und sie fragte sich, woran er dachte, an wen, ob er Heidi vermißte. Ging das, konnte man jemanden schon nach einer Nacht vermissen? Als sie fragte, warum er da sitze, in diesem winzigen hellblauen Kabuff, sagte er: »Weil es hier so still ist.« Unten doch auch? Nein, hier sei es stiller.

Als sie eines Abends in einem Fischrestaurant sah, wie er hinter ihr eine Frau anstarrte, fragte sie sich, ob die Frau ihn vielleicht an Heidi erinnerte. Es hatte sie sonst nie gestört, wenn er anderen Frauen hinterherschaute. Beobachtete, wie sie lachten, sich bewegten, sich kleideten. Im Gegenteil, er sah wenigstens hin, hatte auch nie aufgehört, sie anzuschauen und zu bemerken, ob sie gut aussah oder auch nicht, doch nun beunruhigte sie das. Sie zögerte, ob sie ihn fragen sollte, wie Heidi aussah, hielt sich aber zurück. Sie hatte Angst, daß er sagen würde: Grazil, jungenhaft. Was sie selbst nicht war und auch nie werden würde. Oder daß er sagen könnte: Sie hat eine Lockenmähne, ja, das war das Auffälligste an Heidi, ihr Haar ... Und daß sie, ohne zu wissen warum, ihr kurzes Haar wieder wachsen lassen würde, Dauerwelle, Färben, wie mit achtzehn, als sie ständig jemand anderes sein wollte.

»Warum guckst du so ernst?« fragte Chiel, als ihre Blicke sich trafen. Sie antwortete nicht. Jede Frage führte nur zu mehr Heidi in ihrem Kopf. Sie bereute schon, daß sie nach dem Namen gefragt hatte. »Ein Mädchen aus Ostberlin« war viel vager und leichter zu ignorieren. Sie beugte sich über ihr Platzdeckchen. Sie hatten alle drei das gleiche, es war mit einem Luftbild der Insel bedruckt. »Ich dachte gerade, daß die Insel wie ein Walfisch aussieht, schau mal.

Hier der Kopf, da bei dieser Sandbank der Schwanz, in einem Bogen …« Mit der Messerspitze zeigte sie, wo sie an diesem Nachmittag spazierengegangen waren.

Jedesmal, wenn er sich zu viel Mühe gab, zu viele Komplimente machte, zu unterwürfig war, dachte sie an Heidi. Sie waren immer gewöhnt gewesen, ihre Wünsche unumwunden zu äußern, aber er leitete momentan jede Bitte so umständlich ein: Ob sie es für eine gute Idee halten würde, ob es ihr recht wäre, wenn … Anfangs hatte sie es sich gefallen lassen, aus Bequemlichkeit, denn er machte mehr denn je im Haushalt und mit Floris. Wenn der nachts wach wurde, kletterte Chiel über sie hinweg, um ihm etwas zu trinken zu geben. Vielleicht war es unvermeidlich, brauchte er das, war das alles eine Art Buße, mußte er auf Knien einen Berg hinaufrutschen. Doch langsam fing seine Demut an, sie zu irritieren. Sie wollte diese Macht nicht. Die Macht, ihn ins Dorf zurückzuschicken, weil er etwas vergessen hatte, etwas Belangloses, auf das sie gut und gerne hätten verzichten können.

»Hör auf mit dieser *Wiedergutmachung*«, rief sie eines Morgens.

Er schaute sie erschrocken an, doch es tat ihr nicht leid, außer daß sie in ihrer Wut ein deutsches Wort benutzt hatte. Als wäre ihr Kopf mit lauter deutschen Vokabeln, deutschen Frauennamen gefüllt. Ihr Ausbruch war wie ein reinigendes Gewitter, und danach konnte sie ihm noch einmal sagen, daß er nichts mehr gutzumachen brauche. Daß schon alles wieder werden würde, irgendwann. Daß die Zeit den Rest tun müsse, die Zeit, der Wind und das Salz.

II

Die Sonne war gerade untergegangen, der Horizont blaßrosa wie ein geschminkter Mund am Ende des Abends. Sie kannte ihre neue Liebe erst seit neun Wochen und ließ ihre Lippen noch nicht fahl werden. Wenn sie mit Bas zusammen war, aber auch wenn sie allein war, zog sie sie stündlich nach, vor dem nächsten Spiegel oder nach Gefühl. Wenn er doch jetzt hier stehen, den Arm um sie legen und mit ihr dem Sonnenuntergang zusehen würde. So war es geplant gewesen. So hatte sie es sich vorgestellt. Sie würden zum Haus »Dünenrose« zurückgehen, die halbe Flasche Portwein austrinken, die noch dastand, und die Vorhänge zuziehen. Während er die braunen Kissen vom Sofa nähme, ihren schwarzen Kimono darüberbreitete und die Heizung höher stellte, würde sie schon ihre Kleider ausziehen. Aber er war in Osaka. Martine zögerte, ob sie noch am Strand bleiben, in die andere Richtung gehen sollte, Richtung »Posthuis«. Es war einerlei. Am Strand war es, nachdem die Sonne untergegangen war, grau und empfindlich kühl, aber zu Hause wartete Sanne. Martine fröstelte, nicht nur vor Kälte, sondern weil sie hier so herumstand, so unschlüssig. Sie haßte die Dämmerung, sie haßte Zögerlichkeit. Darum hatte sie auch sofort beschlossen – zu schnell vielleicht –, ihren Plan zu verwirklichen und trotzdem nach Vlieland zu fahren.

Da Bas nicht mitkommen konnte, hatte sie Jetta eingeladen, die Mutter von Sanne, und ihren Laptop eingepackt, um ein wenig an einer neuen Konzeption für ihre Dissertation zu arbeiten. Für einen Mann, den man erst neun Wochen kannte, mußte man nicht alle Pläne über den Haufen werfen, damit setzte man die verkehrten Zeichen. Sie hatte noch Zeit genug gehabt, sich wieder neu, anders zu freuen. Nicht darauf, Hand in Hand den Strand entlangzulaufen, sondern auf Gespräche mit Jetta über früher, über die Schule und die Zeit danach, als sie zusammen zur Untermiete wohnten. Was wohl aus den anderen geworden sein mochte? Jedesmal, wenn sie länger als ein paar Stunden zusammen waren, rief Martine, daß sie mal ein Klassentreffen organisieren würde, aber es war nie etwas daraus geworden. Die eine, wie hieß sie doch gleich, mit dem breiten, blassen Gesicht, die es fertiggebracht hatte, während des Abiballs schwanger zu werden, war bestimmt schon Oma.

Sie wandte sich vom Meer ab und ging auf die Dünen zu, dahinter lag die Straße mit dem Häuschen, das sie für elf Tage gemietet hatte. Wenn sie es mit Sanne nicht aushalten würde, konnte sie immer noch eher zurückfahren. Sie würde etwas von Problemen auf Arbeit murmeln, von einer dringenden Besprechung, bei der sie unabkömmlich sei. Mühsam stapfte sie durch den Sand in den zu großen Stiefeln, die sie sich von Sanne geborgt hatte. Sanne war zwei Köpfe größer als sie, aber wenn Jetta sich Sorgen um sie machte, hieß sie wieder Santje. Darum war Santje hier, weil Mutter Jetta sich Sorgen machte. »Das Kind sieht in letzter Zeit so blaß aus und redet kaum noch mit mir. Vielleicht ist es nichts, aber wenn du nichts dagegen hast, frage ich sie, ob sie mitkommen möchte, dann kann ich sie ein bißchen im Auge behalten.«

In der Pause, die der Bitte folgte, fühlte Martine einen alten Groll in sich aufsteigen. Einen gut zwanzig Jahre alten Groll auf Freundinnen, die Verabredungen im letzten Moment verschoben, zu spät kamen oder gar nicht – wegen der Kinder. An den Wochenenden konnte man sich sowieso nicht mit ihnen verabreden, denn dann mußten die Freundinnen und deren Männer eine Fußballmannschaft trainieren, ein Spiel pfeifen, mit der Mannschaft Poffertjes essen, welche holen, bringen oder alles gleichzeitig. In der Woche war es auch schwierig, denn dann mußten die Kinder abgefragt oder zumindest auf Trab gebracht werden, sonst machten sie gar nichts. Martine hatte gehofft, daß sich jetzt, wo Jettas Kinder aus dem Haus waren, etwas ändern würde. Daß sich ihre Leben wieder mehr gleichen würden. »Ich mag Sanne sehr«, hatte sie gesagt, »aber zu dritt ist es doch etwas anderes. Ich hatte mich gerade so auf eine Woche mit dir gefreut.«

Weil sie damals so ehrlich zur Mutter gewesen war, hatte sie nun die Tochter am Hals. Martine hatte kaum aufgelegt, als sie schon anfing, sich schuldig zu fühlen, so schämte sie sich für das, was sie in Jettas Augen war: eine verwöhnte Junggesellin, eine Egoistin. Jetta war ihre älteste Freundin, aber auch alte Freundinnen können aus einem Leben verschwinden. Bald würden ihr nur noch Freunde bleiben, die keine Familie hatten, ein Bündel dürrer Zweige. Wenn sie Jettas Gesellschaft wollte, mußte sie die erwachsene Tochter, der es zeitweilig nicht so gut ging, dazunehmen.

Als Jetta einen Tag vor der Abreise absagte, weil ihr Mann wegen eines Bandscheibenvorfalls mindestens drei Wochen das Bett hüten müsse, sagte Martine: »Laß Sanne doch trotzdem mitfahren, eine Woche Seeluft wird ihr guttun.« Sie setzte sich über ihre Enttäuschung hinweg. Auf der Fähre fing sie sogar schon an, sich auf wieder eine andere Art von Urlaub einzustellen, auf die Aufgabe, die sie erwartete: Vielleicht würde es ihr ja gelingen, das Vertrauen des Mädchens zu gewinnen. Während sie zu Sanne schaute, die über der Reling hing und schon seit Harlingen, ohne etwas zu sagen, in die Wellen starrte, während sie auf diesen gekrümmten Rücken schaute, dachte sie: Ich bekomme schon heraus, was mit ihr los ist. Vielleicht hat sie eine große, aber verheiratete Liebe, über die sie mit ihrer Mutter nicht reden kann. Sannes Mutter ist schon seit Menschengedenken mit Sannes Vater zusammen, was wissen die beiden von unmöglicher Liebe, aber vielleicht traut Sanne sich ja, es mir zu erzählen. Sie freute sich schon auf die Gespräche, die sie führen würden. Mit jungen Frauen ging es wenigstens nicht sofort um Kinder.

Auf dem höchsten Punkt der Düne sah sie sich noch einmal um. Am Horizont fuhr ein Schiff, offensichtlich ein Passagierschiff, mit erleuchteten Bullaugen, klein wie Stecknadelköpfe. Diese Lichter weckten in ihr das Verlangen, weit weg zu sein, am Horizont, mit dem Schiff mitzufahren. Vielleicht fuhr es ja nach Osaka. Nein, wenn sie erst einmal auf dem Schiff wäre, würde sie nur wieder herunterwollen und sehnsüchtig auf die Lichter in den Häfen starren, an denen sie vorbeikamen. Sie konnte sich nicht einem Plan unterwerfen, den sie nicht selbst gemacht hatte, einem Kurs, den ein anderer bestimmte.

Bisher hatte Sanne noch kein Sterbenswörtchen gesagt. »Welches Zimmer möchtest du, Sanne?« Ist mir egal. »Willst du Tee oder Kaffee?« Ist mir egal. »Was wollen wir heute abend essen?« Ist mir egal. Es war genug zu tun gewesen, Koffer und Rucksäcke mußten ausgepackt, Betten bezogen, Fahrräder ausgeliehen, Einkaufslisten geschrieben werden; aber Sanne hatte die ganze Zeit in ihrer Jacke dagesessen, auf dem Bänkchen am Fenster. Sie war nur einmal aufgestanden, um einen kleinen Sonnenschirm vom Sims zu nehmen, ein Spielzeugschirmchen aus Papier, das sie minutenlang zwischen Daumen und Zeigefinger hin und her gedreht hatte, ganz versunken, als könnte sie in diesem Wirbel rosaroter Muster die Zukunft sehen.

Martine trat sich den Sand von den Stiefeln ab, blickte für einen Moment auf, als eine ältere Frau sie freundlich grüßte. Sie nickte zurück und bemerkte, daß die Frau sie fragend ansah, als ob sie auf ein Schwätzchen aus wäre.

»Frische Brise, was?«

»Ja.« Martine wandte den Blick ab, sie war nicht in der

Stimmung für Gespräche mit Fremden. Die Frau hatte kaum dagestanden, die Hand am Lenker, als sie sich auch schon wieder umdrehte, aufs Rad stieg und den Badweg hinunterfuhr. Als hätte sie nur kontrollieren wollen, ob das Meer noch da war. Martine schaute ihr nach. Kannten sie sich? Von der Fähre vielleicht? Nach dem braunen Wintermantel zu urteilen und der Handtasche, die am Lenker baumelte, war es keine Touristin, aber die Insulaner waren für gewöhnlich nicht so gesprächig.

Am Ende des Badwegs, vor der schwarzen Kulisse der Kiefern, lag »Dünenrose«, das Haus mit dem roten Ziegeldach, auf dem höchsten Punkt der Düne. Es brannte nirgends Licht, die Fenster wirkten in ihren weißen Rahmen noch dunkler. Schlief Sanne noch oder schon wieder? Telefonierte sie vielleicht, von der Telefonzelle bei der Kreuzung am Waldrand aus? Oder hatte sie den Zettel gefunden, auf dem stand, daß sie im Dorf eine Packung Reis kaufen sollte, und war in einer Kneipe hängengeblieben? Sie hatten erst um drei einen Mittagsimbiß genommen und ausgemacht, spät zu essen. Ich muß Geduld mit ihr haben, dachte Martine, die Vernünftigere sein. Darf nicht böse werden, wenn sie vergessen hat, den Reis zu kaufen, was sicher der Fall sein wird, sie hat anderes im Kopf als Reis. Ich brauche sie nicht zu erziehen, sie ist schließlich nicht meine Tochter, und wenn ich es wirklich nicht aushalte mit ihr, reise ich ab.

Sanne stellte das Gästebuch neben sich aufs Fensterbrett. Sie wartete, bis die Frau, die unten auf der Straße vorbeiradelte und zufällig in ihre Richtung schaute, um die Ecke gebogen war, zog ihren Pullover hoch, das T-Shirt aus der Hose und strich sich mit einer kleinen Feder, die sie zwischen den Seiten des Gästebuchs gefunden hatte, über den Bauch. Ein Federchen war es, noch nicht mal, das da drinnen. Es wog höchstens ein paar Gramm und war nicht einmal so lang wie diese Feder, erbsengroß, eine Nudel vielleicht, ein Hörnchen. Und doch nahm es nun schon seit Wochen, von dem Tag an, als die Blutung ausgeblieben war, ihre Gedanken in Beschlag. Es war, als sei ihr Kopf mit Federn gefüllt. Nicht als ob sie einen Kater hätte, nicht dumpf bedrückt fühlte sie sich, sondern leicht, wie im Traum.

Federchen, so wollte sie es vorläufig nennen, denn jede andere Bezeichnung klang schon so wirklich, so real, nach aufgeschrammten Knien und Bildungsempfehlungen, und sie wußte nicht, ob sie es überhaupt Realität werden lassen wollte. In dieser Woche würde sie darüber nachdenken. Obwohl ihr das nicht mehr so recht gelang, seit es Federchen gab, aber hier immer noch besser als zu Hause, wo sie den stechenden Blick ihrer Mutter auf sich gerichtet fühlte, auch wenn die gar nicht in der Nähe war. Sie brauchte nicht von Federchen anzufangen, um zu wissen, was Jetta sagen würde: Daß sie zu jung sei, noch nicht mit dem Studium fertig, den Vater des Kindes keine drei Monate kenne.

Sanne kannte dic Argumente, die auch ihre eigenen Argumente waren und schwerer wogen als Federchen. Sie war erst zwanzig, hatte das ganze Leben vor sich. Alles sprach dagegen, dieses Federchen zu behalten, das wußte sie auch – außer dem Federchen selbst. Wenn sie es in Gedanken abwog, sah sie sich auf einem Fahrrad mit Federchen vorn drauf oder wie sie zusammen im Park durch einen großen Laubhaufen stapften. Sie hörte das Rascheln der Blätter und wußte nicht mehr, was sie wollen sollte. Warum nicht jetzt?

In der Ferne kam Martine gelaufen. Daß sie es sein mußte, sah Sanne an der braunen Lederjacke mit dem Pelzkragen und dem grellbunten Haarband in den roten Locken. Gefärbte Locken, hatte Sanne heute morgen an ein paar grauen Schamhaaren im Abfluß der Dusche entdeckt. Aber Martine ging anders als sonst, nicht aufrecht mit forschen Schritten. Sie trottete eher, wie ein altes Weiblein. Merkwürdig, sie war eigentlich sehr sportlich. Jeden Morgen joggte sie am Strand, hatte zwei Tennisrackets mitgebracht und gleich am ersten Tag ein Spiel – eine Art Pingpongschläger mit klebenden Bällen – gekauft, das man auch bei Windstärke acht am Strand spielen konnte. Sie war sicher ganz geknickt wegen dieses Mannes in Osaka. Der hatte sie doch einfach sitzenlassen mit diesem Haus, das sie schon für anderthalb Wochen gemietet hatte. Jetta hatte besorgt die Augenbrauen hochgezogen, als sie erfahren hatte, daß er nicht mitkommen würde. »Ach, wie schade, wie schade!« hatte sie gerufen.

»Warum hat sie selbst keine Kinder?« hatte Sanne gefragt, als sie hörte, daß Martine vorgeschlagen hatte, sie mitzunehmen.

»Warum fragst du?«

»Sie wäre bestimmt eine tolle Mutter. Kann sie keine Kinder bekommen oder hat sie nie welche gewollt?«

Ihre Mutter hatte zurückhaltend reagiert und etwas von den falschen Männern zum richtigen Zeitpunkt und den richtigen Männern zum falschen Zeitpunkt gemurmelt.

Falls Martine keine Kinder bekommen konnte, würde sie ihr vielleicht weh tun, wenn sie von Federchen anfing. Falls sie welche bekommen konnte, es nur nie gewollt hatte, war es auch sinnlos. Dann würde sie es sowieso nicht verstehen. Nein, sie sollte lieber ihren Mund halten. Und sich eine gute Ausrede einfallen lassen, warum sie nicht so gesprächig war, Probleme mit ihrem Freund oder so.

Martine zog ihre Lederjacke aus, machte Licht im Korridor und fing an, sich die Lippen nachzuziehen. Das war das einzige, was sie jetzt aufmuntern konnte, rote Lippen und ein Schnaps. Mit großen Schritten ging sie durchs Haus, um noch mehr Lampen anzuknipsen. Sie fand es unangenehm, in ein halbdunkles Haus zurückzukehren, denn dann war es, als ob man allein lebte. Meistens lebte sie ja auch allein, mittlerweile schon wieder seit zehn Jahren, aber sie sorgte immer dafür, daß Licht brannte, wenn sie nach Hause kam. Im Zimmer fand sie Sanne, auf dem Eckbänkchen am Fenster liegend. Wahrscheinlich hatte sie wieder geschlafen, ihr Snoopy-T-Shirt hing aus ihrer schwarzen Hose, und der Pullover war hochgerutscht, bis weit über Snoopys Füße.

»Hast du hart studiert in der letzten Zeit, daß du so viel schläfst?« fragte Martine.

Sanne wich ihrem Blick aus und murmelte etwas. Martine glaubte, sie habe sich verhört, aber das war nicht der Fall, es ging um »eine Überdosis«. Martine erbleichte und starrte Sanne an: sie hatte Sannes Probleme unterschätzt. Was sollte sie jetzt machen, wen zu Rate ziehen? Welche Fragen stellen? Während sie Sannes halbvollen Becher mit kaltem Kaffee in die Durchreiche stellte, fühlte sie, wie sie vor Ernst schwer wurde, ernst und glücklich zugleich wegen der Verantwortung, die ihr in den Schoß fiel. Deshalb war das Kind so träge; daß Jetta daran nicht gedacht hatte.

»Was ... was sagst du? Was für eine Überdosis, was für eine Dosis wovon?«

Zum ersten Mal lachte Sanne laut auf. »Ganz ruhig, ich hänge nicht an der Nadel. Wenn ich am Wochenende nach Hause komme, muß ich auch immer einen Tag schlafen. Die viele frische Luft, das bin ich nicht mehr gewöhnt.«

Martine seufzte erleichtert. Auch. Zu Hause. Sie sollte diese Worte als Vertrauensbeweis auffassen. Jedenfalls fühlte Sanne sich so wohl, daß sie sich ganz gehenlassen konnte. Wenn sie sich ausgeruht hatte, würde sie vielleicht auch den Mut haben, offen mit ihr zu reden. Sie nahm Sannes Jacke von der Stuhllehne, hob eine ausgebreitete Zeitung vom Sofa auf. Während sie die Seiten in die richtige Reihenfolge brachte, die Zeitung zusammenfaltete, die dicken Sofakissen zurechtrückte, dachte sie an Bas, der eigentlich hätte hier sein sollen.

Wie es wohl sein würde, es auf einer Zeitung zu treiben? War man hinterher voller Druckerschwärze? Wahrscheinlich ja, vor allem am Hintern, an den Hüften, als ob man minuziös tätowiert wäre. Vor langer Zeit hatte sie einmal einen japanischen Film über eine Frau gesehen, die sich ein kompliziertes Tatoo auf dem Rücken anbringen ließ. Um sich zu entspannen, mußte sie sich auf einen nackten Mann legen und ihn, fast ohne sich zu bewegen, lieben. Dadurch glühte ihre Haut auf, und das Gewebe wurde so weich, daß der Tätowierer seine Arbeit machen konnte. Ansonsten erinnerte sie sich kaum noch an den Film, nur an die weiße Haut der Frau auf der weißen Haut des Mannes, den Schweiß wie Tau, die schwarze Tinte und ein paar Tröpfchen Blut.

Ob sie Tee wolle, hörte sie Sanne fragen. Martine schaute überrascht auf. Es war das erste Mal in drei Tagen, daß Sanne ihr etwas anbot.

»Tee ... ja, aber da steht noch eine Flasche Portwein. Ich habe dran gerochen, es ist kein Arsen drin. Nimmst du auch ein Glas?«

»Nein, ich möchte Tee, aber wenn du Portwein willst. Wo steht die Flasche?«

»Dann für mich auch einen Tee. Ich trinke nicht allein. Das habe ich mir selbst einmal verboten. Zu gefährlich.«

Sanne nickte, ging aber gleich weiter in die Küche. Wie wenig neugierig sie doch war, niemals fragte sie etwas, nie hakte sie nach, als ob sie überhaupt nicht an einem interessiert wäre. Vorhin, beim Zusammenlegen der Zeitung, hatte sie fragen wollen, ob Sanne es schon mal auf einer Zeitung gemacht habe, in der stillen Hoffnung, daß so eine Frage zu einem Gespräch führen würde – Frauen unter sich über ihre abwesenden Männer –, so eine Art von Gespräch. Aber sie hörte Sanne schon sagen: Ob auf einer Zeitung oder einem Laken, das ist mir egal.

Als sie in Sannes Alter gewesen war, hatte sie alles ausprobiert, manchmal mit Männern, die sie gerade erst kennengelernt hatte. Und sie hatte sich immer angezogen, als könnte sie an der nächsten Straßenecke ihrer großen Liebe begegnen. Auch als sie von einem Stipendium lebte, kaufte sie sich oft von ihrem letzten Geld im Ausverkauf die eine Jacke, ohne die sie nicht leben zu können glaubte, oder ein Paar neue Pumps. Sanne hatte ein schönes, ebenmäßiges Gesicht, die hohen Wangenknochen ihrer Mutter und die schiefergrauen Augen ihres Vaters. Aber warum kleidete sie sich immer, als ob sie gerade aus dem Bett käme? Wollte sie vielleicht gar keinen Mann finden? War es das? War es das, was sie gerade entdeckte, was sie verwirrte, was sie nicht sagen konnte? War sie deshalb so nachlässig, innerlich wie äußerlich?

Sanne hatte sich tief über die Spüle gebeugt und wusch einen Teller ab. Auf dem Herd stand ein Wasserkessel, voll, stellte Martine fest, aber das Gas brannte nicht. Sie nahm die Streichholzschachtel und schüttelte sie.

»Oh, ja …« Mit zerstreutem Blick drehte Sanne sich um und hielt sich mit beiden Händen den Rücken.

»Rückenschmerzen? Bekommst du deine Tage?«

»Lächerlich niedrig diese Spüle.«

»Für dich ja.« Martine warf das abgebrannte Streichholz in die Büchse neben dem Herd, nahm Sanne die Spülbürste aus der Hand und reichte ihr statt dessen ein Geschirrtuch. Der Abwasch war eine gute Gelegenheit für ein Gespräch, wußte sie aus der Zeit, als ihre Mutter noch keine Geschirrspülmaschine hatte. »Früher waren die Menschen viel kleiner. Du bist auch wieder ein Stück größer als deine Mutter, und als ich. Schade eigentlich, ich habe so viele Sachen, die ich nicht mehr trage.«

»Meine Kinder werden also auch wieder größer?«

»Wahrscheinlich. Kommt auf den Vater an.« Stehst du überhaupt auf Männer? hätte sie fragen wollen, sagte aber: »Willst du denn Kinder?«

»Wieso?«

»Weil du so entschieden gesagt hast: meine Kinder …«

»Vielleicht. Irgendwann.«

»Erinnerst du dich noch, daß du dir mal mit mir ein Geburtstagsgeschenk aussuchen durftest? Zu deinem fünften Geburtstag, glaube ich. Wir gingen in die Stadt, von einem Laden zum anderen, bis wir endlich das rote Täschchen gefunden hatten, das du dir schon seit Monaten gewünscht hattest. Danach haben wir was getrunken auf einem Freisitz, es war herrliches Wetter, einer der letzten Sommertage, der ganze Freisitz war voll. Und du hast ununterbrochen geplappert. Ich sah die Leute denken: Was für ein reizendes Kind. Was für eine strahlende Mutter. Da sagtest du auf einmal ganz laut: Und jetzt will ich nach Hause, zu Mama … Dabei dachten alle … Hörst du mir zu?«

Sanne nickte abwesend und legte das Geschirrtuch auf die Spüle. »Hast du noch irgendwo eine Telefonkarte?«

»Hab ich dir heute morgen schon gegeben.«

»Oh, ja …« Sanne wollte aus der Küche gehen.

»Willst du jetzt telefonieren? Schon wieder? Wollen wir das nicht erst mal fertigmachen?«

»Später. Okay?«

Martine beugte sich demonstrativ über das Spülbecken und wusch mit heftigen Bewegungen einen Becher ab.

»Grüß deine Eltern. Wünsch deinem Vater viel Kraft.«

»Die rufe ich nicht an.«

»Wen dann?«

»Irgend jemanden.«

Martine schmiß die Abwaschbürste auf die Spüle. »Du flüchtest mitten in einem Gespräch aus dem Haus. Mit meiner Telefonkarte. Habe ich dann nicht das Recht zu erfahren, wen du so dringend sprechen mußt?«

»Eine Freundin.«

Martine faßte sich wieder und gab sich alle Mühe, wohlwollend zu blicken, ganz Ohr zu sein. »Was für eine Freundin?«

»Einfach eine Freundin. Jemand, mit dem ich gut reden kann.«

»Warum redest du nicht mit mir? Wir sind nun schon drei Tage zusammen.« Martine biß sich auf die Lippen. Sie hatte sich vorgenommen abzureisen, wenn Sanne so abweisend bleiben würde, aber jetzt, wo sie ihr auswich und aus dem Haus lief, hätte sie sich am liebsten an sie geklammert. Sie konnte es nicht ertragen, daß Sanne sie im Stich ließ, um mit jemand anderem zu reden. Sie beugte sich zum Wasserhahn vor und trank einen Schluck. Nichts anmerken lassen. Sie richtete sich auf und fragte: »Hast du den Reis gekauft?«

»Nein.« Sanne kam in die Küche, schon in der Jacke, die Telefonkarte zwischen den Lippen.

»Und was sollen wir heute abend essen?«

»Nudeln.«

»Gab es keinen Reis?« Martine hörte den Vorwurf in ihrer Stimme. Was war in sie gefahren? Nicht einmal Mütter nörgelten so. Das Kind hatte wenigstens an das Abendessen gedacht. Nudeln waren besser als gar nichts.

»Ich habe die Nudeln gesehen und gedacht: Was für eine lustige Form. Und ehe ich mich's versah, stand ich damit an der Kasse.«

Hühnchen mit Reis wäre eine bessere Kombination gewesen als Hühnchen mit Nudeln. Das Gericht, das sie geplant hatte – Hühnchen mit Rosinen, Aprikosen, Auberginen und Mandeln –, war süßsauer und glibberig, und Nudeln waren auch glibberig, das würde eine schöne Pampe werden, aber sie beschloß, ihre Kritik für sich zu behalten. »Wo ist die Packung, ich sehe sie nirgends.«

»Darf ich später darüber nachdenken, nach dem Anrufen?«

»Nein, ich habe so viel gemacht heute, ich bin spazierengegangen, mit dem Rad über die ganze Insel gefahren, ich habe Hunger. Überleg doch mal.«

»Keine Ahnung.«

»Was hast du gemacht, als du aus dem Dorf zurückgekommen bist? Klemmt die Packung noch auf dem Gepäckträger?«

Sanne schien sich plötzlich zu erinnern, wo sie die Nudeln gelassen hatte, und rannte die Treppe hinauf. Schon nach ein paar Stufen bemerkte Martine, daß Sannes Schritte langsamer wurden. Bis in die Küche war ihr Schnaufen zu hören. Es war eine steile Treppe, aber so steil nun auch wieder nicht. Morgen früh mußte sie Sanne mal überreden, mit ihr am Strand zu joggen, jeden Tag ein Stückchen weiter, jeden Tag ein etwas strafferes Tempo. Wenn dieser träge Körper erst mal in Form wäre, käme der Rest von selbst.

Martine war gerade dabei, einen Topf mit Wasser aufs Feuer zu setzen, als sie einen Aufprall hörte, einen Schrei, Gepolter, wie wenn jemand fünf, sechs Stufen die Treppe hinunterfällt. Danach ein sonderbares Prasseln, auf den Stufen und auf dem Fußboden, als ob es im Korridor plötzlich angefangen hätte zu hageln.

Überall um sie herum, neben ihr, hinter ihr, lagen Nudeln. Die Packung war aufgerissen, sie selbst würde auch aufreißen, ganz bestimmt, und Federchen verlieren. Noch ehe sie wußte, was sie damit machen sollte, war sie es schon wieder los. Sie schlug die Hände vors Gesicht, um einen Weinkrampf zurückzuhalten und nicht auf Fragen reagieren zu müssen, die besorgte Miene nicht zu sehen, Martine, die immer näher kam. So viel Zuwendung brachte sie nur noch mehr zum Heulen.

Sie spürte einen Arm um sich, Finger, die vorsichtig ihre Füße, Knöchel, Beine betasteten. Ob sie alles noch bewegen könne, hörte sie Martine fragen. Ja, ihre Gliedmaßen funktionierten noch, aber Federchen? Würde es nun von selbst in einer Blutwelle weggespült werden? Tat das weh?

Ging das von allein oder war es doch besser, einen Arzt aufzusuchen?

Sie tastete mit der rechten Hand zwischen ihre Beine, doch ihr Schritt war trocken. Vielleicht war es noch nicht soweit, war der Stoß da drinnen noch nicht angekommen. Sie blieb so still wie möglich sitzen, um zu fühlen, ob die Krämpfe schon begannen, das Zusammenziehen, das Ebben und Fluten. Doch sie spürte nur Schmerzen am Steiß und daß ihr Rücken immer steifer wurde, bis hin zum Nacken.

»Steh mal auf. Gib mir den Arm, vorsichtig.«

Zögernd ließ Sanne sich aufhelfen. Ob es durch die Schwerkraft schneller nach unten strömte, wie Sand in einer Sanduhr? Sie merkte, daß sie auf den Fußboden starrte, als erwarte sie, es dort, zwischen ihren Füßen, liegen zu sehen. Sie klammerte sich an Martines Arm, denn ihr linker Knöchel tat weh. Unsicher machte sie ein paar Schritte ins Zimmer, bei jedem Schritt konnte sie anfangen zu bluten, rot-schwarze Klümpchen, wie eine starke Menstruation würde es wohl sein.

»Geht's?« fragte Martine. »Du guckst so ängstlich.«

Mitten im Zimmer blieb Sanne stehen. Sollte sie sich nicht doch lieber aufs Sofa legen? Würde sie damit eine Fehlgeburt verhindern?

»Was faßt du dich denn immerzu in den Schritt? Hast du dir in die Hose gemacht? Aber das ist doch nicht schlimm«, sagte Martine munter, »ich wasch sie dir aus.«

Sanne antwortete nicht, ließ Martines Arm los und ging in den Flur.

Martine sah ihr hinterher: Sie zog das linke Bein leicht nach, hatte sich aber offensichtlich nichts gebrochen oder gerissen, es hätte schlimmer ausgehen können. Sie hörte die Badtür auf- und zugehen, das Klicken eines Schlosses. Wozu war das nun nötig, wenn zwei Frauen in einem Haus wohnten? Wovor schämte sich das Mädchen? Sie lauschte, ob Sanne sich übergeben würde. Wenn sie eine Gehirnerschütterung hatte und ein paar Tage liegen mußte, würden sie die Zimmer tauschen. Dann bekäme Sanne das größere mit dem breiten Bett. Wenn die gelben Vorhänge zuviel Licht durchließen, würde sie eine Decke davorhängen. Martine ertappte sich dabei, daß sie schon anfing, sich darauf zu freuen. Sie fand es nie belastend, wenn jemand krank war, dann war klar, was zu tun war, welche Aufgabe man hatte.

»Geh doch unter die Dusche«, sagte sie durch die verschlossene Badtür. »Du kannst ruhig mein großes Handtuch benutzen. Und willst du was zum Eincremen hinterher?«

Sanne antwortete nicht, die Toilettenspülung ging, dann blieb es eine ganze Weile still. Martine holte Handfeger und Kehrschaufel aus der Küche und fing an, die Nudeln, die auf den untersten Treppenstufen und im Flur herumlagen, zusammenzufegen.

Fünf Wochen schwanger jetzt. Oder nicht mehr schwanger. Möglicherweise nicht mehr nach diesem Sturz. Martine dachte über das nach, was Sanne ihr erzählt hatte. Und darüber, was sie dazu sagen sollte, jetzt gleich, in den nächsten Stunden, Tagen, so ruhig wie möglich. Sie mußte taktvoll vorgehen. Sie saßen sich gegenüber. Sanne auf dem Sofa – in dem Kimono, den sie gekauft hatte, als sie Bas gerade kennengelernt hatte –, in eine Decke gehüllt, sie in einem Korbsessel an der anderen Seite des Couchtisches. Sie hatten gerade gegessen. Den Teller hatten sie auf dem Schoß gehalten, denn Sanne hatte zu große Schmerzen am Steiß, als daß sie auf einem Stuhl hätte sitzen können.

»Ich würde mir mal nicht so sicher sein, daß du es verlierst.«

»Nicht?« fragte Sanne und lächelte.

War es vor Erstaunen, Enttäuschung oder Erleichterung?

Martine versuchte, das Lächeln zu deuten. »Wenn du wüßtest, wo Frauen früher überall runtergesprungen sind, um ein Kind loszuwerden.«

»Und es blieb trotzdem drin? Ganz intakt?« fragte Sanne gespannt. »Nicht irgendwie zerknautscht oder so?«

»Du hast es doch nicht absichtlich getan?«

Sanne sah sie mit großen Augen an.

»Ich wollte schon sagen ... Es gibt bessere Lösungen. Und ungefährlichere. Du solltest nur nicht zu lange damit warten.«

Sie bereute ihre Worte sofort, denn zum ersten Mal in all den Tagen schien Sanne ihr eine Frage stellen zu wollen, eine Frage, die aufrichtiger Neugier entsprang, eine Frage, die sie nicht beantworten wollte, jetzt nicht und später nicht.

»Wann bist du beim Arzt gewesen?«

»Ich bin noch nicht beim Arzt gewesen.«

»Dann irrst du dich vielleicht. Jeder ist mal drüber.«

»Ich nie. Ich fühle mich auch anders, ganz ... flau. Und meine Brüste sind wie zwei große blaue Flecke. Genau wie es in den Büchern steht.«

Martine erinnerte sich, daß sie seinerzeit auch vom ersten Moment an vollkommen sicher gewesen war, keinen Doktor gebraucht hatte, der bestätigte, was sie ohnehin schon wußte. Aber sie nickte zurückhaltend, als sei dies etwas, das sie nur vom Hörensagen kannte, aus Büchern.

»Ich nehme an, du hast dich inzwischen entschieden, was du machst?«

»Was ich mache?«

»Was du machst, wenn du es nicht von selbst verlierst?«

Sanne sah sie an und zuckte mit den Schultern, als wolle sie wieder sagen: Ist mir egal. Aber sie sagte nichts, hob die Decke an, steckte ihre Hand unter den Aufschlag des Kimonos, legte sie beschützend auf ihren Bauch. Martine wollte weiterfragen, hielt sich aber zurück. Wenn sie zu sehr insistierte, würde Sanne sich an die Idee klammern, daß sie das Kind behalten müsse. Eine Idee, das war es, noch kein Kind. Sie starrte auf die Hand, die sich unter dem Kimono abzeichnete. Ein Kind konnte man es noch nicht nennen, das, was da drin war, in diesem Bauch, unter der Hand. Ein Kind war es nur, wenn man auch glaubte, daß es das werden würde.

Sie stand auf und räumte den Tisch ab. Als sie in Sannes Nähe kam, um ein leeres Glas von der Sofalehne zu nehmen, roch sie den Zitronenduft ihrer eigenen Bodylotion. Sanne roch vertraut, sah vertraut aus in dem Kimono, war aber weiter weg denn je. Hatte sie denn überhaupt keinen Lebensplan? Hatte sie sich nie überlegt, daß ein Baby nicht immer so winzig blieb, sondern ein ganzes Leben führen mußte, vierzig werden würde, fünfzig und wahrscheinlich noch viel älter? Und der Vater? Sanne kannte diesen Jungen erst ein paar Wochen länger, als sie und Bas sich kannten.

Bas war bereits Vater, Bas hatte eine erwachsene Tochter aus erster Ehe und wollte keine Kinder mehr, das hatte er ihr gleich, als sie das zweite oder dritte Mal miteinander schliefen, gesagt. Um der Klarheit willen wolle er, daß sie das wisse, »bevor du dir vielleicht Illusionen machst. Wenn du ein Kind willst, kann ich nicht mit dir zusammenbleiben.« Und sie hatte genickt, sie bekam zwar noch ihre Regel, aber sie war schon dreiundvierzig. Sie hatte genickt: Ein Kind sei für sie kein Thema mehr, passé. Sie waren froh, daß sie auch in diesem Punkt einer Meinung waren, daß es hierüber keinen Zweifel gab. Bas war schon fünfzig, Bas hatte schon ein Kind, Bas wollte partout keine Kinder mehr.

»Und der Vater?«

»Sjoerd?« Sanne lächelte, als sie seinen Namen aussprach.

»Weiß Sjoerd es schon?«

»Ich finde, daß ich erst einmal selbst wissen muß, was ich will.«

»Es ist auch von ihm. Er muß es erfahren.«

»Er wird es auch erfahren. Aber nicht jetzt. Würdest du es sofort ...? Stell dir vor, du bekommst ein Kind von, wie heißt er, von unserem Mann in Osaka.«

»Ich bin zu alt.«

»Dreiundvierzig, das geht gerade noch.«

»Es geht nicht mehr.«

»Es geht sehr wohl noch, aber gut ... angenommen früher. Als ich dieses rote Täschchen von dir bekommen habe, warst du ...?«

»Vor fünfzehn Jahren war ich achtundzwanzig, aber damals war ich mit Koen zusammen. Koen wollte keine Kinder.«

»Du schon?«

»Ich schon, ja.«

»Ich hätte ihn verlassen.«

»Das hab ich auch getan. Fünf Jahre später.«

»Und danach?«

»Es hat sich einfach nie ergeben.«

»Die falschen Männer zum richtigen Zeitpunkt und die richtigen Männer zum falschen Zeitpunkt?«

Martine lachte auf. Als sie – fast gleichzeitig mit Jetta – schwanger geworden war, hatte sie es dem Vater nicht sagen können. Sie kannte ihn kaum, hatte ihn bei einer Tagung in Lille kennengelernt. Sie hatten ihre Adressen nicht ausgetauscht, aber wenn sie es gewollt hätte, hätte sie ihn natürlich finden können. Unter einem vagen Vorwand hätte die Delegierte aus les Pays-Bas den Delegierten aus la Suisse ausfindig machen, ihm schreiben, ihn anrufen können. Es war ihre erste richtige Stelle nach dem Studium gewesen, und sie hatte gerade mit der Pille aufgehört, weil sie anderes im Kopf hatte als Männer, dachte sie.

Sie wußte nicht viel von Vincent, außer daß er verheiratet war, schon ein Kind hatte. Später war es ihr keinen Moment lang in den Sinn gekommen, ihm mitzuteilen, daß sie von ihm schwanger war. Es ging nicht. Er hatte keine mitleiderregenden Geschichten darüber erzählt, daß seine Frau ihn nicht verstehen würde, und sie hatte keinerlei Grund zu der Annahme, daß er diese verlassen würde, wenn er die Folgen seiner Untreue erführe. Es ging nicht. Seinetwegen nicht, wegen des neuen Jobs nicht, wegen der Chancen, die ihr nun geboten wurden und die nicht noch einmal kommen würden, ging es nicht. Nicht jetzt.

Sanne war aufgestanden und zum Fenster gegangen. »Hörst du es rauschen, das Meer, in der Ferne?«

»Ich weiß, daß da das Meer ist, aber ich höre nichts.«

»Wirklich nicht?«

»Vielleicht weil der Ofen auch rauscht.«

»Das Meer rauscht schon den ganzen Tag so ... wie Blätter rauschen, wenn man hindurchläuft.«

»Das ist doch mehr ein Rascheln?«

»Nicht wenn es ganz viele Blätter sind.«

Martine wurde unruhig, weil Sanne so in die Dunkelheit starrte, und ging in die Küche.

»Manchmal erscheint es mir so simpel«, hörte sie Sanne im Zimmer sagen.

Sie steckte ihren Kopf durch die Luke. »Erscheint dir was simpel?«

»Ich werde es einfach bekommen.«

Martine antwortete nicht, nickte nur, daß sie verstanden habe. Leise schloß sie die Durchreiche, ging zum Spülbecken und klammerte sich daran fest, weil ihr schwindlig geworden war. Die Linien des schwarz-weiß gefliesten Beckens verschwammen wie in einem Stich von Escher. Schnell drehte sie den Hahn auf und schwappte sich ein paar Handvoll kaltes Wasser ins Gesicht.

Nachdem sie einen Kessel Wasser aufgesetzt hatte, streckte sich Sanne auf dem Sofa aus. Es war ein altmodisches Ungetüm mit hölzernen Armlehnen. Um sich langmachen zu können, mußte man eines der Rückenpolster über die Armlehne legen. In dem großen Zimmer in Utrecht war noch Platz für eine Bettcouch, dann konnte das Baby im Nebenzimmer schlafen, wo jetzt ihr Bett stand. Anderthalb Zimmer waren nicht viel, aber bis das Kind anfangen würde zu laufen, hatten sie vielleicht eine größere Wohnung gefunden. Zusammen mit Sjoerd, vielleicht. Mit wieviel Monaten fing ein Kind an zu laufen? Vielleicht, vielleicht, hörte sie Martine schon murmeln, so wie sie auch während des Abwaschs dauernd gemurmelt hatte. Martine fand, daß sie »mindestens« eine Wohnung so groß wie dieses Erdgeschoß bräuchte. Ein Wohnzimmer, zwei Schlafzimmer, eine Küche und eine Dusche – »mindestens«. Martine fand, daß sie einem Kind noch nichts zu bieten habe. Daß die Umstände zu unsicher seien. Daß das kein guter Anfang sei für ein Menschenleben.

Sanne hörte die Badtür auf- und zugehen, das Klicken des Schlosses. Kurz darauf sprang der Durchlauferhitzer an, und das Wasser strömte aus der Brause. In ihrem Zimmer in Utrecht hatte sie keine Dusche. Sie würde sich eine Plastikbabywanne kaufen müssen oder so eine große rote Schüssel, wie hier eine unter der Spüle stand, darin könnte sie dann auch gleich die Wäsche waschen. Sie würde keine Baumwollwindeln nehmen, denn wo sollten die trocknen? Sie hatte nicht einmal einen Balkon. Nur waren diese Papierdinger bestimmt sehr teuer.

Als ihre Eltern sie bekamen, hatten sie auch nicht viel. Nicht genug Platz, nicht genug Geld. Nie in Panik geraten über etwas, was nicht da ist, sondern hoffen, daß es kommen wird, vertrauen – hatte Jetta sie gelehrt. »All shall be well.« Und trotzdem war sie sich nicht sicher, ob ihre Mutter jetzt auch so lakonisch reagieren würde. Aber wenn ihre Eltern sich durch allzu große Besorgtheit hätten leiten lassen, würde es sie nicht geben. Dann hätten sie das verhindert. Wenn ihre Mutter sie abgetrieben hätte, würde sie jetzt nicht hier liegen und dem Rauschen des Meeres zuhören, das immer näher kam. Der Wind war stärker geworden, hörte sie.

Sie hörte noch etwas anderes, ein Geräusch, das sie nicht sofort zuordnen konnte. Als ob irgendwo ein Hund jaulte, nein, es war näher, im Haus. Kochte das Wasser, das sie aufgesetzt hatte, schon? War es der Durchlauferhitzer, oder pfiff der Wind um einen lockeren Dachziegel? Kam es vielleicht von oben, dieses Geräusch, aus dem verschlossenen Zimmer mit dem Schild PRIVAT? Die Schrauben in dem Schild waren verrostet, der Rost war ausgelaufen; es sah aus, als würden die Schrauben schon seit Jahren weinen. War einmal etwas passiert in diesem Zimmer, war es deshalb abgeschlossen? Hatte sich dort jemand aufgehängt, ein einsamer Witwer oder eine Frau, nachdem ihr Kind gestorben war? Vielleicht lag das Spielzeug noch da, war das Zimmer eine Art Privatmuseum der Eigentümer, hatte das zusammengeklappte Kinderbett auf dem Treppenabsatz ihrem Kind gehört.

Wenn ihr so etwas passieren würde, sie würde alles von ihrem toten Kind – Matratze, Laken, Decken – auf Sjoerds Lastenfahrrad laden, an den Stadtrand damit, und es verbrennen. In Gedanken schaute sie in den Rauch, der wie eine schwarze Säule in den Himmel stieg. Manchmal wirbelten ein verkohltes Stück Laken, Kapok aus der Matratze oder eine Feder durch die Luft. Ein schwarzes Federchen … sie sah ihm nach, bis ihre Augen zu brennen anfingen. Beißender Brandgeruch stieg ihr in die Nase, stimmte sie düster, als würde sie auch innen ganz schwarz, versengt. Sie schloß die Augen, versuchte an etwas anderes zu denken. Sie blutete noch nicht, bisher hatte sie keine rot-schwarzen Klümpchen im Toilettenbecken schwimmen sehen. Es war noch da, es lebte vielleicht noch, nein, nicht vielleicht, es lebte.

Sie wußte nicht, wie lange sie dagelegen hatte, auf der Seite, die Arme fest um den Bauch gepreßt, als sie Martine in Pantoffeln ins Zimmer kommen hörte. Martine stellte die Teekanne auf den Ofen und fing an, sich mit einem Handtuch das Haar trockenzureiben. Sanne sah, daß sie aus den Augenwinkeln unablässig zu ihr herschaute.

»Was ist? Warum guckst du so?«

»Hast du Bauchschmerzen?«

»Nein.«

»Weil du so daliegst?«

»Was siehst du auf diesen Gardinen?« fragte Sanne und richtete sich auf.

»Was meinst du?«

»Das Muster auf den Gardinen.«

»Orchideen.«

»Sonst nichts?«

»Diese gruseligen Blumen, die man sofort in den Müll werfen muß, wenn man sie von einem Mann bekommt.«

»Ich sehe es doch ganz deutlich: der große Kopf, das Auge ... Da, siehst du? Der zusammengerollte Körper, das Händchen mit dem Daumen im Mund?«

Martine stellte die Teekanne vom Ofen auf den Tisch, setzte sich ihr gegenüber, blickte sie aber nicht an.

»Ich sehe es überall. In einer Muschel auf dem Watt, auf dem Etikett einer Büchse Dicke Bohnen.«

Martine verrückte die Becher auf dem Tisch, die Zuckerdose, den Süßstoff, fing an, einen Schokoriegel in Stücke zu zerteilen, klapperte mit den Löffeln, räusperte sich, sagte aber noch immer nichts.

»Es steckt nicht nur in meinem Bauch, sondern auch in meinem Kopf. Es will da nicht raus. Wie soll ich etwas, das ich mir nicht einmal wegdenken kann, wegmachen lassen?«

Martine beugte sich über den Tisch, so weit, daß sie schon fast kniete. »Aber ein Kind muß man sich doch wünschen«, sagte sie. »Die Umstände sollten so günstig wie möglich sein. Ich war ein Wunschkind, ein echtes Wunschkind, das erste Mädchen nach zwei Söhnen, es hätte nicht besser sein können, aber ich weiß manchmal schon nicht, wie es gehen soll.«

»Was?«

»Zu leben. Zufrieden zu sein mit dem, was ich habe, mit meiner Arbeit, meinen Freunden, meinem Haus, mit Bas.«

»Ich bin voll hingeknallt. Wenn es drinbleibt, soll es wohl so sein.«

»Soll es so sein?« rief Martine und sprang auf. »Was heißt: Soll es so sein?«

»Soll es so sein, daß ich es bekomme. Dem kann ich mich doch dann nicht widersetzen.«

Martine ließ sich wieder in ihren Sessel fallen, riß sich das Handtuch vom Kopf und lehnte sich zurück. Das Rattan knackte. Ihre Augen waren nicht rot, und dennoch sah sie verheult aus, fand Sanne. Als ob ihr ganzer Körper unter der Dusche geweint hätte. Die roten Locken gaben ihr etwas Freches, aber mit nassem Haar sah sie zerbrechlich aus. Sie beugte sich zum Tisch vor und schenkte Martine einen Becher Tee ein, schob ihn zu ihr hin und auch den Süßstoff und die Schokolade, wurde aber das Gefühl nicht los zu versagen.

Obwohl ihr das Wort Abtreibung nun schon seit vier Wochen im Kopf herumspukte, wagte sie nicht, es in Martines Gegenwart auszusprechen. Als sei es ein Phantomwort, das aus dem verschlossenen Zimmer oben entwischt war. Die ganze Zeit, während Martine unter der Dusche gewesen war, hatte sie darüber nachgedacht, wie sie es zur Sprache bringen könnte, ohne das Wort zu erwähnen.

»Wie lange ist es her, daß du schwanger warst?«

Martine schien nicht erstaunt zu sein.

»Sehr lange.«

»Ein Sohn oder eine Tochter?«

»Danach habe ich nicht gefragt.«

»Hat dich das nicht interessiert?«

»Wenn man es nicht behalten will, ist es besser, es nicht zu wissen. Schien mir. Ein Mädchen, ein Junge, dann hat es doch schon fast einen Namen?«

Sie schwiegen. Sanne sah Martine an, aber die rührte in ihrer Tasse.

»Eine Tochter«, sagte Sanne schnell. »Bestimmt. Mich wolltest du auch immer anziehen. Vielleicht wären wir ja Freundinnen geworden.«

Martine schaute auf, grinste breit. »Ja, wirf mir nur vor, ich hätte deine beste Freundin wegmachen lassen.«

»Hätte doch sein können, oder?«

»Alles hätte sein können.«

Sanne stand auf, weil sie nicht wußte, wie sie jene andere Frage stellen sollte, ohne daß es allzu hart klang. Sie ging zum Sims, nahm das Papierschirmchen und drehte es zwischen Daumen und Zeigefinger hin und her.

Martine deutete mit einer Kopfbewegung auf das Schirmchen. »Weißt du noch, daß wir nach dem Einkaufen immer zusammen Eis essen gegangen sind?«

»Jetta fand, daß du mich verwöhnst. Erinnerst du dich an diesen Streit?«

»Welchen Streit?«

»Am Heiligabend auch noch. Ich hatte mir ein großes Tuch von dir wie eine Art Rock umgewickelt, ein rosarotes Tuch mit Goldfaden. Erinnerst du dich? Ich hatte es noch um, als Mama sagte, daß wir nach Hause müßten, sie rasselte schon mit den Autoschlüsseln. Von dir aus hätte ich das Tuch behalten dürfen, aber Mama wollte das nicht. Unter keinen Umständen. Ich bekam den Knoten nicht auf, und da fing Mama an, an dem Tuch zu zerren, und sie rief, daß du uns immer viel zu teure Geschenke machen würdest. Warum tat sie das?«

»Sie hatte auf den ganzen Abend schon keine richtige Lust gehabt. Sie war mir zuliebe gekommen. Ich saß gerade wieder mal ohne Mann da, ich hatte all meine Freunde eingeladen. Und zwar so, daß niemand sich traute abzusagen.«

»Wenn sie eigentlich keine Lust hatte, dann hätte sie nicht kommen sollen.«

»Sie hatte für dich auch einen Schal gekauft. Der lag schon eingepackt unter dem Weihnachtsbaum. Aber dieser Schal war längst nicht so schwer, so schön und so teuer wie der, den ich dir schenken wollte.«

»Ich hatte nie das Gefühl, daß du uns mit diesen Geschenken kaufen wolltest oder so …«

»Weiß ich.« Martine lächelte.

»Was machen sie damit?«

»Womit?«

»Mit dem Kind. Wenn sie es weggemacht haben?«

»Für mich war es noch kein Kind.«

»Werfen sie es einfach weg? Verbrennen sie es?«

»Das habe ich doch alles nicht gefragt. Je mehr man weiß, je mehr Bilder, je mehr Erinnerungen man hat, desto schwieriger wird es später. Und das muß nicht sein.«

Sanne nickte, obwohl sie es nicht ganz verstand. Sie würde es sehen wollen, mit nach Hause nehmen vielleicht sogar, es in ein Tuch wickeln und irgendwo begraben, zusammen mit Sjoerd.

»Und der Vater? Was hat der dazu gesagt?«

»Er war verheiratet. Das wäre sonst wirklich ein Mann für mich gewesen.«

»Hast du es ihm nie gesagt oder geschrieben?«

»Und wenn seine Frau den Brief gefunden hätte?«

»Vielleicht hätte er sich ja für dich entschieden.«

»Du bist eine ganz schöne Egoistin, Sanne. Und so was will Mutter werden.«

»Durch so eine große Veränderung ändert man sich selbst auch. Das kann doch gar nicht anders sein?« Sie schwieg, denn während sie es sagte, spürte sie, daß sie wieder sicherer wurde, ruhiger. Hatte die Veränderung schon begonnen?

»Ich bereue es nicht«, hörte sie Martine sagen. »Zu diesem Zeitpunkt, unter diesen Umständen, konnte ich keine andere Entscheidung treffen.«

Sanne ging nicht darauf ein. Die Stimme, die sagte, wenn man wisse, was man tut und warum man es tut, würde man es im nachhinein nicht bereuen, schien aus einem anderen Zimmer zu kommen oder von noch weiter her. Als sei es die Stimme einer Radiosprecherin, ein Sender aus einem anderen Land, der stark rauschte.

Sanne träumte, sie fiele die Treppe hinunter, mit einer Packung Nudeln. Die Packung riß auf, es fing an zu ticken, über ihr, überall um sie herum, als ob nicht nur eine Packung, sondern ein ganzes Haus voll Nudeln aufgerissen wäre. Sie wurde wach, weil sie die Treppe knarren hörte, das Ticken ging weiter, nun hörte sie auch noch Schritte. Die Tür zu ihrem Zimmer öffnete sich, Martine ging an dem Bett vorbei zum Fenster und machte es leise zu. Sanne hielt die Augen geschlossen, zögerte, aber da sie es unhöflich fand, sich weiterhin schlafend zu stellen, sagte sie dösig: »Danke.«

Martine setzte sich zu ihr auf die Bettkante.

»Hast du Blutungen bekommen?«

»Nein.«

»Ich hörte, wie du vor einer halben Stunde auf die Toilette gegangen bist, ich dachte ...«

»Ich mußte mal.«

Martine nickte, Sanne konnte ihr Gesicht nicht sehen, nicht den Ausdruck ihrer Augen. Das spärliche Licht, das von der Glühbirne im Korridor hereindrang, fiel auf die roten Locken. Die Locken nickten. Sie färbte sie bestimmt regelmäßig, nicht einmal der Scheitel war grau.

»Ich verstehe, daß du ein Kind willst«, hörte sie Martine

in der Dunkelheit sagen, »vielleicht gibt es niemanden, der das besser versteht als ich, aber du hast noch alle Zeit der Welt. Schließ wenigstens erst dein Studium ab.«

Sanne suchte Martines Hand, legte ihre darauf. »Das tue ich auch, wirklich. Ich werde nur etwas länger brauchen. Babys schlafen doch sehr viel?«

Martines Hand ballte sich zur Faust. Sanne spürte, wie die Knöchel kalt wurden, als hielte sie einen Stein in der Hand.

»Aber nicht, wenn man kurz vor einer Prüfung steht. Dann schlafen sie gerade nicht.«

Sanne wußte nicht, was sie antworten sollte. Sie hatte das Gefühl, Martine mit jedem Argument für das Kind etwas wegzunehmen, abzuknapsen. Sie lauschte dem Ticken auf dem Dach. Sie liebte Geräusche im Dunkeln, denen hörte sie lieber zu als dem, was Martine ihr schweigend zu erklären versuchte. Im Dunkeln krochen einem die Geräusche in den Kopf, wie die Mäuse in den ausgetretenen Stiefel in einem Kinderbuch, das ihre Mutter ihr immer vorgelesen hatte. Früher, als sie noch keinen Computer besaß, schrieb Jetta all ihre Briefe auf einer alten Olivetti. Wenn Sanne im Bett lag, hörte sie das Ticken und versuchte, am Rhythmus zu erkennen, was für einen Brief ihre Mutter schrieb, einen lustigen oder einen geharnischten. Wenn es die ganze Woche lang abends tickte, war es kurz vor Nikolaus.

Martine zog ihre Hand zurück, stand auf, beugte sich über Sanne, strich Laken und Decke glatt. Ohne ein Wort ging sie zur Tür. Die Hand schon auf der Klinke, sagte sie: »Keine Angst, ich werd mich nicht mehr einmischen.« Dann verschwand sie im Korridor, ging die Treppe hinunter. Sanne horchte auf die Geräusche unten, verfolgte das Schlurfen der Pantoffeln, hörte, wie Lampen aus- oder angeknipst wurden, Wasserrauschen in der Küche. Eine Tür ging auf, ein Metallbügel fiel zu Boden. Noch ehe sie sich fragen konnte, was Martine da machte, mitten in der Nacht, war sie eingeschlafen.

Der Mond drang mühsam durch die Wolkendecke hindurch und erleuchtete den Badweg nur spärlich. Aber selbst wenn sie die Hand nicht vor den Augen hätte sehen können, wäre sie aus dem Haus geflüchtet. Sie wollte nicht wieder wach liegen, lauschen, ob die Treppe knarrte, die Badtür auf- und zuging. Sie wollte nicht auf das Geräusch der Wasserspülung hoffen und sich wünschen, daß das Früchtchen, Fischlein, oder wie Sanne es nannte, über die Kanalisation ins Meer zurückschwamm. Sie konnte sich nicht dagegen wehren zu denken: Es darf nicht sein, nicht drinbleiben. Es ist ungerecht, ein Kind mit einem Kind. Jetta hat Kinder, alle haben Kinder, Debile kriegen Kinder, die ihnen weggenommen werden, woraufhin sie wieder neue Kinder kriegen. Alle bekommen welche, aber ich kann einem Kind ein Haus bieten und einen Garten mit einem Baum, der so dicke Äste hat, daß man problemlos eine Schaukel daran hängen kann, ein Baumhaus wäre auch möglich, alles, was ich in mir habe, kann ich ihm geben, ich habe einem Kind viel mehr zu bieten. Sanne kann noch nichts, weiß noch nichts, nicht einmal, was sie werden will, ja, Mutter vielleicht. Keine Tasse räumt sie weg, vergißt, daß die Läden um sechs schließen und manchmal gar nicht aufmachen, kennt nicht den Unterschied zwischen Reis und Nudeln, »ist mir egal«, redet schludrig, denkt schludrig, lebt schludrig. Hat die Pille ein paarmal vergessen, »ja, blöd, was«, weiß noch nicht, ob sie schon mit Sjoerd zusammenleben will, heiraten?, »vielleicht ja, vielleicht nein«, ein Mensch voller Zweifel und Widersprüche – und so was will ein Kind bekommen!

Sie spürte, wie ihr der Regen ins Gesicht schlug, doch sie setzte ihre Kapuze nicht auf. Es machte ihr nichts aus, daß sie naß wurde und fror, sie fand es nicht unangenehm, daß ihr Körper ebenso frostig wurde wie ihre Gedanken. Als sie sich über Sanne gebeugt hatte, um sie zuzudecken, hatte sie sich beherrschen müssen, sie nicht durchzuschütteln, die dummen Gedanken aus diesem wirren Kopf zu schütteln, das Kind herauszuschütteln. Kind, lächerliches Wort. Wenn man es so nannte, forderte man Schwierigkeiten geradezu heraus, konnte man den Knoten niemals durchhauen.

Ehe sie sich's versah, stand sie am Strand, so schnell war sie gelaufen. Wenn sie in Bewegung bliebe, würde der Gedankenstrom von selbst aufhören. Schritte zählen oder etwas anderes. Einatmen, ausatmen, eins, zwei, bis sie leer war, rein, ausgeglichen, wie der Strand jetzt bei Ebbe. Sie wollte das nicht, nicht diese Wut, nicht etwas vermissen, was sie nie gesehen, keine sechs Wochen in sich getragen hatte. Keine Reue, Reue empfindet man über Dinge, die man *anders* hätte machen können. Sie konnte damals nicht anders; so wie sie in jener Zeit war, hätte sie keine andere Entscheidung treffen können. Da war sie sich ganz sicher, das hatte sie von vorn bis hinten durchdacht, seinerzeit, aber auch später, wenn jemand fragte: Warum hast du keine Kinder? An ihrer Antwort, ihrer Stimme hörte sie, daß es kein unüberlegter Entschluß gewesen war, die Stimme lügt nicht.

Wenn sie die Entscheidung im Kopf rückgängig machen wollte, müßte sie noch viel mehr rückgängig machen. Wer sie vor zwanzig Jahren gewesen war, was sie damals mit ihrem Leben vorhatte, arbeiten, reisen. Wer sie durch ihren Beruf und ihre Männer geworden war. Wer sie jetzt war – auch diese Frau müßte sie verändern, sich anders vorstellen. Als jemanden, der wahrscheinlich nicht wohnen würde, wie sie jetzt wohnte, der wahrscheinlich nicht zufällig, in der Schlange beim Bäcker am Samstagmorgen, Bas kennengelernt hätte.

Sie blieb stehen und schaute auf. In der Ferne sah sie die Lichter der Bohrinsel. Offenbar war sie links abgebogen.

Da war schon der steile Dünenübergang. Sie wanderte nie, ohne sich einen Plan zu machen, doch diesmal hatte sie nicht auf die Karte gesehen, sich nicht überlegt, wo sie ankommen wollte. Solange sie nur lief, so weit weg wie möglich von dem Haus, in dem Sanne schlief, die Hände über dem Bauch gefaltet, als bete sie, daß das Kind drinbleiben möge.

Ein Junge oder ein Mädchen? hatte Sanne gefragt. Sie hätte einfach irgend etwas antworten sollen. Um es abzutun. So war es hängengeblieben, eine Leere, die sich mit Vorstellungen füllte. Ein Junge. Jungen konnten wenigstens nicht schwanger werden, ein Sohn. Sie hätte eine Mutter am Rand des Fußballplatzes sein können, auf der Bank beim Judo, auf dem Rasen beim Baseball. Eine alleinstehende Mutter mit einem Sohn. Keine Ausnahme, so viele Frauen zogen allein ein Kind groß, Männer konnten auch weglaufen, sterben.

Eine Rasenfläche, eine kurz gehaltene Rasenfläche mit lauter weißen Kreuzen, wie in der Normandie, wo die Soldaten liegen ... Warum dachte sie jetzt daran? Söhne brauchen in den Niederlanden nicht mehr zu dienen, sie hätte keine Angst haben müssen, daß ihr Sohn auf einem Schlachtfeld fallen könnte. Wieder sah sie es vor sich: eine Rasenfläche, aber mit ganz kleinen Kreuzen. Wo hatte sie gelesen, wann war das nur, daß sie in Schweden oder irgend so einem Land einen Ort einrichten wollten, wo Frauen an ihr Kind denken konnten. An das Kind, das sie abgetrieben hatten.

Typisch Schweden. Man konnte seinem Kind dann doch noch einen Namen geben, und diesen Namen ließ man in das kleine Kreuz oder einen Stein eingravieren. Aber was machte man, wenn man nicht wußte, was es war, was es geworden wäre, wenn, wenn ..., ein Junge oder ein Mädchen? Hansje, Hansje würde sie auf das Kreuz schreiben, das war sowohl ein Jungen- als auch ein Mädchenname.

Einatmen, ausatmen, zählen, nicht denken. Auf diese hohe Düne zu steigen war schon schwer genug ohne die Erinnerung an eine Nacht vor zwanzig Jahren. Hansje, nein, nicht Hansje. Es gab so viele Mädchennamen, die auch Jungennamen waren. Mischa, Chris, Nicky ... Zählen, nicht denken, auf die Füße konzentrieren. Sie kräftig in den Sand stemmen, nicht wanken. Wenn sie jetzt hinfiele, würde sie nicht so schnell wieder aufstehen, sie würde merken, wie müde sie war, die Gewalt über ihre Gedanken verlieren. Sie durfte nicht fallen. Gestern oder vorgestern war sie schon einmal auf diese Düne gestiegen, doch nun erschien sie ihr viel steiler. Sie schnaufte, genau wie Sanne, kurz bevor sie die Treppe hinuntergefallen war. Nachts war alles schwerer, auch Klettern, weil sie nicht sah, wo sie hintrat, wie weit es noch war.

Es war ihr nur einmal passiert und schon so lange her, mindestens zwanzig Jahre. Einmal nur war sie mitten in der Nacht wach geworden, schweißgebadet, mit verheultem Gesicht, steif vor Muskelkater, als hätte sie zehn Dünen überwunden. Sie war aus dem Bett gekrochen, hatte ihren Bademantel angezogen und sich einen Kakao gemacht. Sie verstand nicht, warum sie sich so fühlte, so schwer und bleiern. Weil sie nach einer halben Stunde noch nicht dahintergekommen war, hatte sie versucht zu rekonstruieren, was in jener Woche geschehen war. Sie hatte sogar ihren Kalender zur Hand genommen. Sie hatte sich das Hirn zermartert, aber nicht herausgefunden, welchen nicht wiedergutzumachenden Fehler sie auf Arbeit begangen haben könnte, sie hatte nichts Wichtiges vergessen, niemanden entlassen müssen oder viel zu lange warten lassen und alle Beschwerdebriefe beantwortet.

War es dann vielleicht wegen etwas, das ihr noch bevorstand? Sie hatte ihren Kalender von vorn bis hinten durchgeblättert und war wie von selbst bei einem Datum gelandet. Eine angestrichene Uhrzeit, die Adresse einer Klinik in einer anderen Stadt. Sie hatte nicht lange rechnen müssen, um herauszufinden, daß das Kind, wenn, wenn sie es denn bekommen hätte, an diesem Tag geboren worden wäre. Das war natürlich Unsinn, Kinder kamen zu früh oder zu spät, selten zum errechneten Termin. Nur im Kopf gebar man sie pünktlich, auf den Tag genau. Sie hatte ihren Kalender zugeschlagen und wieder in die Tasche gesteckt, die Tasse ins Spülbecken gestellt und Wasser hineinlaufen lassen, um die Kakaoreste aufzuweichen. Zwanzig Jahre hatte sie nicht mehr daran gedacht, und nun wollte es doch noch einen Namen haben?

Oben auf der Düne setzte sie sich hin. Es hatte aufgehört zu regnen, doch der Sand war naß. Es machte ihr nichts aus, sie ließ sich fallen, war zu erschöpft, um auch nur einen Schritt weiter zu gehen; sie hatte keine Lust, sich noch länger alle Mühe zu geben, nicht daran zu denken. Sie schaute auf das Meer, in das milchweiße Mondlicht, das wie ein Totenhemd in dem Wasser lag, und durchfurchte mit ihren Fingern den Sand, machte kleine Häufchen, die sie mit beiden Händen kräftig andrückte. Manchmal sagte sie ein Wort, einen Namen, ganz leise. So leise, daß ein Ohr ihre Lippen hätte berühren müssen, um zu hören, was sie sagte, welchen Namen sie gewählt hatte.

Sie hatte keine Ahnung, wie lange sie so dagesessen hatte. Sie lief die Düne wieder hinunter, doch nun in die andere Richtung, landeinwärts. Sie wollte im Windschatten gehen, das Tosen der Wellen für einen Moment nicht hören, einem Pfad folgen, der so ruhig war wie sie selbst, so ruhig, wie es endlich in ihrem Kopf geworden war.

Sie lief den Muschelweg entlang, der in der Nacht hell leuchtete, bis sie den Wald erreichte, hinter dem ein Campingplatz lag, der »Lange Paal« hieß. Auf zwei großen, durch einen Weg und zwei Gräben getrennten Feldern standen ein paar Zelte. Das blasse Gelb des Zeltstoffes glich der Farbe des Mondes, als hielte der Stoff das Licht fest.

An der Kreuzung bei der Pferdekoppel nahm sie den kürzesten Weg zum Watt. Lange bevor sie dort ankam, hörte sie schon das Wasser an den Deich klatschen, ein sachtes, zufriedenes Schmatzen. Sie überquerte die verlassene Asphaltstraße, um auf der rechten Seite, so nah wie möglich am Wasser, zu gehen. Es war noch ein ziemliches Stück, aber wenn sie straff durchlaufen würde, wäre sie vielleicht noch rechtzeitig am Jachthafen, hinter der anderen Schulter der Insel, um die Sonne aufgehen zu sehen. Doch lange bevor sie das Dorf erreichte, sah sie in der Ferne schon rosa Streifen am Horizont, die durch den dunkelgrauen Himmel brachen.

Sie dachte an das Tuch, das Umschlagtuch mit Goldfaden, das sie Sanne einmal hatte schenken wollen. Es lag noch immer in ihrem Schrank. Sie trug es sehr selten, ein besonderes Tuch, sagte jeder, ein bißchen orientalisch durch all die verschiedenen Rosa- und Rottöne und den zarten Goldstreifen. Nachher, wenn sie wieder im Haus »Dünenrose« war, würde sie Sanne wecken und ihr sagen, daß sie das Tuch doch noch haben durfte. Das konnte sie sich dann um den Bauch wickeln, um diesen immer dicker werdenden Bauch. Als Stütze natürlich, aber auch weil ein dicker Bauch mit einem leuchtendbunten Tuch wunderschön aussah, selbstbewußt, stolz.

Bloß gut, daß ich gesehen habe, daß das obere Fenster offenstand. Ein kräftiger Sturm reißt es aus den Angeln, zerschlägt die Scheibe … Die Gardine und das Fensterbrett waren klatschnaß, und wenn das Holz nicht trockengewischt wird, fault es, ehe du dich's versiehst. Neben der Haustür standen sechs leere Colaflaschen, eine Portwein- und eine Weinflasche – die habe ich schon in meiner Fahrradtasche verstaut. Oh, nicht vergessen, am Samstag Graphit ins Haustürschloß zu tun, das klemmt etwas.

Kein gutes Vorbild, diese Flaschen. Die nächsten Gäste denken womöglich noch, daß es hier üblich ist, leere Flaschen zurückzulassen, und am Ende der Saison steht »Dünenrose« nicht mehr auf einer Düne, sondern auf einer Müllhalde. Wirklich nicht übertrieben, daß ich kurz hereingeschaut habe, denn wenn einer hier alles verlottern läßt, nimmt der nächste es auch nicht mehr so genau. Früher brachten die Menschen Pfandflaschen zurück, heutzutage lassen sie die immer häufiger stehen, in der Küche, unter der Spüle, hinter der roten Schüssel versteckt oder neben dem Müllcontainer unten an der Straße. Man kann sich darüber aufregen, aber das ist der Wohlstand. Das Pfandgeld kommt in den Topf »Unvorhergesehenes«, für »kaputt, aber nicht ersetzt« oder eine Packung Kerzen oder etwas Süßes als Willkommensgruß.

Das wäre nicht nötig, aber es wäre so vieles nicht nötig. Ich bräuchte auch überhaupt nicht sauberzumachen oder jeden Abend ans Meer zu radeln, um hallo zu sagen. »Tag, Jelte« und dann wieder nach Hause … Nudeln auf der

Treppe! Wie kommen die dahin? Dachte jemand, daß die Küche oben ist? Nicht ungefährlich. Die ganze Treppe noch mal abgehen, nicht auszudenken, wenn sich jemand das Genick bricht. Wir haben hier kein Krankenhaus, nur einen Hubschrauber, das begreifen die Gäste nicht.

Ansonsten scheint alles in Ordnung zu sein. Eine neue Rolle im Halter, der Scheuerlappen schon ein bißchen hart. Er ist nicht mehr wie neu, aber das ist gerade gut für einen Hader. Das Besteck liegt fein säuberlich sortiert in der Schublade, wie in einem Schlafsaal. Die großen Messer neben den kleinen, dann die großen Gabeln und so weiter ... Schnurgerade ausgerichtet. Komisch, in manchen Dingen sind die Leute in einem Ferienhaus ordentlicher als zu Hause, fast pingelig. Spüren sie, daß jemand ein Auge drauf hat? Liegt es an den Zetteln, die ich überall hingehängt habe? Oder daran, daß kurz nach ihrer Abreise wieder neue Gäste kommen, weshalb sie nie sagen können: Nach mir die Sintflut? In all den Jahren, in denen ich hier putze, habe ich es nur ein Mal erlebt, daß ich zwischen zwei Familien einen halben Tag arbeiten mußte.

Das Geschirr ist noch komplett, nur stehen die meisten Teller schon nicht mehr da, wo ich sie hingestellt hatte. Logisch, der eine stellt einen Stapel Teller in ein anderes Fach, ein Brett höher oder tiefer, der nächste paßt sich dem an. Ich will es mal so lassen. Man muß den Menschen ihre Freiheit gönnen. Andere Dinge ändern sich nie. Die Büchse neben dem Herd füllt sich langsam. Daß alle begreifen, daß die abgebrannten Streichhölzer dahinein gehören, und sich auch danach richten – das hat doch was. Ja, das ist für mich wie in einem Naturfilm.

Wo ich nun schon mal hier bin, kann ich doch schnell schauen ... Wo ist es? Wo haben sie es nur wieder hingelegt? Ich habe immer Angst, daß mal jemand das Gästebuch für eines seiner eigenen Bücher hält und mit nach Hause nimmt. Sie haben es doch wieder auf das Bücherbord gestellt. Und was für Buchstaben, wie diese Graffitis, die man vor einiger Zeit auf den Wänden in Harlingen sah. Zwei ganze Seiten für einen Satz, den ich nicht mal lesen kann. Auf dem Festland sieht man auch immer häufiger Shop soundso und Shop soundso und Discount, aber daß sie jetzt schon im Gästebuch damit anfangen. Sanne, das wird wohl die Tochter sein, nach den Krakeln zu urteilen. Gestern war sie doch noch da? Ja, es war gestern, als ich sie mit ihrer Mutter im »Zeezicht« hinter einem großen Eisbecher sitzen sah, das Gepäck neben den Stühlen, ein letztes Eis, bevor ihre Fähre ging. Mal nachrechnen, von Samstag bis Dienstag, Mutter und Tochter sind elf Tage hiergewesen, das kommt oft vor in der Vorsaison. Nur die Slagheks bleiben immer einen Monat.

Gott sei Dank, die ersten Gäste haben auch etwas geschrieben. Dana. Als ich sie einmal am Fenster sah, wie sie in die Ferne blickte, mit dem Kind auf dem Arm, den Kopf ein wenig zur Seite geneigt, hätte ich sie nicht für eine Dana gehalten, eher für eine Maria. Er saß oben, in dem Zimmerchen unter dem Dach, und starrte auch hinaus.

Ich weiß nicht warum, aber es sind meistens die Frauen, die in das Gästebuch schreiben, das scheint auch eine Art Naturgesetz zu sein. Die einzige Ausnahme ist Herman Slaghek, der Mann gibt sich richtig Mühe. Daß Dana das geschrieben hat, sieht man sofort, bevor man auch nur ein Wort gelesen hat, an der Handschrift.

Viel Regen, aber trotzdem jeden Tag gewandert, radgefahren. Auch gefaulenzt und gelesen. Gott sei Dank gibt es einen Buchladen auf der Insel. Unser Sohn Floris (siebzehn Monate) hat entdeckt, daß die Durchreiche auch als Tür dienen kann, und bei einer seiner Aktionen hat ein Becher dran glauben müssen. Wir haben bei Houters etwas gefunden, das so ähnlich aussieht. Außerdem hat die Tülle der großen Teekanne einen Sprung, aber das war wohl schon so. Wir sind nur eine Woche hiergewesen, doch es kam uns beiden viel länger vor.

Tach knirpschen mit dem rad auf der vas mit der blum
plumm plumm
tach stuhl neben dem tisch
tach brot auf dem tisch
tach fischerlein-fisch mit der pfeif (ein Gedicht, das ich mit vierzehn auswendig gelernt habe).

P. S. Zu dumm. Eben beim Einpacken haben wir gemerkt, daß der Schlaflappen von Floris weg ist. Es ist ein zerrissenes blau-grau kariertes Geschirrtuch, und Floris hängt sehr daran. Wir bitten denjenigen, der es findet, es an diese Adresse zu schicken. Vielen Dank im voraus. Dana, Chiel und Floris.

Plumm, plumm, plumm ... Nun ja, das ist wenigstens etwas. Nett, daß sie das mit dem Becher beichtet. Es ist wie beim Tanzen, wenn einer anfängt, folgt der Rest von selbst. Das Buch wieder zurück an seinen Platz, auf die Bank am Fenster, damit es auf jeden Fall auffällt.

Ich darf nicht zuviel erwarten. Hauptsache, sie schreiben etwas hinein, und wenn es nur ihr Name ist, damit die Gesichter nicht anonym bleiben. »Unsere Namen stehen auf Deiner Handfläche geschrieben« stand auch auf Jeltes Trauerkarte. Ich fand das immer einen schönen Gedanken: eine Handfläche mit Milliarden Namen.

Den Ofen auf Sparflamme, den werde ich dann Sonnabend früh, bevor ich einkaufen gehe, etwas höher stellen. WILLKOMMEN. Manche Vermieter legen eine Matte vor die Tür, auf der WILLKOMMEN steht, aber darauf kommt es nicht an. Es kommt auf andere Dinge an, auf die kleinen Dinge.

III

Als er den Schlüssel ins Schloß steckte, überlief ihn ein Schauder, als ob er einem zu lange unterdrückten Harndrang nachgäbe. Es war fast soweit. Das einzige, was er noch tun mußte, war, zwei Briefe zu schreiben. Briefe, in denen stand, was er an diesem ersten Nachmittag auf der Insel alles gemacht, gesehen, erlebt hatte. Er brauchte nicht einmal ins Dorf zu gehen, um sie einzuwerfen. An der Kreuzung am Ende der Straße, neben der giftgrünen Telefonzelle, hatte er einen Briefkasten gesehen. Er würde sich alle Mühe geben, einen leichten Ton anzuschlagen, wenigstens ein paar Sätze aufs Papier zu bekommen, aus denen sie bei seiner Beerdigung zitieren konnten.

Er wollte seine Kinder und Enkel nicht mit der Frage belasten, ob sie es hätten verhindern können. Und warum er sich nicht verabschiedet hatte? Wie konnte er nur? – gerade jetzt, da alle so erleichtert waren, daß er wieder einmal eine Woche wegfuhr, etwas zu wollen schien, ein Ziel hatte. Tod durch Ertrinken sollte man denken: ein ungeübter Schwimmer, von der Kälte benommen, von der Flut mitgerissen. Purer Übermut, keine Verzweiflungstat – eben gerade nicht. Wie kalt würde das Wasser sein? fragte er sich zum ersten Mal. So kalt wie ein Glas Whisky, wenn der Eiswürfel zu schmelzen beginnt, die Ecken runder werden? Er vertrug keine Kälte, hoffentlich würde sein Herz schnell versagen.

Ohne eine Spur von Neugier betrat er das Haus. Lange würde er hier nicht bleiben, es war nur noch eine Frage von Stunden. Das erste, was ihm ins Auge fiel, war ein Zettel mit den Ankunfts- und Abfahrtzeiten der Fähre, der neben dem Spiegel im Flur hing. Er war hierhergekommen, um zu warten, nicht um sich einzugewöhnen, ein Bahnsteig war dies, mehr nicht. Erst als er seinen Koffer abstellte, begriff er, daß er den da nicht stehenlassen konnte. Er mußte sich wieder einmal entscheiden, für ein Zimmer, sich einrichten, denn das tut man normalerweise, wenn man sich irgendwo eine Woche aufhält. All seine Handlungen mußten, im nachhinein rekonstruiert, völlig alltäglich wirken.

Er warf einen Blick auf die steile, weiß gestrichene Treppe. Hunderte, vielleicht Tausende Schritte hatten die Farbe in der Mitte der Stufen abgetreten, zu fast gleichförmigen Ovalen. Sollte er hochgehen, um nachzusehen, ob dort noch mehr Zimmer waren? Gerade von diesen ganzen Entscheidungen, den lieben langen Tag, war er in letzter Zeit hundemüde geworden. Aufstehen oder im Bett bleiben, die Werbeprospekte vor der Tür aufheben oder liegenlassen, das Telefon abnehmen oder klingeln lassen. Meistens blieb er lange im Bett und hörte, bei geschlossenen Vorhängen, Radio. Mit einem Philips-Weltempfänger, der seit dem Tod seiner Frau Johanna vor elf Monaten auf ihrem Kissen lag.

Aber auch das Radio stellte er mit der Zeit auf eine Sprache ein, die er nicht verstand, oder so leise, daß er kaum hörte, was gesagt wurde. Die einzige Meldung aus dieser ganzen Flut von Berichten, die ihm in Erinnerung geblieben war, handelte von nichts, Luft, Schaumflocken: Forschungen hatten ergeben, daß man seine Muskeln auch trainieren konnte, indem man sich nur vorstellte, eine Übung zu machen. Das war gemessen worden. Auch bei jemandem, der sich nur einbildete, Gewichte zu stemmen, nahm der Muskelumfang zu. Er hatte sich noch einmal umgedreht und zufrieden die Augen geschlossen. Er konnte fortan ruhig im Bett bleiben und sich vorstellen, daß er aufstünde, duschte, frühstückte, sich anzöge, einen Spaziergang machte, Leute träfe. Und von all diesen Aktivitäten würde er berichten, wenn seine Kinder ihn abends anriefen und die rituelle Frage stellten: Und, was hast du heute gemacht? Er konnte am Leben teilnehmen, »wieder gut funktionieren«, wie sein Schwiegersohn es nannte, während er tat, was er am liebsten tat: im Bett bleiben und sich nicht von der Stelle rühren.

Nun mußte er aber wirklich eine Entscheidung treffen. Die Kleider, die er nie mehr tragen würde, in einem Schrank verstauen. Die Hosen nebeneinander auf Bügel hängen und die Oberhemden, für jeden Tag ein frisches. Unterhosen, Hemden, Pullover, Socken in die Fächer.

Er hob seinen Koffer an und murmelte vor sich hin: »Was ein Mensch doch alles tun muß. Selbst jetzt, wo es mich schon fast nicht mehr gibt ...«

Er dachte nicht nach, sondern ging in ein Zimmer neben der Haustür. Es war eine kleine Kammer mit dunkelgrünen Blümchengardinen, einem Waschbecken und einem Spiegel, in dem er sein Gesicht sah, sein fast siebzigjähriges Gesicht, bleich und grünlich, als hätte er schon tagelang im Wasser gelegen. So würde er aussehen, wenn er wieder unten am Strand angespült werden würde oder auf einer anderen Insel, vielleicht gar in England an den Klippen von Dover. Er fuhr sich mit den Fingern durch das dünne, weiße Haar, das vom Seewind zerzaust war. Seine Tochter hatte es kurz vor seiner Abreise noch einmal nachgeschnitten, auch das Haar in seinen Ohren. »Man weiß ja nie, wem man begegnet.« An seine Nasenhaare wagte sie sich nicht heran, das sollte er selbst tun. Er betastete sein Gesicht mit den Fingerspitzen: so mager würde es in ein paar Tagen nicht mehr sein, eher schwammig, aufgedunsen, lädiert vielleicht. Arme Tochter, die ihn im Leichenschauhaus identifizieren müßte: Ist das Ihr vermißter Vater? Hoffentlich übernimmt An das, die ist robuster als Bea. Außerdem ist Bea alleinstehend, während An seit zwanzig Jahren mit Hans zusammen ist, der als

Arzt schon Schlimmeres gesehen hat. Er zog die Vorhänge auf, versuchte, nicht mehr daran zu denken, wie sie erschrecken, sich die Hand vor den Mund schlagen, vielleicht gar würgen würde.

Beschämt faßte er sich ans Kinn. Noch ehe er seinen Koffer ganz ausgepackt hatte, wußte er, daß keine Badehose darin war. Wenn er in Unterhose angeschwemmt werden würde, könnte man denken, er sei im Halbschlaf ins Meer gewankt. Er wollte in den Augen seiner Töchter nicht als Idiot dastehen. Es waren tadellose Unterhosen, ihre Mutter hatte sie noch ausgesucht. Nicht solche neumodischen Schlabbershorts, in denen das Geschlecht volle Bewegungsfreiheit hat, sondern enganliegende, hellblaue und weiße, die einem noch das Gefühl geben, einen Hintern zu haben. Trotzdem wollte er nicht in Unterhose gefunden werden.

»Nein, nein«, sagte er bestimmt und räusperte sich, um seine Heiserkeit zu vertreiben. Er war immer etwas heiser, wenn er lange nicht geredet hatte. Bis auf ein paar Worte mit dem Mann auf dem Parkplatz, wo sein Auto stand, mit der Frau, bei der er eine Rückfahrkarte für die Fähre gekauft hatte, und mit dem Busfahrer hatte er heute noch mit niemandem gesprochen. Er schüttelte den Kopf: eine Unterhose würde seine Töchter vielleicht nachdenklich stimmen. Sie wußten, daß er nicht der Typ war, der in Unterwäsche an den Strand geht, auch wenn es April war und sich abends fast niemand mehr am Wasser aufhielt.

Nachdem er seinen Koffer ausgepackt, das Bett mit der Wäsche, an die ihn Bea im letzten Moment noch erinnert hatte, bezogen und einen sauberen Schlafanzug auf das Kissen gelegt hatte, warf er einen Blick ins Wohnzimmer. Dort, an dem runden Eßtisch mit der Blumenvase, würde er seine Briefe schreiben, nachher, wenn er zurück wäre aus dem Dorf. Er hängte die Plastiktüte mit dem Schreibblock, dem Stift, Umschlägen und Briefmarken an einen der vier Stühle und stellte den Ofen in der Ecke des Zimmers etwas höher. Zwei Stunden, länger würde er nicht brauchen, um die Briefe zu schreiben; danach würde er seine letzten Vorbereitungen treffen, die neue Badehose anziehen und im Bademantel warten, bis es dunkel war.

Er stand schon im Flur, als er sich umdrehte, weil ihm jetzt erst bewußt wurde, was er auf dem Tisch gesehen hatte. Keine Kunstblumen, sondern echte, frische Blumen, gelb und lila, von denen Johanna zweifellos gewußt hätte oder hätte wissen wollen, wie sie heißen. Seine Töchter stellten ihm auch andauernd Blumen in die Wohnung, »damit sie etwas bewohnter aussieht«. Wer hatte den Strauß dort hingestellt, die vorigen Mieter? Er nahm die Blumen aus der Vase und schaute sich nach einem Papierkorb um. Den Ofen hatte er auch kaum höher drehen müssen, wurde ihm nun klar. Das hatte schon jemand für ihn getan, jemand, der wollte, daß es bei seiner Ankunft behaglich im Zimmer war. »Ich will das alles nicht mehr.« Er warf die Blumen in den Papierkorb. Obwohl er kein Geräusch hörte, oben oder hinter einer der verschlossenen Türen, hatte er das Gefühl, beobachtet zu werden.

»Hallo«, rief er. Er wartete einen Moment, räusperte sich: »Wer ist da?« Er ging auf den Flur und rief noch einmal, jetzt unten an der Treppe, kam sich vor wie ein Kind, das vor dem Schlafengehen schnell unter das Bett schaut.

Außer dem Rauschen des Ofens hörte er nichts, doch die Stille beruhigte ihn nicht. Hatte er alles gut durchdacht, als er beschlossen hatte, ein Häuschen zu mieten, das nur eine Bedingung erfüllen mußte: daß es direkt am Meer lag? Er hatte sich etwas Kahleres, Unpersönlicheres vorgestellt. Keine Blumen auf dem Tisch. Nicht all die Spuren früherer Bewohner auf dem Sims. Nicht diese Zettel überall.

Um allein zu sein, keine neugierigen Fragen beantworten zu müssen – darum hatte er lieber ein Ferienhaus gewollt als ein Hotel. In so einem Häuschen gab es keinen Empfangschef, der abends gegen elf den Zimmerschlüssel am Brett hängen sieht und sich auf einmal daran erinnert, daß man vor einer reichlichen Stunde mit einem Handtuch über dem Arm durch die Drehtür verschwunden ist.

Er ging zum Fenster, schob ein rotes Buch zur Seite, kniete sich auf die Bank und spähte hinaus. Das nächste Haus stand etwa dreißig Meter entfernt. Die blaue Jalousie vor dem Fenster war geschlossen, aber das hatte nichts zu sagen, es konnten noch Leute kommen. Samstag sei für die meisten Ferienhäuser Anreisetag, hatte das Fräulein vom Fremdenverkehrsamt ihm am Telefon gesagt, aber auf der Fähre heute früh um neun war es glücklicherweise nicht voll gewesen. Er schaute noch einmal zu der leeren Vase auf dem Tisch. Hoffentlich kam niemand, um zu fragen, ob alles zu seiner Zufriedenheit sei. Er wollte nicht gesehen werden in seinen letzten Stunden.

Auf dem Weg ins Dorf kam er an der Telefonzelle vorbei. »Rufst du gleich an, wenn du angekommen bist?« hatte Bea gefragt. Es war nicht leicht gewesen, sie davon zu überzeugen, daß es besser sei, wenn er sie erst nach ein paar Tagen anrufen würde, wenn der Urlaub zur Hälfte um war. »Dann habe ich was zu erzählen.« Nein, er wolle auch kein Handy mitnehmen für alle Fälle, diese Dinger würden ihn nur nervös machen. Er konnte ihr doch nicht sagen, daß er ihre Stimme nicht hören wollte, so kurz vor dem Ende.

Neben der Telefonzelle war der Briefkasten, in den er heute abend seine Briefe einwerfen würde. Die nächste Leerung war erst morgen, am Sonntag, um drei. Die Kinder würden seine Zeilen am Dienstag oder Mittwoch bekommen, drei Tage nachdem er ertrunken wäre. Wahrscheinlich würde die Nachricht von seinem Tod sie eher erreichen als der Brief. Das erschien ihm auch viel besser: ein Lebenszeichen, wenn sie es am wenigsten erwarteten. Nach seinem Tod.

Er ging auf einem Pfad aus Muschelsand, der neben dem Badweg verlief. Bei jedem Schritt knirschte es unter seinen Füßen, und durch dieses Geräusch wurde ihm bewußt, daß er schon seit Ewigkeiten keinen langen Spaziergang mehr gemacht hatte. Dies war auch kein Spaziergang, Spaziergänger schauten sich um, bewunderten die Landschaft, sahen Schlösser in den Wolken oder Kamele und genossen es. Er war dazu nicht mehr in der Lage, darum folgte er diesem Pfad mit nur einem Ziel: eine Badehose zu kaufen.

Zu Hause bewegte er sich höchstens vom Bett zum Badezimmer, die Treppe hinunter und nach einer Weile zur Haustür, wo »Tischlein-deck-dich« jeden Tag um diese Zeit, gegen halb eins, eine warme Mahlzeit für ihn abstellte. Dann trug er den Styroporbehälter mit sorgsam abgedeckten Schalen ins Wohnzimmer, wo das Besteck schon bereitlag, setzte sich vor den Fernseher, nahm die Assiette auf den Schoß und aß. Wie im Flugzeug, dachte er beim ersten Mal und war versucht, zur Seite zu schauen, Johanna anzustoßen und einen Toast auf ihre Reise auszubringen, aber nach einer Woche hatte es seinen Reiz verloren.

Es war immer zuviel, eine Mahlzeit für einen Mann in den besten Jahren. Einen Mann, der sich morgens vor der Arbeit eine halbe Stunde auf dem Hometrainer abstrampelte. Die Reste stellte er in den Kühlschrank, um sie abends aufzuwärmen. Abends habe er meist keinen Appetit, sagte er seinen Töchtern, aber er war schlichtweg zu faul, den Inhalt der Assietten in Töpfe umzufüllen, diese aufs Feuer zu stellen und wieder herunterzunehmen. Meistens aß er einen Apfel oder eine halbe Packung Sirupwaffeln und vergaß die Reste, bis eines seiner Kinder sie unter einer Schimmeldecke hinten im Kühlschrank fand.

Der Muschelpfad führte an einem Kiefernwald vorbei. Er hörte, wie die Baumwipfel aneinanderschlugen, ein dumpfes Pochen hoch oben in der Luft. Jetzt, da er darauf achtete, spürte er den Wind auch auf der Haut. Nicht unangenehm, er schloß für einen Moment die Augen. Vor ein paar Jahren hatte Johanna eine Windorgel aus Bambusstücken vom Markt mitgebracht. Beim kleinsten Luftzug schlugen die Stäbe aneinander, und man hörte ätherische Klänge, die von weit her zu kommen schienen. Keine zwei Tage nach ihrer Beerdigung hatte er eine Leiter geholt und das Ding vom Ast geschnitten. Das sanft dahinplätschernde, fragende Geräusch hatte ihn noch ruheloser gemacht, als er ohnehin schon gewesen war, ihn um den Schlaf gebracht. Das Holz begann zu verwittern, war weich und dunkel an den Rändern, als ob jemand daran gesaugt hätte, und obwohl er genau wußte, daß er die Windorgel nie mehr aufhängen würde, brachte er es doch nicht übers Herz, sie wegzuwerfen. Das sollten seine Kinder tun, demnächst.

Er roch die Kiefern, roch, daß er in einem Wald war: der Duft von Harz und Nadeln vermischte sich mit dem Salz der See, die er immer weiter hinter sich ließ. Merkwürdig, zu Hause roch er nichts, schon sehr lange nicht mehr. Seine Töchter mußten ihn darauf aufmerksam machen, daß es aus dem Kühlschrank stank, daß er oben mal durchlüften müßte, daß er den Deckel fester auf die Teebüchse drücken sollte, weil die Blätter sonst ihren Geruch und mit der Zeit auch ihren Geschmack verlieren würden. Johanna war ihm immer zuvorgekommen: Riechst du das, Leo? Hörst du, wie die Äste aneinanderschlagen, als ob die Waldgeister mit Stöcken aufeinander losgehen? Es war, als hätte ihr Tod ihn seiner Sinne beraubt.

Der Badweg mündete in eine Straße, weder links noch rechts sah er Läden, nur Bäume. Die Marktstraße oder Dorfstraße oder wie die Straße, wo er die Badehose kaufen würde, auch heißen mochte, mußte noch ein Stück weiter sein, südlicher, näher am Watt. Er überquerte die Straße und folgte einem Weg nach unten. Versteckt zwischen hellgrünen Bäumen lag ein niedriges Gebäude aus alten Backsteinen. An der Rückseite befand sich eine Art Ausflugslokal, wo zwischen runden Tischen und Korbstühlen weiße Pfauen herumliefen. Nur ein Ehepaar saß da, im Mantel unter einem großen Sonnenschirm, obwohl die Sonne gar nicht schien. Ab und zu fingen seine Töchter wieder davon an, daß es so nicht weitergehe. Er sähe niemanden mehr. Er könnte doch das Gästezimmer an einen Studenten vermieten? Oder sich »auf die Dauer«, wie sie mit Nachdruck sagten, jemanden suchen? Per Annonce zur Not, und wenn es nur eine Frau wäre, mit der er essen oder ins Kino gehen könnte? Aber wenn er so ein Pärchen sah, war es ihm lieber, allein zu sein. Der Mann hatte einen Bauch, und sein Gesicht glänzte wie der Apfel im Schlafrock, den er mit Messer und Gabel kleinzukriegen versuchte. Die Frau war schlank, nippte an einem Glas Mineralwasser und verfolgte eifersüchtig jeden Bissen, den er zum Munde führte.

Schräg gegenüber dem Lokal, das »Het Armhuis« hieß, befand sich eine kleine gelbe Backsteinkirche. Die Fenster hatten in diesem Licht dieselbe moosgrüne Farbe wie die Bäume auf dem Platz, auf dem sie stand. Johanna wäre mit Sicherheit hineingegangen. Mal um eine Kerze anzuzünden, »nützt es nicht, so schadet es auch nicht«, mal um sich einfach nur hinzusetzen. Er wäre zwar mit ihr mitgegangen, doch am Eingang stehengeblieben. Er wußte nicht warum, aber es ärgerte ihn, wenn er jemanden in einer Kirchenbank knien, ein Gebet murmeln oder devot zum Kreuz aufschauen sah. Als sähe er etwas, das nicht für seine Augen bestimmt war, einen langen Zungenkuß aus der Nähe. Die Kirchentür stand offen, doch er ging schnell weiter.

Auf der anderen Seite des Kirchplatzes war eine Bibliothek, bei der er kurz stehenblieb. Er tat, als ob er die ausgestellten Bücher betrachtete, während er sich ausruhte. Abwechselnd hob er die Beine, wie früher, wenn er das erste Mal wieder Schlittschuh laufen gewesen war. Er spürte die Müdigkeit, vor allem in den Waden. Als er vor einer knappen Stunde das Bett in dem grünen Zimmer bezogen und den Reisewecker auf den Nachttisch gestellt hatte, war ihm bewußt geworden, daß er noch etwas vergessen hatte. Zu Hause stand der Wecker auf einem Stapel Bücher, seit Monaten denselben. Er schaffte es kaum, mehr als eine Seite zu lesen, konnte sich nicht konzentrieren, sah nach ein paar Minuten keine Buchstaben mehr, nur noch Linien, Schleifen, eine Schrift, die ihm ebenso fremd war wie Arabisch.

Er erwartete nicht, daß er jetzt, in seinen letzten Stunden, doch noch das Bedürfnis haben würde, ein Buch zur Hand zu nehmen. Was sollte ein Mensch kurz vor seinem Tod auch lesen? Wovon sollte das Buch handeln? Er sah sein Spiegelbild in der Scheibe, berührte das Glas, das kalt war, betastete mit den Fingerspitzen sein Gesicht, das sich auch kühl anfühlte, aber anders. Es hatte ihn erstaunt, wie schnell das Blut aus Johannas totem Gesicht gewichen war. Erst war ihre Nasenspitze blau geworden, dann weiß, ein kalter Fleck, der sich im Handumdrehen über ihr Gesicht ausgebreitet hatte.

Würden seine Töchter es nicht merkwürdig finden, daß er nichts zum Lesen mitgenommen hatte? Daß sich in dem Gepäck, das ihnen nach einer Weile von der Polizei zugeschickt werden würde, kein einziges Buch befand? Er könnte sich natürlich eins ausleihen. Zu der Bibliothekarin sagen, daß er es heute in einer Woche, vor seiner Abfahrt, zurückbringen würde. Seine Töchter würden das Buch aufschlagen, das Datum sehen, an dem er es hätte abgeben müssen. Sie kannten ihn, wußten, daß er sich nie ein Buch ausleihen würde, das er nicht rechtzeitig zurückbringen könnte.

Sein Blick wanderte an den Buchreihen entlang, er ging ein paarmal vor dem großen Fenster auf und ab. Er hatte keine Ahnung, welches von diesen Hunderten Büchern er wählen sollte. Welches Buch der Vater, der er in den Augen seiner Töchter sein wollte, lesen würde. Wenn er drinnen auch so lange zögerte, würde die Frau am Schalter sofort auf ihn aufmerksam werden. Später würde sich die Polizei vielleicht mit dem Bibliotheksbuch bei ihr erkundigen, ob ihr etwas Merkwürdiges aufgefallen sei. Er schüttelte den Kopf: lieber nicht hineingehen. Auf der Bank im Haus hatte er ein rotes Buch liegen sehen, und zum Glück gab es auch einen Fernseher. Je schwachsinniger die Sendung, desto größer die Ablenkung. Es kam bestimmt etwas, eine Spielshow, Glücksrad, ein Witzwettstreit, eine Rate-mal-was-dieses-Auto-kostet-Show-oder-diese-Waschmaschine? Tausend, zweitausend Gulden?

Es gab verschiedene Läden, in denen Badehosen verkauft wurden, aber der gediegene Name Houters Warenhaus gefiel ihm. In einem Laden, der sich Warenhaus nannte, waren die Badehosen bestimmt nicht übertrieben teuer. Warum viel Geld ausgeben für etwas, an dem er keine Freude mehr haben würde? Der Laden bestand aus zwei Gebäuden, die Spitzdächer ließen darauf schließen, daß es einmal Wohnhäuser gewesen waren. In einem der beiden Schaufenster lag auf einem großen Badetuch, zwischen einer Haarbürste und einer Taucherbrille, ein lila Bikini mit einem Muster aus Wassermelonen-, Apfelsinen- und Erdbeerstückchen. Ober- und Unterteil lagen schräg zueinander. Wenn man sich da eine Frau hineindachte, eine Linie vom Höschen zum BH zog, bekam man einen Schlangenmenschen. Er grinste bei der Erinnerung an Johannas Po vor dreißig Jahren, als sie auf der griechischen Insel Kos gewesen waren. Oder war es eine andere Insel, die auf -os endete? Er hatte in einem Buch gelesen, sie auf dem Bauch im Sand gelegen, in ihrem hellblauen Bikini mit rosa Vögeln, als sie in der Nähe eine hohe Kinderstimme hörten. »Mami«, ein weißblondes dänisches oder schwedisches Mädchen zeigte auf Johannas Po, und während es sich zu seiner ebenso blonden Mutter umdrehte, sagte es etwas, das klang wie: »Mami, Swaone oder Pelikoane?«

Von diesem Tag an fragte er immer, wenn er Johannas Po

streichelte, vorzugsweise wenn sie beim Abwaschen war und sich nicht wehren konnte: Johanna, Swaone oder Pelikoane? Pelikoane, sagte sie, wenn sie gutgelaunt war. In den letzten Jahren tat sie immer öfter, als hätte sie die Frage nicht gehört. »Aber das lag daran, daß du da schon krank warst, nicht wahr?« sagte er zu dem Bikini.

Bis auf eine Leuchtreklame war es dunkel im Warenhaus. Er ging zur Tür und schaute auf das gelbe Schild mit den Öffnungszeiten. Der Laden machte um zwei auf. Punkt zwei würde er hier wieder vor der Tür stehen, dann könnte er, wenn er straff durchliefe, gegen drei in seinem Häuschen sein, um die Briefe zu schreiben. Was sollte er jetzt machen, es fing gerade an zu regnen?

Während er seinen Kragen hochschlug und unschlüssig die Dorfstraße hinunterblickte, spürte er, daß ihm übel wurde und schwindlig. Lag das an der Stunde, in der er nichts vorhatte, an der Pfütze Zeit, die er überbrücken mußte? Er lehnte sich an die Schaufensterscheibe und fragte sich, ob er nicht einfach hungrig sei. Zu Hause kamen die Mahlzeiten in den Styroporbehältern immer schon, bevor dieses Gefühl sich einstellte, und er fing sofort an zu essen, weil er doch nichts Besseres zu tun hatte.

Eine Krokette mit Brötchen und viel Senf oder einen Strammen Max? Einen doppelten Strammen Max, Roastbeef und Käse? Das Wasser lief ihm im Munde zusammen, und automatisch beschleunigte er seinen Schritt. Er kam an ein paar Kneipen und Gaststätten vorbei, ging aber nicht hinein, überall saßen Leute, die Schutz vor dem Regenguß gesucht hatten, der schon wieder nachließ.

Bei einer großen Terrasse gegenüber dem Hafen blieb er stehen. Drinnen am Fenster waren die meisten Tische besetzt, doch draußen saß nur ein Pärchen, ein Mädchen und ein Junge in Uniform. Ein Polizist, sah er nun, seine Mütze lag auf seinem Knie. Sie blickten nicht auf, als er die Terrasse betrat.

Außer ihren Stühlen, die sie dicht zusammengerückt hatten, lehnten alle Plastikstühle müde an den Tischkanten. Er beließ es so, stellte nur einen der vier Stühle an seinem Tisch wieder auf. Obwohl er sich schon entschieden hatte, was er essen wollte, schaute er in die Karte. Er wollte wissen, welche Möglichkeiten es gab, und sich bei jedem Gericht vorstellen, wie es schmeckte. Hering mit Zwiebeln auf Weißbrot, Champignontoast, Husarensalat.

Er schämte sich nicht für seine Gier. Genaugenommen war dies seine Henkersmahlzeit, auch zum Tode Verurteilte durften sich am letzten Tag wünschen, was sie essen wollten. Er hatte noch nie gehört, daß jemand sagte: Macht irgendwas, einen Teller Brei, aber ein Brot mit Erdnußbutter ist auch gut. Als er auf der Karte las, daß es auch Pfannkuchen gab, kam er von dem Strammen Max wieder ab. Es gab Pfannkuchen mit Rosinen und Rum, aber auch mit Käse und Speck. Er mußte sich beherrschen, nicht zwei oder drei verschiedene zu bestellen, und ertappte sich dabei, daß er dachte: Heute nehme ich einen mit Sirup und morgen einen mit Speck – bis ihm bewußt wurde, daß er morgen nicht mehr sein würde. Er beschloß, einen Pfannkuchen mit Speck zu nehmen, über den er eine dünne Schicht Sirup streichen würde. Eine Mischung aus süß und herzhaft, danach war er schon als Kind verrückt gewesen. Der bloße Gedanke daran machte ihn ganz durstig. Sollte er sich ein Bier dazu bestellen? »Einen Pfannkuchen mit Speck, bitte«, sagte er ein paarmal leise hinter der Speisekarte. »Und ein Tonic mit Eis.« Er sollte jetzt keinen Alkohol trinken, nicht einmal Bier.

Alles lief, wie er es sich erhofft hatte. Nach einigen Minuten kam ein Mädchen mit einer weißen Schürze und fragte, was er essen wolle. Während er seine Bestellung aufgab, wischte sie mit einem Lappen über den naßgeregneten Tisch, fing aber Gott sei Dank nicht davon an, wie wechselhaft das Wetter doch sei. Aus einer Plauderei über das Wetter konnte schnell ein langes Gespräch werden, und ehe man sich's versah, breitete jemand seine ganze Seele vor einem aus. Eine knappe Viertelstunde später – es war gegen halb zwei – wurde die Bestellung gebracht. Zwanzig Minuten waren genug, um zu essen und zu bezahlen. Pünktlich würde er wieder bei Houters Warenhaus vor der Tür stehen. Er bedankte sich bei der Kellnerin, ohne sie anzusehen. Der Pfannkuchen war gut geraten, der Speck durchgebraten, kroß, aber nicht angebrannt, die Konsistenz des Sirups genau richtig. Ab und zu nahm er einen Schluck von seinem Tonic mit Eis, hielt das Glas fest in der Hand, konzentrierte sich auf die Kälte, die in seine Haut drang und ihm in die Fingerknöchel kroch. Er mußte sich daran gewöhnen. Wenn ihn das schon schaudern ließ, was sollte das dann heute abend werden?

Alles, worauf er sich in letzter Zeit versucht hatte zu freuen, war enttäuschend gewesen, und deshalb hatte er aufgehört, den Dingen entgegenzufiebern, Vorfreude zu empfinden, aber dieser Pfannkuchen übertraf seine Erwartungen. Als wüßte der Koch, was dieses Mahl für ihn bedeutete, und die Kellnerin, daß sie den Mund halten sollte. Alles und jeder spielte mit. Die Tische um ihn herum blieben leer, auch als die Sonne durchbrach, mit einer solchen Kraft, daß er blinzeln mußte. Sonne, Regen, es war, als ob das Wetter hier viel intensiver wäre. Oder schien ihm das so, weil er zu Hause nur noch selten rauskam?

Der einzige, der sich in seine Nähe wagte, war ein Spatz. Erst landete er auf der Lehne des Stuhls gegenüber, dann hüpfte das Vögelchen auf die Tischkante und von dort frech immer näher, bis es auf dem Tellerrand saß. Er riß ein Stück von seinem Pfannkuchen ab und schob es dem Vogel hin, der es schnell aufpickte und davonflog.

Außer von einem Untermieter und einer Frau, mit der er essen gehen könnte, fingen seine Töchter auch immer wieder von einem Hund an. Ein Haustier würde ihm guttun. Dann müßte er morgens beizeiten aufstehen, mit anderen

Hundebesitzern plaudern, ein Hund würde ihm eine Tageseinteilung geben, Struktur, Kontakte. Aber er wollte das alles nicht mehr. Nein, auch keine Katze, die sich nachts auf seine Füße legen und ihm in der Küche um die Knöchel streichen würde, wenn sie Hunger hatte oder gekrault werden wollte. Was sollte aus so einem Tier werden, wenn er krank würde, stürbe? Wovon redest du, Papa, du bist nicht krank, du stirbst nicht. Wirklich, ein Haustier ist gut gegen Einsamkeit, sagt man. Er riß noch ein Stückchen Pfannkuchen ab, schob es zur Seite für den Fall, daß der Spatz zurückkäme, und sagte mit halbvollem Mund zu seinem Tellerrand: »Man sagt so vieles …«

Auch daß Trauer ein Jahr dauert, nach einem Jahr sei das Schlimmste vorbei. Er hatte nichts davon gemerkt, und das Jahr war fast um. Er hatte keine Lust, diesen Moment abzuwarten. »Du bist mir einer«, sagte er, als der Spatz wieder angeflogen kam. »Soll ich dir auch einen bestellen?« Er sah das Gesicht der Kellnerin schon vor sich, wenn er sagen würde: »Einen Pfannkuchen für diesen Spatz, bitte.« Wenn er so etwas täte, würde man sich sicher an ihn erinnern, im nachhinein, wenn man sich hier und da nach ihm erkundigte, um herauszufinden, was genau passiert war.

Sein letzter Pfannkuchen schmeckte ihm so gut, daß er sich fragte, warum er sich in all den Monaten nicht mal einen gebacken hatte. An hatte neulich eine halbe Packung Mehl weggeworfen, erinnerte er sich, als sie den Vorratsschrank saubermachte. Sie behauptete, daß selbst Mehl nicht ewig haltbar wäre, daß es klumpig geworden sei und daß eklige weiße Fäden … Vorrat! Vorratsschrank – er verschluckte sich beinah an seinem letzten Bissen. Er hatte nichts eingekauft, kein Brot zum Frühstück, keinen Kaffee, keinen Tee, kein Abendessen, nichts. Als würde er schon anfangen zu sterben, bevor er ertrank. Er hatte sich die Küche des Häuschens noch nicht einmal angesehen. Ein leerer Kühlschrank, ein leerer Brotkasten, eine Anrichte ohne jegliche Spur von Eßlust, ein leerer Mülleimer – was für einen merkwürdigen Eindruck das machen mußte. Er nahm einen Bleistiftstummel, den er schon seit Tagen in der Tasche hatte, weil ihm immer wieder etwas einfiel, und fing an, eine Einkaufsliste auf eine Papierserviette zu schreiben.

Die Einsicht, daß jemand, der vorhätte, irgendwo eine Woche zu bleiben, sich am ersten Tag wenigstens um die nötigsten Lebensmittel kümmern würde, brachte einen Haufen Scherereien mit sich. Sobald er bezahlt hatte, lieh er sich ein Fahrrad aus. Er hatte keine Lust, sich an seinem letzten Nachmittag mit Einkäufen abzubuckeln, die er nur ausstellen würde. Der Junge vom Fahrradverleih fragte, ob er das Rad für einen Tag, das ganze Wochenende oder länger mieten wolle. Er zeigte auf die Preisliste über dem Eingang und sagte, daß ein Rad mit Fahrradtasche sieben Gulden fünfzig pro Tag koste und fünfunddreißig Gulden pro Woche. Die Kaution betrage fünfundzwanzig Gulden und müsse gleich bezahlt werden.

Er zögerte nicht und nahm das Rad für eine Woche, das verschaffte ihm ein gutes Alibi. Er zückte seine Brieftasche, erwog, nur die Kaution zu bezahlen, denn er hatte keine Ahnung, was heutzutage eine Badehose kostete und dann auch noch die ganzen Einkäufe.

Der Junge sah ihn zögern und sagte, daß er die Leihgebühr für das Fahrrad auch am Ende der Woche entrichten könne. Er sah weg und murmelte etwas wie »Was man weghat«, bezahlte alles, die Gebühr und auch die Kaution, die er nie wiedersehen würde, fragte, wo das Postamt sei und ob es dort einen Geldautomaten gebe. Er wollte nicht, daß dieser Junge oder dessen Vater am Ende die Geprellten wären. Daß seine Tat die nötigen Kosten mit sich bringen würde, hatte er schon gewußt, als er den Mietpreis für eine Woche »Dünenrose« zu Gesicht bekam. Wenn er an seinem Lebensende kein Geld ausgeben wollte, hätte er lieber aus dem

Fenster springen sollen. Mit dem Fahrrad fuhr er zur Touristeninformation, um nachzusehen, wann heute abend Ebbe sein würde. Er hatte sich vorige Woche schon telefonisch danach erkundigt, aber er wollte es nun schwarz auf weiß bestätigt haben.

Gegen halb drei, als er schon längst auf dem Heimweg sein wollte, um mit den Briefen anzufangen, lief er noch hinter einem Einkaufswagen her durch einen vollen Laden, der »Super« hieß, und füllte ihn mit Lebensmitteln, die er nie essen würde. Anfangs fischte er die Waren noch widerwillig aus den Regalen, doch als er sich vorstellte, daß der verliebte Polizist in ein paar Tagen das Haus betreten würde, um eine Liste all dessen aufzustellen, was er vorfände, und daß An und Bea diese Liste zu Gesicht bekommen würden, gab er sich richtig Mühe.

Ein Vorratsschrank war doch eine Art Testament. Er wollte nicht den Eindruck eines vereinsamten, armseligen Mannes erwecken, der sich mit trocken Brot und löslichem Kaffee begnügt. Er füllte den Wagen mit optimistischen Einkäufen. Mit Lebensmitteln, von denen er sich erinnerte, daß er sie früher, als er sich noch freuen konnte, sehr gern gegessen hatte. Schwarzbrot, Buttermilch, harte, saure Äpfel, Salami, Toblerone, ein Pfund mittelalter Bauernkäse im Stück, gleich für die ganze Woche, eine Dose Schellfischleber. Pfeffer und Salz sind bestimmt da, dachte er, bis ihm klar wurde, daß er die Dose nie öffnen, die Schellfischleber nie zerdrücken und auf eine Scheibe Weißbrot streichen würde.

Das Abendessen stellte ihn vor größere Probleme. Er hatte noch nie gekocht und auch keinen Hunger mehr nach dem Pfannkuchen, keine Phantasie. Es fiel ihm schwer, ernsthaft über eine Mahlzeit nachzudenken, die er ins Klo schütten würde. Von der nur die Verpackung den Beweis liefern sollte, daß er an diesem Abend noch ganz normal gegessen hatte. Seine Augen wanderten an den Dosen und

Gläsern entlang. Es war nicht leicht, sich etwas einfallen zu lassen, das glaubwürdig wirkte, etwas, von dem seine Töchter wußten, daß er es mochte, und das auch noch leicht zuzubereiten war.

Erst an der Kasse fiel ihm ein, daß morgen wieder ein Tag anbrechen würde, ein Tag, an dem der Supermarkt geschlossen war, ein Sonntag, den er jetzt schon mit einplanen mußte. Er sah sich um, da war eine Schlange, eine lange Schlange von Menschen mit überquellenden Einkaufswagen. Manche starrten müde vor sich hin, als würden sie selbst am liebsten in den Wagen steigen und sich schieben lassen. Er beschloß, es sich leichtzumachen: Morgen würde er essen gehen.

Nachdem er den Inhalt des Wagens in die Fahrradtaschen umgepackt hatte, fuhr er weiter zu einer Pizzeria mit Blick auf das Watt und bestellte einen Tisch für eine Person, Sonntagabend, halb sieben. Er hinterließ seinen Namen und sagte, daß er in einem Ferienhäuschen wohne, das »Dünenrose« heiße. Der Mann im Restaurant notierte die Angaben und sagte: »Bis morgen.« – »Bis morgen«, erwiderte er und spürte zu seiner Verwunderung, daß er lächelte, ganz unwillkürlich, ohne daß er sich dazu zwingen mußte. Triumphierend, weil das Netz, aus dem er heute abend verschwinden würde, immer raffinierter wurde, perfekter, schlüssiger.

Als er das Datum in die rechte obere Ecke des Briefbogens gesetzt hatte, wurde ihm bewußt, daß er seinen Töchtern noch nie einen Brief geschrieben hatte. Das hatte immer Johanna getan. Die Postkarten, wenn sie im Urlaub gewesen waren, die Nikolausgedichte, Geburtstagskarten an die Enkelkinder, Weihnachtskarten, alles Johannas Werk. Darüber waren nie viele Worte gemacht worden, sie konnte es einfach besser. Das einzige, was er hinzugefügt hatte, war Papa oder Opa oder Leo. Auch die Beileidsbriefe an Freunde und

Bekannte hatte Johanna geschrieben, das war selbstverständlich gewesen. Es hatte ihn jedesmal wieder erstaunt, wie sie es verstand, den richtigen Ton zu treffen, immer etwas über den Toten auszugraben, das so einem Brief etwas Persönliches, etwas Johanna-Eigenes gab. Glücklicherweise war nach ihrem Tod noch niemand gestorben.

Jetzt stand er allein vor der schwierigen Aufgabe, einen Brief zu schreiben, den seine Töchter vielleicht den Rest ihres Lebens aufbewahren würden: Papas letzter Brief, geschrieben an seinem ersten Tag auf der Insel. *Liebe Bee*, er fing mit dem Brief an seine älteste Tochter an, die sich am meisten um ihn kümmerte. Er starrte auf das weiße Blatt Papier, als sei es ein Tag ohne Termine, an dem man nichts zu tun hat. So ein Tag, an dem man bereits beim Wachwerden denkt: Wäre es nur schon Abend.

Er konnte schwerlich schreiben, wie gut ihm der Pfannkuchen mit Speck und Sirup geschmeckt hatte, weil ihm bei jedem Bissen bewußt gewesen war, daß es sein letzter sein würde – der letzte Pfannkuchen seines Lebens. Oder über die Aufregung, die er verspürt hatte, als er heute nachmittag einen Tisch in einem Restaurant bestellte, in dem er nie erscheinen würde. Alle Höhepunkte dieses Tages hingen mit seinem nahenden Tod zusammen, mit der Tat, die er um jeden Preis verschleiern mußte.

Zwei Briefe, zwei verschiedene Briefe, er lauschte dem Rauschen des Ofens. Wenn Johanna ihm nur etwas einflüstern würde, eine halbe Seite wäre schon genug, über einen ersten Tag gab es nun einmal nicht viel zu erzählen. So starrte er eine Weile auf das Papier, hoffte auf ein Wunder, an das er nicht glaubte. Hoffte, daß sich sein Stift von selbst über das Papier bewegen würde, und als das nicht geschah, beschloß er, es sich ein wenig leichter zu machen. Er würde nicht zwei Briefe schreiben, sondern einen an beide zusammen. *Liebe Bee, liebe An (Bea, faxt Du bitte diesen Brief an An weiter?)*

Die Aussicht, nur einen Brief schreiben zu müssen, erleichterte ihn, und die Sätze kamen von selbst, als ob er sich von ihrem Fluß treiben ließe.

Nach einer guten Reise kam ich gegen elf im Hafen von Vlieland an. Ich bin mit dem Bus zum Ferienhäuschen gefahren, habe mich dort eingerichtet und bin anschließend ins Dorf gegangen, um die ersten Einkäufe zu machen. Morgen werde ich essen gehen. Ja, was für Aktivitäten Euer Vater hier entwickelt, was? Im Dorf habe ich mir auch für die ganze Woche ein Fahrrad ausgeliehen und eine Badehose gekauft.

Ihm wurde warm bei der Erinnerung daran, was sich in Houters Warenhaus abgespielt hatte, und er wischte sich die Handflächen an der Hose ab. Zuerst hatte er sich eine Weile selbst in dem Laden umgesehen. Es gab alles, vom Rasiermesser bis zu Souvenirs, Cranberrytee oder Lakritze. Er hatte seine Hände an den Regalen mit T-Shirts entlanggleiten lassen, an kurzen und langen Hosen, doch das Gesuchte hatte er nicht finden können. Es hingen zwar Badehosen da, aber die schienen ihm viel zu klein, würden seinen Nabel kaum bedecken. Sein Nabel sei wie ein ausgefranstes Knopfloch, hatte Johanna immer gesagt. Nach einigem Zögern hatte er sich an eine Verkäuferin gewandt und gefragt, ob es auch hüfthohe Herrenbadehosen Größe zweiundfünfzig gebe. Sie hatte sich entschuldigt, daß sie dafür erst hinter ins Lager müsse: Der größte Teil der Sommerkollektion liege noch nicht in den Regalen. »Das Meer ist zu kalt, und Flidunen hat noch nicht geöffnet«, hatte sie gesagt.

»Flidunen?«

»Das Schwimmbad.«

Er hatte sie offenbar so verständnislos angesehen, daß sie sofort schlußfolgerte, er wohne »natürlich« im Hotel »Seeduyn«. »Ja, da soll ein schönes Hallenbad sein.«

Sie verschwand in einem Raum hinter dem Laden, und er

schaute ihr nach, froh, daß er Zeit bekam, sich von dem zu erholen, was er gerade entdeckt hatte: Daß das Wort Badehose in dieser Jahreszeit mit Schwimmhalle in Zusammenhang gebracht wurde. Und daß die große Schwimmhalle der Insel noch nicht geöffnet war. Er wollte kein falsches Quartier angeben. Wenn man sich später nach ihm erkundigen würde, müßte so eine Lüge einen merkwürdigen Eindruck hinterlassen, man würde ihn für verwirrt halten: Der Mann wußte anscheinend nicht einmal mehr, wo er wohnte.

»Ich wohne nicht im ›Seeduyn‹«, sagte er, als sie mit einem Stapel Badehosen hinter den Ladentisch zurückkehrte, »sondern in einem Häuschen direkt am Meer.«

»Die Gäste der Ferienhäuser dürfen das Hotelschwimmbad vielleicht auch benutzen.«

»Meinen Sie?«

»Wenn es nicht zu voll ist, bestimmt. Es wird aber etwas kosten.«

»Oh, das macht nichts.«

Er tat, als ob er sich die Badehosen ansähe, während er sich überlegte, wie dumm es gewesen war, dumm, dumm, auf das Schwimmbad einzugehen. Da hatte er doch nichts zu suchen? Da wurde man gerettet, aus dem Wasser gezogen, wiederbelebt. Da bekam man eine Tasse Kaffee auf den Schreck. Man mußte schon was mit dem Herzen haben, um in einem Schwimmbad zu ertrinken.

Er befühlte den Stoff einer roten Badehose, wagte nicht, die Verkäuferin anzusehen, als er sagte: »Vielleicht traue ich mich ja sogar mal ins Meer.«

Das Mädchen schüttelte sich, er blickte hoch, sah, daß sie ihn ungläubig anlächelte. »Im April, das wär nichts für mich.«

»Zu Neujahr stürzen sich Hunderte von Menschen in die Fluten, jedes Jahr wieder«, sagte er.

»Ja, mal schnell rein und wieder raus, aber richtig schwimmen?«

»Ach, wenn man einmal drin ist. Vielleicht versuche ich es ja heute abend mal.« Er beugte sich schnell wieder über die Badehosen, setzte seine Lesebrille auf und studierte die Preisschilder.

»Nach so einem eiskalten Bad soll man gut schlafen«, sagte das Mädchen. »Ja, es soll sehr gesund sein, das schon.«

Er nickte, froh, daß sie sein Alibi ergänzte, ihm sogar mehr oder weniger empfahl, im Meer zu schwimmen. »Diese bitte«, sagte er und zeigte auf die Badehose, die ihm gleich am besten gefallen hatte, eine rote mit kleinen blauen Punkten. Warum solch ein Fetzen Stoff mit einem Band und einem Fangnetz für das Geschlecht fünfundsechzig Gulden kosten sollte, war ihm ein Rätsel, doch er war so erleichtert, sich aus der Situation gerettet zu haben, daß er nicht lange überlegte. Sein Bargeld ging zur Neige, aber sein Leben auch. Nicht der Moment, knausrig zu sein. Als das Mädchen die Badehose in eine Tüte steckte, wurde ihm bewußt, daß er sich seit Johannas Tod noch keine neuen Sachen gekauft hatte. Nun würde er nie erfahren, ob er sich ohne sie anders kleiden würde, teurer, frivoler.

Rot mit blauen Punkten, schrieb er hinter das Wort Badehose. Das klang schon mal fröhlich. Doch nun weiter. Was er gesehen hatte, seine ersten Eindrücke von der Insel, der Spaziergang, den er gemacht hatte, und was er morgen und übermorgen tun wolle, außer im Hallenbad zu schwimmen und vielleicht sogar im Meer. Er las, was er geschrieben hatte. Was er da las, war nicht schlecht, aber nicht genug, nicht mehr als eine Einleitung. Das war noch nicht der Mann, den er vor Augen hatte, den er ihnen hinterlassen wollte. Es hatte kein Leben.

Er sah auf die Uhr, halb fünf. Um sechs trat die Ebbe ein. Er hatte bis heute nacht um zwölf Zeit. Er durfte nicht vergessen, die Uhr abzunehmen. Sie war wasserdicht, aber daß sie so eine lange Zeit im Salzwasser überstehen würde, bezweifelte er. Es könnte Tage dauern, bis er angespült würde, und er bestand darauf, daß sein ältester Enkel sie bekam, er hatte den Jungen so oft begehrliche Blicke darauf werfen sehen. Wenn er sie jetzt schon abnahm, konnte er es nachher nicht vergessen.

Er stand auf, ging rastlos im Zimmer hin und her und trat ans Fenster, das Aussicht auf die Dünen bot. Das blaue Rollo des rechten Nachbarhauses war nun hochgezogen. Er schaute über seine Lesebrille hinweg, sah einen Mann, eine Frau und zwei kleine Kinder unter einer Lampe am Tisch sitzen. An der Schulter des Mannes ruhte der Kopf eines Babys. Was sie machten – Tee trinken, spielen, Kartoffeln essen –, konnte er nicht sehen.

Sein Blick fiel auf das rote Buch, das er am Vormittag schon kurz in der Hand gehabt hatte, ohne zu sehen, was darauf stand. »Gästebuch« hatte jemand in einer deutlichen Handschrift auf den Einband geschrieben. Er blätterte darin, wunderte sich, daß all die Leute so einen aufgeweckten Ton gefunden, so viel erlebt hatten. *Am Ostermontag hat eins der Kinder eine Fensterscheibe zerbrochen, aber die haben wir ersetzen lassen,* las er, und ein paar Seiten davor: *Schon bald nach der Ankunft merkten wir, daß der Fernseher kaputt ist, mein Mann hat noch versucht, ihn zu reparieren, leider ohne Erfolg. Das war das einzige, was wir bedauert haben, ansonsten war es ein schönes Häuschen auf einer schönen Insel. Herzliche Grüße und vielleicht bis zum nächsten Mal. Familie Van den Berg, Hattem.* Das war vor sieben Jahren gewesen, der Fernseher würde jetzt wohl wieder funktionieren. Nachher, wenn er den Brief zu Ende geschrieben und abgeschickt hätte, würde er sich in Badehose und Bademantel vor den Fernseher setzen und warten, bis es dunkel war. *Zwei Tage vor unserer Abreise wurden acht große Kartons geliefert (für die nächsten Bewohner?). Wir haben sie in den Flur gestellt, aber da der sehr schmal ist, war das nicht so toll. Ansonsten keine Klagen, wir haben uns sehr wohl gefühlt. Joke und Fred Steenman.* Er blätterte weiter zum letzten

Gast. Als er sich die Brille fester auf die Nase drückte, verschob er mit dem Ellenbogen etwas, das zwischen den Seiten lag. Eine kleine Feder trudelte zu Boden.

Als Johanna gestorben war, hatte er sie zwischen ihren Pflanzen, auf dem Sofa, wo sie so oft ein Mittagsschläfchen gehalten hatte, aufbahren lassen. In einem kornblumenblauen Kleid mit weißen Punkten und einer Tasche über der Brust, in die sie oft eine Blume gesteckt hatte oder ein weißes Taschentuch. Drei Tage hatte sie dort gelegen. Am Abend von Johannas Tod hatte An im Garten eine Feder gefunden und sie ihrer Mutter ins Kleid gesteckt. Die Feder war auch mit in den Sarg gekommen, der später von Männern in steifen schwarzen Anzügen aus dem Haus getragen worden war. In den Wochen danach hatte An immer wieder Federn gefunden, nicht nur in Gärten und Parks, sondern an den merkwürdigsten Stellen, auf dem Bürgersteig in vollen Einkaufsstraßen, auf dem Fensterbrett ihrer Wohnung, in einer Jahreszeit, in der es überhaupt keine jungen Vögel gab, die ihre Federn hätten verlieren können. An hatte es ein Zeichen genannt, An würde dies auch ein Zeichen von Johanna nennen.

Er bückte sich und hob die Feder auf. Er glaubte nicht, daß Johanna noch irgendwo war und Zeichen geben konnte, auf welche Weise auch immer. Aber um An eine Freude zu machen, würde er die Feder in seinem Schreibblock hinterlassen. Zwischen den Seiten des Briefpapiers würde sie eines Tages, wenn sie seine Sachen zugeschickt bekäme, diese kleine Feder finden.

Er legte die Feder in den Schreibblock auf dem Tisch, neben die Uhr, damit er sie nicht vergaß, und las, was der letzte Gast eingetragen hatte. *All shall be well*, alles wird gut, hatte eine Sanne in großen schwarzen Filzstiftbuchstaben geschrieben, vor ein paar Tagen erst, in diesem Haus. Vielleicht war ja etwas Wahres daran, brauchte er sich keine allzu großen Sorgen zu machen, nichts zu erzwingen. Es kam nur darauf an, daß der Brief überzeugen, jeden Zweifel ausschließen würde. Daß es ein Brief wäre von jemandem, der langsam wieder Lust auf das Leben bekommt. Irgendwann würde es ihm gelingen, so einen Brief zu schreiben, und dann wäre er aller Sorgen ledig, für immer. *All shall be well.*

Er klappte das Gästebuch zu, legte es auf ein Bord mit zerfledderten Taschenbüchern und griff nach einem weißen Zweig, der auf dem Sims über dem Ofen lag. Er hatte die Form eines Katapults, aber man konnte auch zwei Arme darin sehen, ein Männlein, das um Hilfe rief. Wahrscheinlich hatte ein wilder Junge ihn vergessen, oder er war ihm von seiner besorgten Mutter weggenommen worden. Er hielt sich den Zweig vor die Augen, kniff sie zusammen. Wenn er jetzt einen breiten Gummi hätte. Wäre nur einer seiner Enkel in der Nähe, dem er in den Dünen zeigen könnte, wie man mit einem Katapult schießt. Wäre Arne nur hier.

Er erschrak so über diesen Gedanken, daß er den Zweig schnell zurücklegte. Um etwas in der Hand zu haben, nahm er einen großen Kienapfel und ertappte sich dabei, daß er ihn sofort an seine Nase hielt. Er roch nicht mehr nach Wald, oder lag das an ihm? Heute vormittag, als er am Waldrand entlanggegangen war, hatte er den Duft der Kiefern wahrgenommen. Er betrachtete die braunen Schuppen. Kein Kienapfel gleicht dem anderen, oder waren das Schneeflocken, Muscheln, Fingerabdrücke, Handschriften? Es ist normal, daß du dich so fühlst, Papa, sagte Bea oft. Ich weiß, wovon ich rede, jeder, der jemanden verliert, fühlt sich im ersten Jahr so. Du mußt Geduld haben. Er preßte seine Hand um den Kienapfel, spürte, wie die harten Schuppen in die Handfläche drangen. Der Gedanke, daß jeder sich so fühlt, hatte ihn nie trösten können. Es stimmte auch nicht. Es gab nur eine Johanna, und die war nicht mehr da. Darum war er auf die Insel gekommen, darum mußte er diesen Brief schreiben.

Er drehte sich zum Tisch um, zu dem Blatt, auf dem gerade einmal sieben Zeilen standen …

»Ich bin noch nicht soweit«, sagte er und nahm sich vor, in den nächsten Stunden erst noch ein paar Eindrücke zu sammeln. Ein Strandspaziergang, vielleicht würde das ja etwas bringen.

Er hatte keine Lust, all diese Eindrücke sofort zu sammeln, und kochte sich erst einmal eine Tasse Tee, mit einem Beutel aus einer halbvollen Packung, die auf der Anrichte stand. Es war Sommerzeit, die Sonne würde erst nach neun untergehen. Danach würde er den Brief zu Ende schreiben, ihn abschicken, die letzten Vorbereitungen treffen und sich ausziehen. Er trank seinen Tee in einem Sessel neben dem Ofen, hörte ein bißchen Radio, schlief ein und wachte gegen halb sieben mit knurrendem Magen auf. Er verstand das nicht, der Pfannkuchen mußte doch für den Rest des Tages genügen. War es die Seeluft, die ihn so unersättlich machte?

Johanna hatte in den letzten Tagen ihres Lebens immer weniger gegessen, als hätte sie gespürt, daß ihr Ende nahte und ihr Körper all diese Nährstoffe nicht mehr brauchte. In der Nacht vor dem Morgen, an dem sie starb, mußte sie sich mit Krämpfen, die noch am ehesten Geburtswehen glichen, auf die Toilette helfen lassen, wo sie zu ihrem eigenen Erstaunen noch einen enormen Haufen hervorbrachte. »Ein Arbeiterhaufen«, hatte sie gesagt. Es war, als würde ihr zerbrechlicher Körper von innen nach außen gekehrt, als müßten ihre Gedärme völlig leer und rein sein, bevor sie sterben konnte. Leicht wie ein elfjähriges Mädchen war sie, als sie in den Sarg gelegt wurde.

Er ging in die Küche, froh, daß er etwas zum Abendessen im Haus hatte. »Wenn ich nichts esse, habe ich nicht einmal die Kraft für einen Abendspaziergang. Kann ich mich bestimmt nicht auf den Brief konzentrieren«, sagte er laut, stellte einen Topf aufs Feuer und öffnete eine große Dose Kapuzinererbsen. Hastig schraubte er die Deckel von den Gläsern mit Silberzwiebeln, Gewürzgurken, Apfelmus und Mixed Pickles: er würde sich eine Holländische Reistafel machen. Wegwerfen wäre, wenn man es sich recht überlegte, grobe Verschwendung.

Er stellte eine Bratpfanne auf den Herd, tat etwas Butter hinein und zwei Scheiben Speck. Nahm ihn schnell wieder heraus, weil er Johanna sagen hörte, daß die Butter erst spritzen mußte, bevor man das Fleisch dazugab. Als sie wußte, daß sie nicht mehr gesund werden würde, hatte sie versucht, ihm ein paar einfache Gerichte beizubringen. Er konnte sich nicht erinnern, daß er gut zugehört hätte, aber offenbar war doch etwas hängengeblieben. Anders war es nicht zu erklären, daß er sie hörte, nicht als ob sie direkt hinter ihm stünde, sondern in seinem Kopf, so klar, als ob sie es jetzt, in diesem Augenblick, sagen würde.

Er öffnete ein paar Küchenschränke, um Schälchen für die Beilagen zu suchen. Sein letztes Abendmahl ißt man nicht aus dem Glas. An der Innenseite einer Tür war mit Reißzwecken ein Zettel befestigt, eine Handschrift mit großen Schlaufen: »Wenn Sie etwas zerbrechen, haben Sie es durch etwas Gleichwertiges zu ersetzen!« Er errötete, er sollte sich wirklich vorsehen, sonst müßte er gleich noch einmal ins Dorf, um eine Teekanne mit genau solchen blassen Blümchen zu suchen. Er hatte keine Zeit mehr, um, was auch immer, »durch etwas Gleichwertiges« zu ersetzen.

Er war nicht unzufrieden mit der Mahlzeit, der ersten richtigen Mahlzeit, die er seit Johannas Tod zubereitet hatte. Auch nicht mit all den Spuren, die er hinterließ, Beweisen, daß er wirklich hier gewesen war, gelebt hatte. Es waren noch vier Gewürzgurken übrig. Er legte sie zurück ins Glas und stellte es gleich vornan in den Kühlschrank. Es war ein angenehmes Gefühl, den Unbekannten, die nach ihm kommen würden, eine Freude zu machen. Hoffentlich erfuhren sie nie, was in diesem Haus geschehen war. Zu welchem Zweck er es gemietet hatte.

Es dauerte ewig, bis er die Küche aufgeräumt hatte, sich Töpfe, Teller und Besteck wieder an ihren Plätzen befanden. »Die Gäste haben das Haus sauber zu hinterlassen!« stand auf einem anderen Zettel, von derselben Hand. Jedesmal wenn er die Küchentür hinter sich zuziehen wollte, sah er etwas, das noch nicht ganz sauber war. Kaffeesatz auf dem Rand des Mülleimers, Fett zwischen den Gasflammen, ein Streichholz, das neben der Büchse gelandet war, Gurkenkerne im Spülbecken. Andere würden seine Kleider einpacken, seine Sachen zusammensuchen müssen, doch er konnte sich wenigstens Mühe geben, das Haus selbst so ordentlich wie möglich zu hinterlassen.

Als er ins Zimmer kam, sah er, daß die Sonne schon wieder tiefer stand; wenn er noch einen Spaziergang machen wollte, mußte er jetzt gehen. Eine Frau in einem braunen Wintermantel fuhr unter dem Fenster vorbei und schaute in seine Richtung, ziemlich lange, fand er, für jemanden auf einem Fahrrad. Sie nickte, als ob sie ihn schon seit Jahren kennen würde, sofort wandte er den Blick ab und sah an ihr vorbei. Im Ausweichen von Blicken war er im letzten Jahr sehr geschickt geworden. Wahrscheinlich war sie unterwegs zum Strand, genau wie er gleich. Um diese Zeit waren dort bestimmt eine Menge Leute, um die Sonne im Meer verschwinden zu sehen, Fußball zu spielen, einen Drachen steigen zu lassen. Genug, um darüber zu berichten, mit ein bißchen Glück würde der Brief sich von selbst schreiben.

Die Straße war leer, ihm fiel auf, wie still es war. Durch die Stille hörte er besser, jedes Geräusch, als ob es besonderen Nachdruck erhielte: einen Austernfischer hörte er, ganz nah, und auf der anderen Seite des Hauses hohe Kinderstimmen, die fast nicht vom Rufen der Austernfischer zu unterscheiden waren. Er trat ans Fenster. Ein Mann und eine Frau warfen sich eine Frisbeescheibe zu, die ihre rothaarigen Kinder kreischend abzufangen suchten. Das Baby schlief wahrscheinlich schon, in einer halben Stunde würden sie die anderen Kinder ins Bett bringen. Während der Mann ihnen etwas vorlas, würde die Frau Kaffee kochen oder zwei Gläser Wein einschenken. Später, wenn die Kinder schliefen, würden sie erst eine Weile am Fenster sitzen und reden und dann miteinander ins Bett gehen. Das sah er daran, wie der Mann die Frau anblickte, sie berührte, wenn sich die Gelegenheit ergab, während sie tat, als ob sie ihm auszuweichen versuchte.

»Nein, nein, das geht nicht.« Er räusperte sich nervös; er konnte heute abend nicht im Bademantel ans Meer gehen. Die Nachbarn oder Leute in anderen Ferienhäusern am Badweg würden ihn vorbeigehen sehen, auch wenn es noch so dunkel wäre. Ein weißhaariger Mann – in einem gestreiften Bademantel, Handtuch über dem Arm – würde vielleicht Mißtrauen erregen. Er mußte die Badehose unter seine Kleider ziehen. Eine Unterhose in ein Handtuch rollen. Mit dieser Rolle unter der Jacke an den Strand gehen. Sich erst dort im Dunkeln ausziehen. Seine Kinder würden sich fragen, warum er so spät noch baden gegangen sei, da war nichts zu machen, diese Frage konnte er nicht verhindern. Zu jeder anderen Tageszeit war immer irgend jemand am Strand.

Am Saum seines hellblauen Handtuchs hing ein Schildchen mit seinem Namen, hatte er beim Auspacken gesehen, das Johanna noch eingenäht hatte. Das traf sich gut. Wenn seine Töchter unruhig werden würden, weil er noch nichts von sich hören lassen hatte, waren seine Sachen und das Handtuch wahrscheinlich schon am Strand gefunden worden. Der Polizist würde alle Hotels, Pensionen und das Fremdenverkehrsamt anrufen und fragen, ob irgendwo jemand mit diesem Namen registriert sei. Nicht vergessen, Kleider und Handtuch so hinzulegen, daß die Flut sie nicht wegspülen konnte. Wenn das Tuch mit dem Namen verschwände, würde die Suche nach ihm viel schwieriger werden. Vielleicht wurde ein Gesicht ja völlig unkenntlich, wenn es lange im Wasser trieb, und dann wäre der Name auf dem Handtuch der einzige Anhaltspunkt.

Ihn schauderte. Die Frau, die gerade vorbeigefahren war, trug einen Wintermantel. Es war bestimmt frisch am Wasser, jetzt, wo die Sonne fast untergegangen war. »Ich bin zu müde«, sagte er zu seinem Spiegelbild im Fenster, »zu allem.« Von der ganzen Organisiererei und Schlepperei, von allem, was er bedenken mußte – o ja, den Bon vom Parkplatz in Harlingen so hinlegen, daß sie nicht stundenlang danach zu suchen brauchen. Vielleicht sollte er den ganzen Plan einen Tag aufschieben, nur einen Tag. Morgen mit frischem Mut von vorn anfangen, einen Spaziergang machen, eine Radtour am Watt entlang und dann den Brief schreiben. Morgen würde ihn das sicher weniger Mühe kosten.

Am Sonntag war er schon sehr früh wach geworden, ausgeruhter als sonst. Zu Hause schlief er nach zwei Gläsern Whisky immer wie ein Stein, wachte aber nach ein paar Stunden wieder auf. Danach schlief er zwar weiter, doch immer leicht und unruhig. Als er aufs Fahrrad stieg, hörte er die Sieben-Uhr-Fähre am anderen Ende der Insel tuten. Daß es die Sieben-Uhr-Fähre sein mußte, hatte er dem Zettel neben dem Spiegel im Flur entnommen. Er trug keine Uhr, die lag noch immer neben dem Schreibblock auf dem Tisch.

Es war ein milder, windstiller Sonntagmorgen. Er hatte sich ein paar Brote gemacht, einen Apfel und ein Stück Schokolade für unterwegs eingesteckt. Er hatte sich vorgenommen, erst in das Häuschen zurückzukehren, wenn er genügend Stoff zum Schreiben hatte. Bisher hatte er immer denselben Weg genommen, den kürzesten ins Dorf und zurück. An diesem Morgen bog er vom Badweg ab in eine

Straße, die zunächst durch den Wald führte, an dem er gestern entlanggelaufen war, und dann in einen Radweg überging.

So weit sein Auge reichte, sah er die sanften Wellen grasbewachsener Dünen, die vom Tau glitzerten. Obwohl er nie in der Prärie gewesen war, erinnerte ihn dieser Anblick an die Fernsehserie »Zwei in der Falle«. Am Anfang jeder Folge ritt ein Cowboy mit einem Lasso auf seinem Pferd durch eine karge Landschaft. Es war bestimmt dreißig Jahre her, wenn nicht mehr, daß diese Serie gesendet worden war, aber er konnte den Titelsong noch summen. Die Worte kamen dabei von selbst: »Head them up, move them on, move them on, head them up, head them up, move them on, Rawhide. Move them on, head them up, head them up, move them on, move them ooon, head them uuup, Rawhiiiiiide ...« Zu seiner Rechten schlängelte sich ein Pfad die Dünen hinauf. Dahinter mußte das Meer sein. Er brauchte nur vom Rad zu steigen, diesem Pfad zu folgen, und er wäre da.

Singend schob er seine Hände zusammen, als ob er keinen Lenker, sondern Zügel festhielte. Es kamen noch mehr Dünenübergänge, auch weniger steile als dieser. Er richtete sich auf, schaute – mit der Hand über den Augen – auf die hüglige Landschaft, die ihn umgab. Als er noch ein Junge war, hatte er sich meistens vorgestellt, sein Fahrrad sei ein Pferd, ein Pferd, das er traben, springen, sich aufbäumen lassen konnte. In der Ferne stieg der Weg an, und er legte einen niedrigeren Gang ein, um das Tempo zu halten, den Wind in seinen Haaren zu spüren, den wenigen Haaren, die er noch hatte.

»Rawhiiiiide.« Immer lauter sang er, flüssiger. »Head them up, move them on ...« Er konnte sich nicht erinnern, wann er sich das letzte Mal so gefühlt hatte, als ob ihn jemand mit einem Katapult in seine Kindheit zurückgeschossen hätte und er wieder der Junge wäre, der manchmal zum Cowboy geworden war. Ein Junge, der oft allein spielte, aber daran gewöhnt war, ein Junge, der Johanna erst noch begegnen sollte.

Rawhide, was bedeutete das? War es der Name des Cowboys, der Gegend, oder war es ein Ruf, um die Kühe vorwärts zu treiben? Merkwürdig, daß ein Wort, dessen Bedeutung man nicht kannte und nie gekannt hatte, einem ein Leben lang im Kopf hängenblieb, während Begriffe, die man stundenlang gebüffelt hatte, verschwanden, sobald man sie nicht mehr brauchte.

So fuhr er weiter, er hatte keine Ahnung wie lange, bis der Weg eine Straße kreuzte, die einzige Asphaltstraße auf der Insel. Links, in der Ferne, lag das Dorf: die niedrigen Häuser mit ihren roten Dächern, der Leuchtturm in den Dünen. Auf der anderen Straßenseite befand sich ein schmaler Streifen Weideland, auf dem ein Pferd graste. Ein richtiges Pferd, ein Schimmel. Er überquerte die Straße, legte sein Rad im Gras ab und trat an den Stacheldraht heran. Das Pferd trottete auf ihn zu. »Aber ich habe keinen Zucker für dich«, sagte er und zeigte ihm schnell seine flache Hand.

Das Pferd fing an, daran zu lecken. Die große, warme, rauhe Zunge glitt über seine Handfläche, brachte seine Haut zum Glühen, nicht nur an der Hand, sondern am ganzen Körper. Sein Atem stockte, er fühlte sich warm und trunken, als ob er Johannas nackten Po streicheln würde. Genau wie als kleiner Junge, als er jeden Abend zu einer Weide in der Nähe geradelt war, um sich das Salz von den Händen lecken zu lassen. Es war, als brächte das Pferd sein Blut wieder zum Strömen, als gäbe es ihm seinen Körper zurück, kräftiger, als er seit langem gewesen war. Als die rauhe Zunge und der Geruch des Pferdes, der Duft von nassem Gras und dem trockenfallenden Watt, als ihm das alles zuviel wurde, zog er seine Hand zurück. Er schloß die Augen, denn das Licht ließ die Pfützen auf dem Watt so glitzern, daß ihm Tränen in die Augen stiegen. Blind streichelte er den warmen Hals und vorsichtig, mit zwei Fingern, auch die Oberlippe des Pferdes, dankbar, verlegen.

Er setzte sich wieder an den Brief. Er versuchte sich den Weg vorzustellen, den er, einmal hin und einmal zurück, mit Gegenwind, gefahren war. *Heute morgen habe ich eine lange Radtour gemacht.* Es war ein vertrautes Gefühl gewesen, mit nebeneinanderliegenden Händen Fahrrad zu fahren, immer wieder dieselben Zeilen zu singen, ohne daß jemand verärgert sagte: »Nun aber mal was anderes.« Vielleicht hätte er das zu Hause auch mal tun sollen. Draußen vermißte er Johanna auch, aber anders. Als ob sie da wäre, nur nicht sichtbar. Als ob sie sich im Strandhafer auf einer Düne verberge, in einem Geruch, im Ohr eines Pferdes. Er hielt sich die Hände vors Gesicht. Sie rochen noch nach Pferd, vorläufig würde er sie nicht waschen. In Ede gab es keine Dünen, dafür aber Heide und stille Radwege. Man konnte den Menschen aus dem Weg gehen, indem man im Bett blieb, aber auch, indem man früh aufstand, wenn alles noch schlief.

Bea hatte sich nach ihrer Scheidung so durchsichtig gefühlt, daß sie sich in den ersten Monaten nur im Dunkeln getraute, den Hund auszuführen, wenn alle Leute fernsahen oder schon im Bett waren. Und wenn sie tagsüber zum Bäcker mußte, kaufte sie nicht, was sie brauchte, sondern viel zuviel, sechs Semmeln, sechs Rosinenbrötchen, sechs gefüllte Mandeltörtchen, als ob ihr Mann und die Kinder, die längst auf eigenen Füßen standen, ganz normal zu Hause auf sie warteten. Als An ihm das erzählte, hatte er irritiert mit den Schultern gezuckt, jetzt schämte er sich für sein Unverständnis.

Wahrscheinlich gehörte das dazu: Reue und Scham über Dinge, die er nicht mehr ändern konnte. Kurz vor dem Tod soll man Fragmente seines Lebens wie in einem Zeitraffer an sich vorbeiziehen sehen, das hier war auch so etwas. Nur waren es bei ihm keine vorbeihuschenden Fragmente, sondern Erinnerungen. Sein Ende kam ja auch nicht unerwartet, im Gegenteil, er lebte seit Monaten darauf zu. Am Neujahrstag – dem ersten ohne Johanna –, als er im Fernsehen die Horden von Menschen sah, die johlend ins Meer rannten, war ihm die Idee gekommen.

Jetzt nur noch diesen Brief. Erst das Wort, dann die Tat.

Er legte seinen Stift hin, ging zum Fenster und von dort wieder zum Ofen, an dem Sims mit dem Kienapfel und dem Katapult vorbei. Vielleicht kam ja etwas im Fernsehen, das ihn ablenken konnte, wenn er mit einem Auge fernsehen würde, sich nicht so krampfhaft auf den Brief konzentrierte, ginge es bestimmt leichter. Auf dem Apparat lag, unter einem gläsernen Aschenbecher in Form eines Seesterns, eine Broschüre der Staatlichen Forstverwaltung: »Drei Wanderwege zu den schönsten Stellen«. Er schlug das Heftchen auf. »Vlieland – vielseitige und dynamische Insel« lautete die Überschrift des Textes auf Seite drei. Dynamisch, kein Wort für ihn. Er blätterte weiter, zu einem Kapitel, das »Frische Luft schnappen in den Dünen« hieß. »Diese Wanderung führt Sie durch eine Landschaft, die durch die Gunst des Windes existiert ...« Durch die Gunst des Windes war gewiß eine Standardformulierung, aber sie würden sich fragen, wo er sie herhatte. Er legte die Broschüre wieder an ihren Platz, schob den gläsernen Seestern darauf und bückte sich, um den Fernseher anzustellen.

Am Sonntagvormittag gab es immer dröhnende Orgeln, schallende Predigten, Großaufnahmen von Blumengebinden und Chören, die »o Herr, o Herr« sangen. Der Bildschirm blieb grau. Er drückte noch einmal auf den Knopf. Probierte andere Knöpfe. Drückte immer heftiger. Schlug mit der flachen Hand an die Seite des Apparats. Zog ihn zu sich heran. Kontrollierte, ob der Stecker in der Dose steckte, aber das einzige Bild, das er sah, war die Spiegelung seiner Knie in der Scheibe.

Viel mehr würde er heute abend auch nicht zu sehen bekommen, wenn er warten würde, bis es Zeit war, seinen Plan auszuführen. Ein dunkelgraues Viereck mit abgerundeten Ecken, ein grauer Tunnel, nichts, nichts, nicht einmal Schnee, keine Spielchen, keine Ablenkung von den Gedanken, die sich unvermeidlich einstellen würden. Wie kalt würde das Wasser sein? Würde er nicht Muskelkrämpfe bekommen, sich verschlucken, nach Luft schnappen, halb ersticken an dem Salzwasser, das in seine Nase strömen würde? Er sah sich: nur noch zwei Arme, die dem Strand zuwinkten, wo niemand mehr war. Niemand, der sah, daß eine Welle ihn mitriß, immer weiter weg. Nicht daran denken, nicht schwach werden. Wenn er sich seine Tat allzu genau vorstellte, bekam er noch Angst, würde er davor zurückschrecken. Wenn es einmal soweit war, würde er den Blick auf den Horizont gerichtet halten und schwimmen, schwimmen, bis er nicht mehr konnte.

»Komm schon!« Er schlug mit der Faust auf den Apparat, mit solcher Wucht, daß der Aschenbecher hochsprang und zu Boden fiel. Als er ihn fallen sah, schoß es ihm durch den Kopf, daß er ihn ersetzen müßte, am Sonntag, dem einzigen Tag, an dem Houters Warenhaus geschlossen war. O nein, das mußte er nicht. Er konnte die Gebote, die überall hingen – bis hin zur Toilette –, auch ignorieren. Das konnte er sehr wohl. »Denk nicht, wenn du das letzte Blättchen abgerissen, der nächste wird sich schon zu helfen wissen.« Was die das anging! Niemand brauchte ihm zu sagen, was er tun oder lassen sollte, weiterleben oder Schluß machen. Dieser zu Bruch gegangene Aschenbecher konnte ihn nicht zwingen, seinen Plan noch einen Tag aufzuschieben, bis Montag zu warten, nur weil die Geschäfte dann wieder geöffnet sein würden. Er beugte sich über den Fernseher und sah, was er schon beim Aufprall gehört hatte: daß der gläserne Seestern heil geblieben war, völlig unversehrt.

Er lief aus dem Haus, weil er sich nicht mehr sicher war.

Nicht mehr wußte, was ihm lieber gewesen wäre: daß der Seestern ganz war oder kaputt.

Montagnachmittag. Der Tisch um den Schreibblock herum war immer voller geworden, während auf dem obersten Blatt Briefpapier nach wie vor nur acht Zeilen standen. Neben der Uhr und der Feder lag nun auch eine Landkarte vom Fremdenverkehrsamt, auf der er ein paar Wege angekreuzt hatte, Beweise dafür, was er alles noch vorhatte. Unter der leeren Vase steckten zwei Quittungen vom Geldautomaten: immer wieder hatte er irgendwelche Ausgaben. Und was noch? Eine blaßrosa Eierschale mit dunkelblauen Sprenkeln, Tintenspritzern gleich, die er auf dem Pfad vor der Haustür gefunden hatte, als hätte sie jemand dort hingelegt; Ansichtskarten, auf die er nur die Adressen geschrieben hatte; der Bon vom Parkplatz in Harlingen; eine Rechnung des italienischen Restaurants, in dem er am Sonntagabend gegessen hatte.

Um sich die Zeit zu vertreiben, hatte er ein zerfleddertes Taschenbuch, einen Krimi, vom Bücherbord mitgenommen, und während er auf seine Bestellung wartete und zwischen den Gängen, hatte er das Buch vor sich auf den Tisch gelegt. In dem Stimmengewirr von redenden, essenden Menschen war es ihm geglückt, ein paar Seiten zu lesen. Abends vor dem Schlafengehen hatte er das Kapitel zu Ende gelesen, und heute morgen, als er sah, daß es zu stark regnete, um hinauszugehen, hatte er ein neues Kapitel angefangen. Hin und wieder schaute er aus den Augenwinkeln neugierig auf das Taschenbuch, das auf dem Stuhl neben ihm lag. Er würde schon wissen wollen, wie die Geschichte ausgeht.

Er verrückte ein paar Dinge. Es war inzwischen so voll auf dem Tisch, daß kaum noch Platz war für seine Unterarme. Die Rechnung der Pizzeria lag unter einem Päckchen für Bea, einer runden, mit Muscheln beklebten Dose, ein

Souvenir von der Insel. Zum zweiten Mal wickelte er das Döschen vorsichtig aus dem Geschenkpapier, um es zu betrachten. Er war sich sicher, sie würde überrascht sein, daß er noch wußte, daß sie als Kind schon verrückt nach solchen Dosen gewesen war. Trotzdem würde er ihr Gesicht sehen wollen – ja, das wollte er, dabeisein, wenn sie es auspackte. Die rosa, weißen und gelben Muscheln auf der Dose waren lackiert, wodurch es schien, als wären sie gerade angespült worden. Daß Muscheln dann so aussahen, wußte er von früher. In all den Tagen war er noch nicht am Wasser gewesen.

Ich könnte Euch schreiben, wie es hier ist, aber ich erzähle es Euch lieber. Am späten Nachmittag schrieb er den Satz, den er so lange mit sich herumgetragen hatte. Schon seit er gesehen hatte, daß der Seestern heil geblieben war. Oder hatte es bereits davor angefangen? Als das Pferd seine Hand leckte? Oder noch früher, während der Radtour, als er vor sich hin sang und nicht mehr aufhören konnte? Vielleicht hatte dieser Satz ihm schon im Kopf herumgespukt, als er am ersten Nachmittag auf der Terrasse am Hafen in der Sonne gesessen hatte.

Es war ihm nicht bewußt, wann er von seinem Plan abgekommen war, und es war ihm auch ganz egal. Als er den Satz noch einmal las, wußte er, daß es stimmte: daß er seine Töchter wiedersehen wollte.

Heute nachmittag habe ich eine Weile auf einer Bank am Watt gesessen. In der Ferne liefen zwei Jungen in weißen Hemden mit hochgekrempelten Hosenbeinen. Auf der Suche nach Krabben, Muscheln? Von weitem sahen sie aus wie Löffelreiher auf ihren dünnen, nackten Beinen. Die Kescher, mit denen sie das Wasser absuchten, wie breite Schnäbel.

Als ich da so in meinen Schuhen saß, erinnerte ich mich, wie es war, mit hochgekrempelten Hosenbeinen über das Watt zu laufen. Das Salz, das in einer Schramme brennt. Der Modder, der zwischen den Zehen hochkriecht, über die Füße hinweg. Das schwere, saugende Gefühl, wenn man einen Schritt macht, nicht zu wissen, wie tief man einsinken wird. Manchmal braucht man nur zuzusehen oder, wie ich es jetzt tue, sich etwas ganz genau vorzustellen, um zu wissen, wie es ist. Und dann sehnt man sich danach oder man schreckt davor zurück.

Vielleicht wage ich mich ja mal aufs Watt. Macht Euch keine Sorgen, es gibt Führungen, denen man sich anschließen kann. Aber dafür muß es erst einmal ein paar Tage hintereinander so warm bleiben, wie es heute nachmittag war. Das Wasser ist noch viel zu kalt, und ich bin kein Held. Ich muß aufhören, damit ich noch rechtzeitig am Briefkasten bin. Sonst bin ich eher bei Euch als dieser Brief. Alles Liebe, Papa.

P. S. Vielleicht solltest Du auch mal eine Woche herfahren, Bea, und An auch, die Jungen würden sich hier sehr wohl fühlen. Ich könnte Arne beibringen, wie man mit einem Katapult schießt, in den Dünen um das Haus herum ist Platz genug. Vielleicht nächstes Frühjahr?

Er steckte den Brief in den Umschlag, den er schon zu Hause adressiert hatte, zog seine Jacke an und ging zum Briefkasten. Als er sah, daß die Telefonzelle am Ende der Straße frei war, beschloß er, Bea anzurufen. Er wollte ihre Stimme hören.

IV

Als sie ins Dorf kamen, wurden sie von einem Regenschauer überrascht. Simone und die Kinder flüchteten in ein Café, um Poffertjes zu essen. Um diese Zeit war es dort meistens noch leer, aber heute waren schon ein paar Tische besetzt. Familien mit Kindern, die noch nicht in die Schule mußten, genau wie Karlien und Roos. Neben dem großen gußeisernen Ofen saß ein Ehepaar, etwa so alt wie ihre Eltern, Mitte Sechzig. Simones Mutter hatte gesagt, daß sie es so schön finden würde »und Papa auch«, sie zu besuchen. Jetzt, wo sie ganz in der Nähe Urlaub machten, ginge das endlich einmal. Simone hatte sie mit aller Macht davon abgehalten: die Ferien gehörten ihrer Familie, da war kein Platz für andere.

Während sie ihren Töchtern aus der Jacke half, sah Simone, daß eine blonde, stark gebräunte Frau, die mit einem Mann am Tisch gegenüber saß, sie neugierig musterte. Für einen Moment überlegte sie, ob sie sich irgendwoher kannten, aber es war ein forschender Blick, dem selbst ihre durchweichten weißen Turnschuhe nicht entgingen. Die Frau betrachtete sie und die beiden Kinder, sah keinen Mann und schlußfolgerte: Eine verhärmte alleinstehende Frau, die mit zwei kleinen Kindern Urlaub im Regen macht. Jemand, mit dem sie nicht tauschen mochte. Simone sah es an ihrem mitleidigen Lächeln.

Amüsiert holte sie das Malzeug aus dem Rucksack. Sie hoffte nur, daß ihre Töchter nicht von ihrem Vater anfangen würden. Es war zu komisch, für geschieden gehalten zu werden und sich auf das Gesicht der Frau zu freuen, wenn

Nils gleich ins Café käme und ihr die Zeitung und einen Kuß geben würde.

Als sie Zeichenblock und Buntstifte auf den Tisch legte, fühlte sie noch etwas Schweres unten im Rucksack. Es war ein dickes Buch, die Kinderbibel, die ihre Mutter Roos und Karlien geschenkt hatte, bevor sie in den Urlaub gefahren waren.

»Hast du das eingepackt?« fragte sie ihre ältere Tochter.

Karlien nickte. »Papa wollte mir die eine Geschichte noch mal vorlesen.«

»Welche Geschichte?«

»Von dem Jungen mit den Nägeln in den Händen.«

Karlien drehte ihre Handflächen nach oben, um zu zeigen, wo die Nägel steckten. Simone warf schnell einen Blick auf Roos, aber die war ganz auf ihre Zeichnung konzentriert und nahm nichts um sich herum wahr.

»Jesus meinst du«, sagte Simone mit gedämpfter Stimme.

»Ja, Jesus.«

»Laß das Buch in Zukunft lieber zu Hause, Schatz. Hier kann Papa dir sowieso nicht vorlesen.«

»Aber wenn es nun wieder den ganzen Tag regnet? Gestern hat er Roos auch etwas vorgelesen, im ›Posthuis‹.«

»Ich muß es nur die ganze Zeit mit mir herumschleppen.«

Vor ein paar Monaten war Karlien mit der Mitteilung aus der Schule gekommen, daß etwas Schreckliches passiert sei. Nicht wieder ein Unfall, dachte Simone, das wäre das zweite Kind innerhalb eines Jahres, das am Hochhaus überfahren wurde.

»Es ist jemand an ein Kreuz genagelt worden«, erzählte Karlien, »er hat dort stundenlang gehangen. Und niemand hat etwas getan.«

Sie hatte es an diesem Morgen gehört, beim Schmücken der Palmstöcke, und erzählte es so, als sei es gerade geschehen, irgendwo in einem Wohnviertel in der Nähe. Karlien hatte schon den Telefonhörer in der Hand, um Nils anzurufen, und konnte gar nicht glauben, daß er es schon wußte. Wenn er es wußte und Simone auch, warum hatten sie ihr dann nie etwas davon erzählt?

Simone steckte das Buch wieder in den Rucksack und beugte sich vor, um zu sehen, was ihre Kinder zeichneten. Roos war noch in der Krakelphase, in der die Bewegung des Buntstifts wichtiger war als das, was auf dem Papier entstand. Minutenlang machte sie dieselbe rhythmische Bewegung, man hörte es immer, wenn sie zeichnete. Karlien nahm ihren Buntstift ab und zu kurz hoch, schaute aus dem Fenster und dachte nach. Sie zeichnete schon Menschen, Köpfe, aus denen ein paar kümmerliche Haare kamen, Arme, die wie Harken aussahen, und zwei dünne Striche als Beine, die bis zum Rand des Blattes reichten. Um Ostern herum hatte sie nur Kreuze gezeichnet, an denen ein spillriger Jesus hing, der enorme Nägel in den Händen hatte, aber Gott sei Dank war das auch nur eine Phase gewesen.

Das kratzende Geräusch hörte auf. Meistens schob ihr Roos dann die Zeichnung mit einem fragenden Gesicht zu, und sie mußte etwas sagen, aber Roos hatte das Bild noch vor sich und zeigte mit dem Buntstift nach draußen.

Unter dem Vordach des Cafés stand Nils, eine Zeitung unter dem linken Arm und in der rechten Hand ein Handy. Karlien schaute nun auch hoch. Sie wußten zwar, daß ihr Vater in diesem Urlaub, immer und überall, sogar am Strand, das Telefon dabeihatte, aber da es bisher noch nie geklingelt hatte, hatten sie es schon fast vergessen.

»Wen ruft er an?« fragte Karlien.

Simone konnte Männer mit Handys nicht ausstehen und schon gar nicht solche, die im Urlaub unter dem Vordach eines Cafés mit ihrem Chef telefonierten. Sie vermied es, die Frau gegenüber anzusehen. »Papa ruft nicht an. Er wird angerufen, vom Büro, denke ich.«

»Warum?«

»Dort ändert sich einiges. Manche Leute bekommen andere Stellen, und es müssen welche entlassen werden.«

»Warum müssen diese Leute verlassen werden?«

»Ent-lassen. Sie können dann nicht mehr dort arbeiten, weil keine Arbeit mehr für sie da ist.«

»Bekommen sie dann auch kein Geld mehr?«

Während sie Karliens Fragen beantwortete, schweifte ihr Blick ab, zum Fenster. Sie wurde nun doch neugierig, was die »großen Umstrukturierungen«, die ihre Schatten schon seit Monaten vorauswarfen, für Folgen haben würden. Nils hatte gesagt, daß es nicht undenkbar sei, daß er für ein paar Tage zurückmüsse, zur Zentrale in Nieuwegein. Sie hatte sich schon damit abgefunden. Gott sei Dank hatten sie »Dünenrose« für drei Wochen gemietet.

Sie versuchte Nils' Blick zu erhaschen. Schaute er erregt, ernst, angespannt? Ihn konnten sie nicht entlassen, er arbeitete schon zwölf Jahre für sie. Er sei eine »loyale« Kraft, hatten sie mehrfach gesagt, Anfang Januar erst wieder, beim letzten Personalgespräch, und dann hatten sie ihm noch eine Gehaltserhöhung gegeben. Der alte Lakenman hatte viel Vertrauen zu ihm, schon immer. Als Nils sich beim Telefonieren kurz umdrehte und sie sah, wandte er sich abrupt ab. Er stand noch immer vor dem Fenster, jetzt mit dem Rücken zu ihnen, und nahm dadurch das letzte Licht weg, das durch die kleinen Scheiben hereinfiel.

Es wurde wieder heller am Tisch, und kurz darauf betrat Nils in einem rauschenden Regencape das Café; es war etwas Drohendes in seiner Haltung. Durch die niedrige Balkendecke wirkt er nur größer, dachte sie, und in dem armeegrünen Umhang sieht er aus wie ein Soldat. Ein Lied schoß ihr durch den Kopf, von zwei Hasen zwischen Berg und tiefem Tal: »... bis daß der Jäger, Jäger kam und schoß sie nieder ...« Sie sah Nils fragend an, aber er wich ihrem Blick aus und blieb in einiger Entfernung vom Tisch stehen.

»Gehen wir?« fragte er und klopfte ungeduldig mit der zusammengerollten Zeitung auf eine Stuhllehne.

»Wir haben gerade Poffertjes bestellt.«

»Ich habe keinen Hunger.«

»Aber die Kinder. Setz dich, zieh das Ding aus.«

Nils zog sein nasses Cape nicht aus, setzte sich zwar, doch nur auf die Stuhlkante, als ob er jeden Moment wieder aufspringen wollte. Sie beugte sich zu ihm und fragte, wer das gewesen sei am Telefon.

»Edward.«

»Mußt du zurück?«

»Nein.«

»Na, das sind doch gute Nachrichten, oder?«

»Warum sitzen wir hier?« fragte Nils, so barsch, daß die Frau hinter ihm hochschaute.

»Bist du entlassen, Papa?« fragte Karlien.

Simone spürte Panik in sich aufsteigen. Hatte er die Umstrukturierungen, die bevorstanden, falsch eingeschätzt? Wurde ihr Mann, der sich zwölf Jahre lang für einen Fertigteildeckenbetrieb zu Tode geschuftet hatte – ein Produkt, über das er mit keinem ihrer Freunde reden konnte, weil nie jemand nach oben schaute –, wurde dieser Mann, den sie jeden Abend fragte, wie es gewesen sei, ob er Aufträge entgegennehmen konnte, von einem Tag auf den anderen einfach rausgeworfen? Das konnte doch nicht wahr sein?

»Sind wir jetzt arm?« fragte Karlien und zerrte an Simones Ärmel. »Darf ich dann Zeitungen austragen?«

»Ich auch, ich auch«, rief Roos.

»Nein, wir sind nicht arm.« Simone sah sich blitzschnell im Raum um. Sie mußte einen Moment allein mit Nils sprechen. »Guck mal, Karlien, die Poffertjes werden gewendet. Geht doch mal hin.« Sie hob Roos vom Stuhl, gab Karlien ein Zeichen, daß sie ihrer Schwester die Hand geben solle, und beugte sich über den Tisch.

»Was hast du?«

Das Regencape raschelte, mit einer verärgerten Handbewegung wischte er ihre Frage weg. Obwohl sie ahnte, daß er seinen Arm zurückziehen, sie brüsk von sich abschütteln würde, legte sie ihre Hand auf das Nylon, dort, wo der Ellenbogen sich abzeichnete.

»Worum ging es in dem Telefonat?«

Er sah sie nicht an, als er sich zurücklehnte, die Arme über dem Cape verschränkte und sagte: »Dennis Bokhoven ist kaufmännischer Direktor geworden.«

»Also mußt du doch zurück?«

»Nein, wenn ich es geworden wäre, hätte ich vielleicht zurückgemußt.«

»Mama«, rief Karlien, »Roos sagt, die Poffertjes sehen aus wie Wangen, Omas Wangen.«

Simone lachte erleichtert und versuchte, auch Nils ein Lächeln zu entlocken. »Und, ist das schlimm? Daß er es geworden ist und nicht du?«

Er zuckte mit den Schultern.

»Es läuft doch bei dir auf Arbeit? Du bist doch zufrieden mit dem, was du machst …«

»Dennis ist sieben Jahre jünger als ich, gerade sechsunddreißig. Noch kein Jahr bei uns.«

»Aber du wolltest diese Stelle doch nicht, vorläufig nicht? Du hast neulich noch gesagt, daß ein kaufmännischer Direktor bei euch viel mehr reisen muß. Und daß du das nicht willst, solange die Kinder noch klein sind.«

In der Stille, die danach eintrat, kehrten Karlien und Roos an den Tisch zurück. Karlien schaute von ihrem Vater zu ihrer Mutter und fragte: »Muß Papa nach Hause?«

»Schau, da sind eure Poffertjes.«

Simone stand auf, um Roos' Stuhl heranzurücken, Servietten in Pullover zu stecken. Sie stürzte sich in alle möglichen Handlungen, um das verkniffene Gesicht ihres Mannes, die Lippen, die nur noch zwei Striche waren, so dünn, wie nur Karlien sie zeichnen konnte, nicht sehen zu müssen. Es war besser, das Thema erst einmal ruhenzulassen, bis er sich vom ersten Schock erholt hatte. Aber als die Kinder sich über ihre Teller beugten und es einen Moment still wurde, konnte sie es nicht lassen und fragte: »Warum ist es so schlimm, daß er es geworden ist und nicht du, wenn du den Job doch nicht haben wolltest?«

»Sie hätten mich wenigstens fragen können.«

Fast im selben Moment, als bereue er sein Bekenntnis, stand er auf. Er wolle raus, sagte er, radfahren. Er fühle sich beengt, es sei hier viel zu niedrig, zu dunkel.

»Wenn du einen Augenblick wartest, haben die Kinder aufgegessen, und wir gehen alle. Wir haben noch nicht einmal bezahlt.«

Er legte seine Brieftasche auf den Tisch.

»Ich bin gleich fertig, Papa, darf ich mit?« fragte Karlien. »Warte doch …«

Aber Nils war schon weg.

»Warum geht er weg, ohne mich?« klagte Karlien. »Er wollte mir doch was vorlesen.«

Simone saugte an ihrer Unterlippe und versuchte, dabei zu lächeln. »Papa möchte ein bißchen allein sein.«

»Warum?«

»Manchmal wollen die Großen einfach mal allein sein. Um nachzudenken.«

Karlien war die erste, die sich fragte, wie sie nach Hause kommen sollten, da ihr Vater nun auf dem einzigen Rad mit einem Kindersitz, dem Sitz für Roos, davonfuhr.

»Der Sitz!« zischte Simone und klopfte wie wild ans Fenster, aber Nils war schon verschwunden. Als sie sich wieder umdrehte, blickte sie direkt in das Gesicht der blonden Frau. Deren Mund stand ein wenig offen. Sie sabberte fast vor Neugier, was hier eigentlich los war und wie es ausgehen würde.

Um diese Zeit war im Dorf immer besonders viel Betrieb. Nils mußte andauernd seine Fahrradklingel benutzen, um an den schlendernden, Eis essenden, Handwagen hinter sich herziehenden Menschen vorbeizukommen. Er wollte den größten Umweg nach Hause nehmen, über den Postweg am Watt entlang. Er fuhr die Dorfstraße hinunter, am roten Leuchtturm vorbei, hoch oben auf der Vuurboetsdüne. Danach kam ein langes Stück mit raschelnden Büschen, deren Blätter aus Silber zu sein schienen. Dieses Stück liebte er am meisten. An bewölkten Tagen wie heute, wenn das Wattenmeer grau war, wurde auch das Gras auf dem Deich graugrün, und die Blätter der Sträucher an beiden Seiten des Wegs erschienen noch eine Spur heller, als hätte das Salz alles Grün herausgelaugt. Da sah er schon den Schimmel von Sankt Nikolaus, von dem seine Töchter behaupteten, daß er hier Urlaub mache; sonst stieg er immer ab, um ihn zu streicheln, jetzt fuhr er schnell weiter.

Am Ende der Straße würde er beim »Posthuis« in die Dünen abbiegen. Er mußte es loswerden, was auch immer das war, das von ihm Besitz ergriffen hatte, als er vor dem Café in der Dorfstraße Edward zugehört hatte. Er mußte es herausradeln. Männer gingen in die Sauna, um einen Kater auszuschwitzen, Frauen wegen etwas, das sie böse Säfte nannten, er mußte Dennis ausschwitzen.

Wenn er als Kind bedrückt aus der Schule gekommen war, hatte seine Mutter immer gesagt, daß er noch einmal überlegen solle, was an diesem Tag alles passiert sei. Es gibt immer eine Ursache, hatte sie ihm beigebracht, wenn man richtig sucht, kommt man auch dahinter. Schritt für Schritt, als ob man den roten Bändern bei einer Fuchsjagd folgt. Eine Laune konnte er das jetzt nicht nennen, eine Laune zog herauf wie ein Schauer, dies hier war eher, als hätte der Blitz eingeschlagen. Simone hatte gesagt, daß sie es nicht verstehe, »du wolltest diese Stelle doch nicht ...«.

Wie sollte er etwas erklären, das er selbst nicht verstand?

Er machte seine Arbeit gern, meistens. Er wurde geschätzt, hatte gute Kontakte in der Baubranche. Langfristig, in ein paar Jahren, hatte er kaufmännischer Direktor werden wollen, bloß jetzt noch nicht, hatte er gedacht – bis heute morgen. Er war wie selbstverständlich davon ausgegangen, daß einer der älteren, erfahreneren Distriktmanager, jemand wie Edward, den Job kriegen würde. Jemand, vor dem er Respekt hatte. In ein paar Jahren, wenn Edward aufhört, würde er dann kaufmännischer Direktor werden.

Er schüttelte den Kopf. »Ich verstehe es nicht … Wie hat er das geschafft?« Dennis Bokhoven war gerade erst sechsunddreißig, noch keine zehn Monate im Marketing, der junge Lakenman hatte ihn geholt, der »frisches Blut« im Betrieb wollte. »Wenn ich in einem Jahr nicht da stehe, wo ich stehen will, bin ich weg«, hatte Dennis fallenlassen. In seinem neuen Job würde er hundertvierzig-, nein mehr, hundertsechzigtausend verdienen.

Krampfhaft umfaßte er den Lenker. »Was ich verdiene, ist nicht das Allerwichtigste«, sagte er zähneknirschend. Das war es nie gewesen. Er konnte es nicht ertragen, daß er keinen Blick für die silbrigen Büsche hatte, die grauen, fast schwarzen Wolken, die über das Watt trieben, die Weite der Insel, und nur rechnete. Wieviel tausend Gulden Dennis mehr verdienen würde. Wieviel mehr als vorher und wieviel mehr als er. Und wieviel mehr als er, als er so alt gewesen war wie Dennis.

Im Fahrradladen hatte sie einen Sitz für Roos ausgeliehen, und danach waren sie direkt nach Hause gefahren. Dort hatten sie die Muscheln, die sie morgens am Strand gefunden hatten, unter der Dusche abgespült. Später hatte Simone Roos ins Bett gebracht und Karlien mit »Mein erstes Lesebuch« und einer Decke auf das braune Sofa gelegt. Nachdem sie ein paar Minuten vor sich hingestarrt hatte, war Karlien auch eingeschlafen.

Wenn Nils jetzt schnell nach Hause käme, könnten wir wenigstens reden, dachte Simone. Sie wollte wissen, ob der alte Lakenman ihm den Job versprochen hatte und ob der junge Lakenman so ein Versprechen einfach ignorieren konnte. Von Zeit zu Zeit trat sie ans Fenster. Sie wartete nicht gern. Zu Hause wartete sie auch nie auf ihn, das war verlorene Liebesmüh. Er war nie vor halb acht zu Hause, wenn er gerade einmal nicht im Ausland war. Die Woche über ging sie ihre eigenen Wege, das war sie gewöhnt. Es hatte etwas Erniedrigendes, sehnsüchtig aus dem Fenster oder auf die Uhr zu schauen. Selbst wenn er den Weg über das »Posthuis« genommen hatte, müßte er längst hiersein.

Als die Kinder gegen halb drei wach wurden, hatte der Wind den Himmel blank gepustet. Sie suchten Handtücher, Sonnenblenden, Eimer und Schaufeln zusammen und hinterließen einen Zettel: »Wir sind am Strand, da, wo wir immer sind.« Alle Viertelstunde, seit sie wach waren, fragten die Kinder, wo ihr Vater bleibe. Er habe gesagt, daß er »ein bißchen« allein sein wolle. Ein bißchen sei doch schon längst vorbei. Wenn sie zu Hause sage, daß sie noch ein bißchen fernsehen dürften, dauere es nie so lange. Simone versuchte, nicht die Geduld zu verlieren, doch schließlich fuhr sie Roos an: »Was weiß ich, frag ihn doch selbst.«

Karlien nahm ihre Schwester in Schutz und sagte: »Aber Mama, das kann Roos doch gar nicht. Sie weiß nicht, wo er ist, und verirrt sich noch.« Simone sah eine Zeichnung aus »Wim ist weg« vor sich, einem von Karliens Lieblingsbüchern über einen kleinen Jungen, der auf einem Dreirad, das er zum Geburtstag bekommen hat, davonfährt. Die Mutterschaft hatte ihr nicht nur Kinder gebracht, sondern auch die Angst, sie zu verlieren, in einem Warenhaus, in einem großen, dunklen Wald.

Weil sie es wiedergutmachen wollte, gingen sie Eis essen, in dem hölzernen Strandpavillon am Fuß der Düne, wo der Badweg endete. Danach beobachteten sie eine Gruppe Jugendlicher, die an einem zerrissenen Netz Volleyball spielte. In den anderen Jahren hatten sie auch immer am Strand gespielt, Standball und Diskuswerfen mit einem Stein. Hier waren sie noch nicht dazu gekommen, aber sie hatten Zeit, sie waren noch keine Woche da.

Als sie sich ihrer Stelle am Strandpfahl wieder näherten, sah Simone Nils schon von weitem, er mußte einen anderen Strandzugang genommen haben. Er lag der Länge nach auf dem orange und gelb gemusterten Badetuch, hatte nur eine Badehose an und trug eine schwarze Sonnenbrille. Seine großen, weißen Füße zeigten nach außen. Schlaf tat ihm immer gut; wenn er aufwachte, war alles nur noch halb so schlimm. Er würde sich entschuldigen, sich wegen des Fahrradsitzes für Roos schämen. Dann würden sie die Kinder in die Mitte nehmen und ans Wasser laufen, fühlen, wie kalt das Wasser war, gegen die Wellen anschreien, wetten, wer zuerst drin sei.

Sie beschloß, ihn schlafen zu lassen. Was war herrlicher, als vom Rauschen der Brandung eingelullt und wieder geweckt zu werden. Wenn er nicht von allein aufwachte, würde sie vorsichtig ein bißchen warmen Sand auf seinen Bauch rieseln lassen, auf das nackte Stück zwischen Badehose und Nabel. Oder seine Füße mit Öl einreiben. Die vergaß er immer, am Spann wurden sie jeden Sommer krebsrot. Doch noch ehe sie bei ihm war, noch ehe die Kinder ihn riefen, schoß er nach vorn, mit einem Ruck, als wäre er ein Klappstuhl, dem jemand einen Stoß versetzt hatte. Er starrte aufs Meer. Seine Augen konnte sie durch die dunklen Gläser nicht sehen, wohl aber, daß sich seine Lippen unablässig bewegten, daß er wie ein Wahnsinniger tobte. Er glich einer Figur aus einem Zeichentrickfilm, bei dem der Ton ausgefallen war.

In den Tagen danach trat keine Besserung des »Zustands«, wie Simone es in Gedanken nannte, ein. Sie betrachtete es als einen Virus, den er auskurieren mußte. In jedem Sommerurlaub passierte etwas, wodurch ein paar Tage ins Wasser fielen, dieses Jahr war Dennis die Ursache. Eines der Symptome, woran sie merkte, wie sehr ihn das alles mitnahm, war, daß er über nichts mehr lachen konnte.

Am Morgen nach dem Anruf stand er noch unter der Dusche, als sie schon am Frühstückstisch saßen. Sie hatte ihn ein paarmal wachgerüttelt – im Urlaub versuchten sie immer, zusammen zu frühstücken –, aber er hatte schlecht geschlafen, sie sollten ohne ihn anfangen. Als er aus der Dusche kam, war noch nichts zu sehen. Roos war die erste, die es bemerkte. »Papa, andere Haare?« Da erst fiel es auch Simone auf. »Was hast du gemacht?« fragte sie.

»Mir die Haare gewaschen.«

Während er zum Spiegel neben der Tür lief, eilte sie ins Bad, öffnete den Treteimer und sah eine leere Shampooflasche, »Henna-Shampoo, für natürlich rotes Haar«. Und da wurde er wütend, erst auf sie, dann auf die Kinder, die immer noch kicherten, schließlich auf diese Hundsfotte, die ihr Dreckszeug hiergelassen hatten. Unverantwortlich, gefährlich, behauptete er in anmaßendem Ton. Wer weiß, was hier noch so alles herumlag?

»Steht dir gut, so eine rote Glut.«

»Ich sehe ja aus wie ein Friseur. Das bin nicht ich.«

Simone wollte sagen, daß sie ihn auch nicht mehr wiedererkenne. Wegen dieses verkniffenen Gesichts, dessen Kieferlinie immer schärfer hervorzutreten schien, das Kinn wie eine Tischkante, an der Kinder sich verletzen konnten. Wegen seines gereizten Tons, seines manischen Blicks. Doch statt dessen sagte sie so leichthin wie möglich, daß es nach dreimal Waschen wohl wieder heraus sein würde.

Alles verunsicherte ihn. Sogar die Zeichnung, die Karlien ihm später schenkte, um ihn aufzumuntern. Sie setzte sich neben ihn auf die Sofalehne, legte einen Arm um ihn und sagte, daß sie ein Bild von ihnen gemalt habe, von Mama und ihm.

»Und wer von den beiden ist Papa?« fragte er.

»Der.«

»Diese kleine Kartoffel mit den roten Stacheln?«

»Ja«, sagte Karlien, »aber das sind keine Kartoffeln, das seid ihr.«

»Mal ein neues«, sagte er und hörte, wie schroff es klang. »Es stimmt nicht. Papa ist doch viel größer als Mama.«

Karlien rutschte von der Lehne und drückte die Zeichnung an sich. Simone sah Nils stirnrunzelnd an, strich ihrer Tochter über den Kopf und sagte, daß sie zusammen einen schönen Platz für diese wundervolle Zeichnung aussuchen würden. Während sie damit durchs Zimmer lief, erklärte sie ihm nachdrücklich, als rede sie mit einem Tauben, daß Kinder in einer bestimmten Phase die Mutter immer größer abbilden. Weil die Mutter nun einmal öfter zu Hause sei. Am meisten in ihrer Nähe. »Bei uns jedenfalls.«

Argwöhnisch schaute er sie an. Karlien hatte ihn gezeichnet, wie sie ihn sah: ein unbedeutendes kleines Männlein mit roten Haarborsten und dünnen Beinchen, eine zweitrangige Figur.

»Du darfst da nichts hineindeuten«, sagte Simone.

Daß er ja nichts hineindeuten sollte, machte ihn nur noch mißtrauischer.

Es kostete sie mit jedem Tag mehr Mühe, ihre Bestürzung zu verbergen. Er hatte recht, sie war zu nachgiebig. Sie verwöhnte die Kinder maßlos, mit dem Resultat, daß auch sie immer unzufriedener wurden. An einem Tag behauptete sie, daß sie sich entscheiden müßten zwischen einem Diabolo und einem Drachen, doch am Tag darauf lagen zwei Diabolos und zwei Drachen im Haus herum. Noch am selben Nachmittag radelte sie bei Wind und Wetter ins Dorf, um einen Becher Seifenblasen zu kaufen, weil Roos noch zu klein war für ein Diabolo. Ihre einzige Verteidigung war, daß sie den Kindern, Karlien vor allem, das Gefühl nehmen müsse, es sei ihre Schuld, daß er sie so oft anfuhr. Vorlesen ging ihm noch am besten von der Hand. Es hatte den Anschein, als ob er durch so viele Bücher wie möglich hindurchjagte, um nur nicht selbst etwas erfinden zu müssen. An seiner Stimme hörte sie, daß er nicht bei der Sache war. Ob er nun den »Hundematrosen« vorlas, »Heintje Treintje« oder »Jesus auf dem Ölberg«, er raste über die Sätze hinweg, als ob ihm jemand auf den Fersen sei.

Jeden Abend hoffte sie, daß er am nächsten Morgen beim Aufwachen anders dreinschauen würde, doch jedesmal wurde sie enttäuscht. Die Gespräche, die sie mit ihm führte, jeden Tag aufs neue, brachten nichts. Ein paarmal war sie drauf und dran, sich das Handy zu schnappen und Freunde einzuladen, notfalls ihre Eltern. Aber schließlich sah sie wieder davon ab: das konnte sie niemandem antun. Sie traute sich im übrigen nicht einmal, ihre Mutter anzurufen, aus Angst, daß sie bei der erstbesten Frage, dem geringsten bißchen Zuneigung, in Tränen ausbrechen würde.

Simone zählte, wie viele Tage sie schon hier waren, zwölf, und wie viele sie noch vor sich hatten. Mittendrin brach sie ab, vom Regen abgelenkt, der immer heftiger gegen die Fenster schlug. Heute mußten sie drin bleiben, den dritten Tag schon. Wenn es gerade einmal nicht regnete, wehte ein kalter, schneidender Wind. So konnte es nicht weitergehen.

Sie standen zusammen in der Küche und brieten Eier mit Speck, und sie dachte, daß die Kinder sie nicht hören würden durch das Brutzeln, das Klappern von Tellern und Besteck. Sie fragte ihn unvermittelt, so daß er sich nicht wappnen konnte, ob er nicht zufrieden sei mit seinem Job. Ob etwas passiert sei, als sie mal eben nicht aufgepaßt habe.

Er sah sie an, er hörte zu, tatsächlich.

»Man muß sich nur erst daran gewöhnen, links und rechts überholt zu werden«, antwortete er matt.

»Warum gibst du nicht zu, daß du die Stelle haben wolltest?«

»Dennis bekommt Polen dazu und Rumänien.«

»In Rumänien werden doch auch Büros gebaut, die brauchen doch auch Decken?«

»Sie sind dem technisch nicht gewachsen. Und es ist noch die Frage, ob sie je bezahlen.«

»Und Dennis, glaubt der daran?«

»Dennis sieht es als eine Herausforderung.«

»Nun, dann ist es doch logisch, oder? Daß er es geworden ist.«

»Verteidige ihn auch noch«, rief er in scharfem Ton.

Er fuchtelte mit einem Messer, das gerade in einem Stück Butter steckte, so wild herum, daß die Butter an die Wand flog. »Dennis ruft alle naselang: ›Meine Intuition sagt mir ...‹ Er prahlt mit seinem Fingerspitzengefühl. Wenn ich erkläre, daß wir doch zumindest Projektleiter nach Litauen oder was weiß ich wohin mitschicken müssen, behauptet er, das sei nicht nötig, er habe überall seine ›holländischen connections‹. Er ist ein Egozentriker, eine Diva. Er verkauft sich vor allem selbst sehr gut. ›Frisches Blut‹, nennt Lakenman das.« Er spuckte es heraus.

Simone sah, daß ihre Töchter ihn aus dem Zimmer mit großen Augen anstarrten, und schloß die Durchreiche. Sie hatte Dennis ausgesprochen nett gefunden, das eine Mal, als sie ihm begegnet war. Leidenschaftlich, intelligent, aber das behielt sie lieber für sich.

»Schrecklich, Nils, aber versuch ein bißchen Abstand zu bekommen.«

»Das tue ich auch, ich sage ja nur: Man muß sich erst daran gewöhnen.«

»Wie lange wird diese Krise noch dauern? Bis zum Ende des Urlaubs?«

Sie sah ihn fragend an, doch er schaute weg und schwieg. Sie hatte also nicht übertrieben, oder warum antwortete er nicht? Das war wie einer der Alpträume, die sie häufig zu Beginn des Urlaubs hatte. Dann wurden die aufgestauten

Sorgen und Spannungen eines ganzen Jahres zu einem blutrünstigen Monster, das ihre Kinder verschlingen wollte. Sie stellte die Frühstücksteller auf die Granitanrichte, mit solcher Wucht, daß der unterste Teller zerbrach. Ein Schauder überlief ihn. Für Geräusche, alle möglichen Geräusche, von Kindern, die auf Lutschern kauten bis zu tieffliegenden Düsenjägern, war er in letzter Zeit überempfindlich.

»Paß auf.« Er zeigte auf einen Zettel an der Innenseite einer Schranktür. »Wenn Sie etwas zerbrechen, haben Sie es durch etwas Gleichwertiges ...«

»Wenn du so weitermachst, schlage ich hier alles kurz und klein.«

»Spiel dich nicht so auf.«

»Wer spielt sich denn hier auf? Wer, wenn ich fragen darf?«

Sie warf die Scherben in den Mülleimer. Und während ihr Blick noch darauf ruhte, auf den beiden ungefähr gleich großen Hälften eines geblümten Keramiktellers, der hier vielleicht schon ein Menschenleben gestanden hatte, traf sie eine Entscheidung. Sie konnte viel vertragen. Daß sie das ganze Jahr über fast allein dastand und auf jedem Elternabend ohne ihn erschien, als ob sie schon geschieden wäre, daran hatte sie sich gewöhnt. Aber diese Laune, dieses beleidigte, wutverzerrte Gesicht – das ertrug sie nicht länger. Sie gab ihm noch drei Tage. Wenn es dann nicht vorbei wäre, würde sie nach Hause fahren, mit den Kindern, ohne ihn.

Doch als die drei Tage um waren, dachte sie: Vielleicht geschieht das alles nicht umsonst. Vielleicht muß sich in unserem Leben etwas ändern. Ein Durchbruch kommt nie ohne Holpern und Stolpern, ohne Schmerz.

»Wenn es so schwierig für dich ist, daß andere über deine Zukunft entscheiden, warum machst du dann nicht etwas anderes?« fragte sie, als es schon geraume Zeit still war im Kinderzimmer.

»Ich bin zu alt.«

Sie sah ihn ungläubig an.

»In meinem Alter finde ich keinen anderen Job mehr.«

»Eine eigene Firma, meine ich. So viele Leute haben sich dazu entschlossen, als sie nicht mehr weiterkamen.« Sie erinnerte ihn daran, wie ihr Bruder sich vor fünf Jahren mit Unterstützung seiner Frau selbständig gemacht hatte. Die ersten Jahre hätten sie sich abrackern müssen, aber nun finge es doch an, Früchte zu tragen?

»Du stellst dir das so einfach vor«, war das einzige, was er sagte.

»Nein, ich denke schon seit Tagen darüber nach. Heute morgen im Schwimmbad, auf dem Fahrrad.« Sie sehe es richtig vor sich, und sie könne doch auch wieder arbeiten gehen? Das hätte sie sowieso vor, irgendwann.

»Um mich selbständig machen zu können, müßte ich erst einmal wissen, was ich will.«

»Und das weißt du nicht?« fragte sie vorsichtig.

»Ich kann Pläne ausführen, die andere entwerfen, aber ich habe noch nie selbst etwas entwickelt.«

»Vielleicht weil es noch nie nötig war? Weil es nie eine Herausforderung gab?«

Er schwieg. Es entging ihr nicht, daß sich sein Gesicht bei dem Wort Herausforderung verfinsterte.

»Es muß nicht sein«, sie biß sich auf die Lippe, »es war nur so eine Idee. Vergiß es ...«

»Wenn es dir nicht paßt, daß du mit einem Mann verheiratet bist, der keine himmelstürmenden Ideen hat, brauchst du es nur zu sagen.«

Als er ohne ein weiteres Wort an ihr vorbei auf den Flur lief, überkam es sie. Stärker als die Enttäuschung, stärker als der Wunsch, ihn aufzumuntern. Ihr Blick huschte durch das Zimmer auf der Suche nach etwas Scharfem, einer großen Muschel, so einer langen, grauen, die Taschenmessermuschel genannt wurde, oder dem Zweig, der auf dem

Sims über dem Ofen lehnte. Ein nicht einmal sehr großer, aber kräftiger, weißer Zweig in Form einer Wünschelrute, einer Holzgabel mit zwei weit auseinanderstehenden Zinken – irgend etwas, um ihm den Verdruß aus dem Gesicht zu kratzen. Sie wollte ihn bluten sehen, ihn jammern hören. Aus einem wirklichen Grund.

In dem Augenblick, wo sie vor dem Sims stand und die Hand nach dem Zweig ausstreckte, hörte sie eine Tür zufallen. Nicht die Bad- oder Küchentür, sondern die Haustür. »Bleib hier«, rief sie, aber er hörte sie nicht mehr. In den letzten Tagen war er immer wieder aus dem Haus gelaufen, ohne etwas zu sagen. Sie schaute auf das Stück Holz in ihrer Hand, das von einem Moment auf den anderen völlig ungefährlich aussah, ein Zweig.

Sie ging ans Fenster, doch er drehte sich nicht um, sah nicht einmal, wie wütend sie war. Sie ließ sich auf die Bank fallen, zog die Knie an den Bauch, machte sich so klein wie möglich. Vielleicht war es doch kein Zufall, daß ihr Blick auf diesen Zweig gefallen war, auf ein Stück Holz, das sich gabelte. Es war möglich. Etwas, das eins gewesen war, konnte sich teilen.

Er wußte, daß er sie quälte. Er nahm seine Verdrießlichkeit überall mit hin, sie klebte an ihm wie Sand an einem nassen Körper. Die Körnchen waren überall, zwischen den Seiten der Bücher, die er seinen Töchtern vorlas, und am Fußende des Bettes, das er mit seiner Frau teilte. Verdrießlichkeit, Verdrießlichkeit machte rauh, was glatt war, und schorfig, was weich war. Simone hatte aufgesprungene Lippen, so viel verbiß sie sich.

Sie wollte ihn nicht anders. Schon anders, als er jetzt war, aber nicht anders, als er gewesen war, bevor das passierte, vor dem Anruf, daß Dennis Bokhoven kaufmännischer Direktor geworden sei. Früher hieß das Verkaufsleiter. Früher hieß er nicht Distriktmanager, sondern Vertreter. Das waren Bezeichnungen gewesen, bei denen man mit beiden Beinen auf der Erde blieb. Vielleicht hatte er sich ja nur durch eine Mogelpackung verrückt machen lassen.

Er seufzte so tief, daß das Geräusch in seinem Kopf die Brandung übertönte. Das Rauschen des Meeres erschien ihm wie ein Atmen, als ob ein immenser Körper langsam ein- und ausatmete. Er lief hier, und hinter ihm, in einem Haus auf einer Düne, schliefen seine beiden Töchter, und seine Frau stand vielleicht am Fenster und fragte sich, was sie mit ihm anfangen sollte. Es gab ihn noch, gedemütigt zwar, aber er lebte. Sein Atem mischte sich mit jenem anderen, dem des Meeres. Wenn er dem lauschte, würde er von selbst ruhiger werden. Warum gelang es ihm dann nicht? Es wurde Zeit, daß er wieder einmal an den silbrigen Büschen vorbeifuhr, ohne an Geld zu denken, seine Segnungen zählte statt der Gehaltserhöhung von Dennis Bokhoven.

Simone hatte recht, er war zufrieden mit seinem Job. Aber warum fühlte er sich seit dem Anruf dann so gejagt, warum wurde er nachts schweißgebadet wach, mit einem beklemmenden Gefühl, als ob ein Elefant auf seiner Brust säße? Schritt für Schritt, den roten Bändern folgen, dann kommst du schon dahinter. In den letzten Tagen hatte er nichts anderes getan, und jetzt mußte er es sich endlich einmal eingestehen: Er wollte diese Stelle nur, weil Dennis sie bekommen hatte. Nur wegen dieser Rotznase, die schon vor dem Vierzigsten Direktor der Welt sein wollte, war dieser Posten so begehrenswert geworden. »Ich auch, ich auch«, wie Roos es auf den Punkt brachte: ein eigenes Zimmer, keine Unkostenregelung, sondern eine Kreditkarte, überallhin fliegen, Business class. Ich auch, ich auch, und nicht erst in ein paar Jahren, wenn die Zeit reif dafür war, sondern jetzt. Seine Mutter hatte unrecht. Es half nicht immer zu wissen, warum man sich elend fühlte. Oder war eine Erkenntnis auch etwas, woran man sich erst gewöhnen mußte? War dieser Hahnenkampf in seinem Kopf eine Art Aufmucken? Kämpfte er gegen die Erniedrigung an, die er sich selbst zugefügt hatte?

»Ich gönne es ihm nicht«, sagte er laut, gegen den Wind. »Ich lasse mir mein Leben nicht von Dennis Wonderboy Bokhoven vergiften.«

Während er diesen Namen aussprach, viel zu laut für jemanden, der allein den Badweg entlangging, schaute er direkt in das Gesicht einer älteren Frau, in Augen, die ebenso grau wie ihr Regenmantel waren, ein Grau, das in einem anderen Licht wahrscheinlich Grün erschien, wie das Gras am Watt.

Er senkte den Blick, seine Selbstachtung war auf einem Tiefpunkt angelangt, aber er wollte nicht für verrückt gehalten werden. Es war schon schlimm genug, daß Simone ihn als Patienten betrachtete, daß die Kinder wie Katzen um ihn herumschlichen.

»Guten Abend«, sagte die Frau. Sie stand neben einem Fahrrad, an dem eine große Handtasche baumelte. Früher hatten alle Frauen solche Taschen. Es paßte ein Stullenpaket hinein, ein Apfel, eine Rolle Pfefferminz, ein Taschentuch, Gummibärchen. Dinge, die einen trösten können.

»Guten Abend«, antwortete er.

Wieder nickte sie freundlich. Hatte sie ihn nicht schimpfen hören oder tat sie nur so?

»Ziemlich kalt für diese Jahreszeit, nicht?« sagte sie mit einem nördlichen Akzent, der die Konsonanten betonte.

»Sehr kalt«, antwortete er.

»Das ist der Nordwind. Ende Juni schlägt es um.«

»Da müssen wir schon fast wieder weg.«

»Hauptsache, Sie bekommen noch ein paar schöne Tage …«

Er nickte. »Ein paar schöne Tage machen alles gut.«

»So ist es.« Sie setzte ihren Fuß schon aufs Pedal, während sie ihm noch einmal zunickte. Ermutigend, fand er.

Danach stieg sie vorsichtig aufs Rad und fuhr den Badweg hinunter, in Richtung »Dünenrose«.

Er ging weiter bis zum höchsten Punkt der Düne, lehnte sich an das Holzgeländer, an dem tagsüber Fahrräder abgestellt wurden. Ein paar standen noch da. Es war zu kalt für einen Strandspaziergang. Was sollte er machen, nach Hause zurückkehren, sagen, daß es ihm leid tue? Er löste sich von dem Geländer und lief den mit Betonplatten ausgelegten Weg zum Strand hinunter. Er wollte das Meer sehen, in die Ferne schauen und nicht an diesen Namen denken. Er wollte sich testen. Er wollte wissen, ob er in den Himmel sehen konnte, eine Viertelstunde, eine halbe Stunde, jeden Tag etwas länger, ohne an Deckenplatten denken zu müssen.

Wann sollte sie ihm sagen, daß sie weggehen würde, morgen mittag, mit der Fähre, Viertel vor zwölf? Am besten gleich, wenn er käme. Sonst würde sie wieder schlafen gehen, in der Hoffnung, daß morgen alles vorbei wäre. Sie starrte auf den Zweig, klemmte ihn zwischen ihre Knie. Man konnte auch zwei Arme darin sehen, leicht erhobene, ausgestreckte Arme. Ein Kreuz, dessen vertikale Linie am Querbalken endete. In der Kinderbibel von Karlien schleppte Jesus so ein Kreuz durch die Straßen Jerusalems.

Er war nie verheiratet gewesen. Er hatte Freunde, die einschliefen, wenn er sie brauchte, die ihn verrieten, aber keine Frau, die sich nach einem Telefongespräch vor seinen Augen in jemanden verwandelt hatte, den er nie hätte heiraten wollen. »Du weißt nicht, was es heißt, mit einer schlechten Laune verheiratet zu sein«, sagte sie zu dem Zweig. »Und es geht nun schon elf Tage so. Ich halte das nicht mehr aus. Am liebsten würde ich aus dem Haus rennen, mein Rad schnappen, wegfahren, aber wo soll ich hin? Meine Kinder schlafen, und wenn Roos aufwacht und ruft und uns nicht sieht, wird sie uns suchen und sich verirren, in dem Wald da hinten oder in den Dünen. Es geht auch keine Fähre mehr heute abend. Ich kann nirgendwohin.«

Sie sah aus dem Fenster. Sie könnte eine Freundin anrufen, Freundinnen hatte sie genug. Das Handy mußte hier irgendwo liegen, das hatte Nils nach dem einen Mal nicht mehr eingesteckt. Aber was sollte sie der Freundin, die abnähme, sagen? Wenn sie laut sagte: »Es ist zu schlimm, ich will hier weg, vielleicht sollten wir sogar für eine Weile auseinandergehen«, dann wäre es schon beinahe wahr, die Trennung eine Tatsache.

Ihr Blick fiel wieder auf den Zweig. Er hatte in jener letzten Nacht im Garten Gethsemane wahrscheinlich auch nicht reden wollen. Nur ein wenig Gesellschaft, einen Rücken zum Anlehnen. Ein paar Worte wechseln, nicht darüber, was geschehen würde, sondern über andere Dinge, darüber, was es immer schon gegeben hatte, vor ihm, nach ihm. Über die Sterne und wie sie hießen. Den Kopf an die Schulter des anderen lehnen, hochschauen, zeigen: »Siehst du, der Große Bär, und da der Polarstern.«

Sie preßte ihre zerschundenen Lippen auf das Holz und stellte den Zweig ins Fenster, wo gleich die Sterne erscheinen würden. Aber er fiel um, hinter den Vorhang. Als sie den Saum anhob, sah sie das Buch, das sie dort hingelegt hatte, um es vor Roos zu retten. Sie hatte zu Beginn des Urlaubs flüchtig hineingeschaut und es schnell wieder zugeschlagen. Sie wußte, daß es sie viel Mühe kosten würde, etwas hineinzuschreiben.

Willkommen in diesem Haus, stand auf dem Deckblatt, *ich hoffe von Herzen, daß Sie hier glückliche Tage verbringen werden.* Darunter ein Name, den sie nicht lesen konnte. Sie blätterte ein wenig in dem Buch.

… Eine herrliche Zeit … Kein Tag wie der andere auf dieser Insel … Wir haben uns überaus wohl gefühlt … All shall be well …

Auch ohne alles zu lesen, wußte sie, daß noch nie jemand so unglücklich gewesen war in diesem Haus wie sie. Wie sie in diesen elf Tagen. Die meisten schrieben nicht viel. Nur der letzte Gast, ein Herman Slaghek, der den ganzen Mai über mit seiner Frau Betty hiergewesen war, hatte in einer gestochenen Schulschrift eine ganze Seite vollgeschrieben.

Mai 1997

Sehr geehrter Gastgeber,
es war ein sonderbarer Mai, von jedem Wetter etwas. In diesem Jahr, unserem vierten in »Dünenrose«, haben wir es besonders gut getroffen. Am Montag, dem 19. Mai, stießen wir bei unserem Spaziergang in der Nähe des Zeltplatzes »Lange Paal« auf eine Herde Schottischer Hochlandrinder. So fremdartig, diese großen haarigen Tiere. Wir wähnten uns in einem anderen Land.

Betty, die hier ihren achtundfünfzigsten Geburtstag feiern konnte, hat wieder an verschiedenen Stellen Aquarelle gemalt, aber die Wattseite der Insel ist ihr doch am liebsten. »Trostvoll« findet sie es dort. Sie steht jeden Morgen halb sechs auf, um sich irgendwo ans Watt zu setzen und zu arbeiten.

Der einzige Mißton war, daß wir das Haus in diesem Jahr nicht so sauber vorgefunden haben wie sonst. Im Kühlschrank standen diverse halbleere Gläser mit Gewürzgurken und Silberzwiebeln und so weiter. Unter unserem Bett fanden wir ein Paar Badelatschen und ein schmutziges, zerrissenes Geschirrtuch. Doch genug davon. Durch Bettys Kunstwerke und meine Fotos wird die Stimmung der Insel, die uns jedes Jahr wieder anzieht – auch wegen der Erinnerung an das erste Jahr, als alles, was wir genossen, zugleich so weh tat –, noch lange um uns bleiben. Im wahrsten Sinne des Wortes.

Auf Wiedersehen,

Herman und Betty Slaghek

Während ich das schreibe, kommt Betty mit einer kleinen Feder angelaufen. Sie hat in drei Büchern nachgeschlagen, konnte aber nicht herausfinden, von welchem Vogel sie stammt. Als wir ankamen, lag sie auf dem Eßtisch. Danach hat sie in dem gläsernen Seestern gelegen und auf dem Sims, aber sie fliegt beim geringsten Luftzug weg. »Leg sie doch ins Gästebuch«, sagte Betty, »da ist sie sicher.«

Simone nahm die Feder und steckte sie sich hinters Ohr.

P. S. Die Nachbarn vom vorigen Jahr haben wir leider nur kurz getroffen. Sie waren schon Mitte April hier. Als wir ankamen, waren sie gerade im Begriff abzureisen. Dann ist sowieso schon immer eine Riesenhektik, und diesmal hatten sie auch noch ein drei Monate altes Baby dabei. (Voriges Jahr auf Vlieland gezeugt, hat Betty blitzschnell ausgerechnet.) Wir sind noch zur Fähre gegangen, um ihnen zu winken, wie wir versprochen hatten, aber sie sind nicht an Deck gekommen. Wegen des Babys, vermutete Betty, denn es blies ein kalter Wind.

Simone blätterte zurück. Sie brauchte nicht lange zu suchen. In jeder Saison gab es nur etwa drei Leute, die mehr als ein paar Zeilen schrieben, und unter denen sprang die Handschrift von Herman Slaghek sofort ins Auge. Jeder Buchstabe war lesbar.

Mai 1996

Sehr geehrter Gastgeber,
jedes Jahr bietet diese Insel wieder etwas Neues. In diesem Jahr die Bekanntschaft mit den Nachbarn aus dem Haus rechts von uns. Er ist im Alter von unserem Evert, schätze ich, Anfang Dreißig. Genauso ein nettes, offenes Gesicht, derselbe unbefangene Augenaufschlag. Nachdem wir ein paar Tage hier waren und uns ab und zu gegrüßt hatten, kam die Nachbarin eines Abends zu uns und fragte, ob sie ihr Babyphon bei uns lassen könnten. Sie waren kaum eine Minute weg, als wir ein leises Weinen hörten. Betty ging hinüber, um nachzusehen,

und kurz darauf hörte ich sie durch das Babyphon im Nachbarhaus ein Lied singen, das sie früher immer für Evert gesungen hatte. Schlaf, Kindchen, schlaf! Da draußen stehn zwei Schaf … Es war, als ob ich in der Zeit zurückversetzt würde und sie aus Everts Zimmer singen hörte. Ich weiß nicht, wie lange ich da gestanden und mein Ohr gebannt an den Apparat gehalten habe.

Die nächsten beiden Zeilen waren durchgestrichen. So ordentlich, wie er schrieb, strich er auch durch: die Sätze blieben unlesbar, selbst als sie die Seite gegen das Licht hielt.

Als die Nachbarn das Babyphon abholten, haben wir noch ein Glas Wein zusammen getrunken. Sie haben Bettys Aquarelle bewundert, und wir haben von Evert erzählt. So ist die Freundschaft entstanden, die diesen Urlaub unvergeßlich macht. Gott sei Dank auch für Betty. Sie wollte dieses Jahr nach Australien fahren, aber ich habe sie davon überzeugen können, daß ein zweiter Besuch uns nicht weiterbringen würde. Im Gegenteil, daß wir betrübter zurückkommen würden als zuvor.

Simone blätterte zurück zum Mai des vorangegangenen Jahres. Aber Hermans Handschrift fehlte. Nach einigem Suchen fand sie doch noch einen kurzen Bericht der Slagheks. Nicht von Herman, von Betty.

15. Mai 1995

Gleich reisen wir ab, mit der Vier-Uhr-Fähre, aber auf Bitten von Herman doch noch ein paar Worte. Herman hat sich an der Achillessehne verletzt. Um es kurz zu sagen: er hat ein Gipsbein und will heute noch nach Hause. Zu Hause wird er auch nicht viel machen können, aber dort hat er wenigstens seinen Computer. (Übers Internet korrespondiert er mit Eltern in der ganzen Welt, die auch so etwas erlebt haben wie wir mit unserem Sohn.) Nächstes Jahr kommen wir nicht ins Haus »Dünenrose«, denn dann sind wir in Australien. Vielleicht im Jahr darauf wieder …

Freundliche Grüße, auch im Namen von Herman, Betty Slaghek-Meuleman.

Simones Finger steckte schon beim Jahr davor, so daß sie sofort weiterlesen konnte. *Mai 1994.* Das war ihr erstes Jahr auf der Insel gewesen.

Sehr geehrter Gastgeber,
für uns war das ein wichtiger Monat, unser erster Urlaub ein halbes Jahr nach dem Unfall in Melbourne, bei dem unser Sohn ums Leben kam. Wir haben versucht, unseren Kummer »herauszuwandern«, wie Betty es nennt, ohne davor wegzulaufen. Betty hat hier angefangen, wilde Blumen zu sammeln, die zu dieser Jahreszeit so üppig blühen. Sie hat auch einen Naturführer gekauft. Wenn sie nicht mehr aus noch ein weiß, geht sie in das blaue Zimmerchen oben und paukt die Namen.

Unwillkürlich sah Simone hinauf.

Sie hat dieses Buch benutzt, um ihre schönsten Funde darin zu trocknen. Vielleicht riechen manche Seiten nun für immer nach diesem Frühjahr. Malen kann sie nicht, dafür ist sie zu unruhig.

Sie hielt sich das Buch vors Gesicht und bildete sich ein, daß die Seite ganz leicht nach Blumen roch, nach Geißblatt von vor drei Jahren.

Ich selbst habe ein paarmal, wenn Betty wieder auf Blumenjagd war, den Friedhof hinter der Kirche besucht. Ich kenne niemanden, der dort liegt, aber all die Namen auf den Steinen zu lesen, auf alten und neuen Steinen, tut mir gut. Als ob es wirklich eine »Gemeinschaft der Verstorbenen« gäbe, wie es zu Allerseelen manchmal heißt, eine Gemeinschaft, zu der unser Evert nun gehört. Dann stelle ich mir vor, daß irgendwo auf dieser großen Insel, genau auf der anderen Seite der Erdkugel, daß irgendwo in Melbourne ein Mann über einen Friedhof geht. Zu der Stelle, wo wir Evert vor einem halben Jahr zurücklassen mußten. Und den Stein betrachtet und seinen Namen laut vorliest, wobei er sich natürlich fragt, wie man Slaghek ausspricht: Evert Slaghek.

Betty läßt ausrichten: Wenn wir »Dünenrose« nächstes Jahr nicht buchen, dann nicht, weil das Häuschen uns nicht gefällt, sondern weil wir dann nicht im Lande sind. Weil wir wahrscheinlich nach Melbourne fahren.

Mit dem Gästebuch in der Hand ging Simone die Treppe hinauf, in das blaue Zimmer. Hier hatte sie wahrscheinlich gesessen, auf diesem Stuhl, an diesem Tisch. Simone zog den Stuhl zurück, setzte sich und dachte an die Frau, die sie nicht kannte, die sich hier in einen Naturführer vertieft hatte. Von diesem Fenster aus hatte sie vielleicht auch einen Mann um die Dreißig gesehen, der sie an ihren Sohn erinnerte, es aber nicht war.

Wenn es eine Gemeinschaft der Verstorbenen gab, dann gab es vielleicht auch eine Gemeinschaft der Einsamen. Menschen, die einem Gesellschaft leisten, wenn man an sie denkt. Während sie aus dem Fenster schaute, in den dunklen Himmel, hatte sie das Gefühl, daß sich jemand hinter sie stellte, ihr die Hand auf den Kopf legte. Über ihre Schulter mit hinausschaute und ihr die ersten Sterne zeigte, ihr etwas zeigte, das älter war als ihr Kummer.

Später, viel später, als es ganz dunkel war, hörte sie draußen auf dem Muschelweg Schritte. Danach die Haustür, dann die zum Wohnzimmer und dann, vorsichtig, die zum Kinderzimmer. Sie hörte, daß Nils zur Treppe ging, ihren Namen rief.

An seiner Stimme erkannte sie, daß es vorbei war. Oder bildete sie sich das nur ein?

»Ich bin hier«, antwortete sie, gerade laut genug, um gehört zu werden. Sie holte die Feder hinter ihrem Ohr hervor und strich sich damit über die rauhen Lippen. Eine Woche, sie hatten noch fast eine Woche, aus der sie etwas machen konnten.

V

Hätte jemand die drei auf der Fähre von Harlingen-Haven nach Vlieland beobachtet, er hätte wohl sofort sagen können, wer zu wem gehören mußte. Der große, schmächtige Junge mit dem glatten schwarzen Haar, der mit Walter angesprochen wurde, gehörte zu dem zierlichen Mädchen mit dem blonden Pferdeschwanz. Willemijn hieß sie, aber Walter nannte sie Wim. Daß Walter und Willemijn zusammengehörten, sah man an allem: wie sie andere Menschen ansahen und dann sich, worüber sie lachten, an der Selbstverständlichkeit, mit der sie einander berührten. Sie hatten etwas Leichtes, Elegantes, etwas Französisches. Ihre Kleidung kauften sie wahrscheinlich zusammen, jedenfalls hatten sie denselben Geschmack. Er trug an diesem zweiten Samstag im August eine beige Cordhose und ein weißes Oberhemd, um die Schultern hatte er sich einen hellen Baumwollpullover gelegt und die Ärmel locker zusammengeknotet. Sie hatte eine khakifarbene Hose an und eine wollweiße, weit fallende Jacke, deren Ärmel sie umgeschlagen hatte. Doch es hätte ebensogut umgekehrt sein können: was ihm stand, stand ihr auch, und sie borgten sich vermutlich regelmäßig gegenseitig Hemden, Pullover, Sonnenbrillen.

Der Junge, der sich neben ihnen über die Reling beugte und sie öfter beobachtete, als sie bemerkten, war kleiner als Walter und kräftig gebaut. Sein dickes, wasserstoffblondes Haar, stand ihm vom Kopf ab. Er trug ein grünes Oberhemd zu einer schwarzen Jeans, die er sich tags zuvor gekauft hatte, weil in der alten zu viele Löcher waren; dazu schwarze Juchtenlederschuhe. Im linken Schuh steckte kein Schnürsenkel, sondern ein Bindfaden. Um die Hüften hatte er sich einen blauen Seemannspullover gebunden. Tom hieß er und war Grundschullehrer. Ab und an zeigte er auf ein paar Punkte auf der Sandbank in der Ferne und behauptete, daß das Seehunde seien. Dann hängte er Willemijn sein Fernglas um den langen Hals, wobei er sich größte Mühe gab, sie nicht zu berühren.

Er nannte Willemijn bei ihrem vollen Namen. »Wenn du Willemijn heißt, nenn ich dich auch so«, hatte er gesagt, als Walter sie miteinander bekannt gemacht hatte. Wim klinge so androgyn, passe nicht zu der Frau, die sie sei. »Willemijn ist so umständlich«, behauptete Walter, aber das war gewiß nicht der Grund, warum er ihren Namen abkürzte. Indem er sie anders nannte, war sie mehr sein Eigen, seine Schöpfung, als ob es sie, bevor sie ihn kennengelernt hatte, noch nicht gegeben hätte. Jedesmal, wenn Walter von Wim sprach, sagte Tom: »Du meinst Willemijn?« Es war die einzige Möglichkeit, seine Kritik an ihrer Beziehung zu äußern. Andere Gedanken, die er sich über sie machte, behielt er für sich. Es gab vieles, was er nicht verstand, aber er hatte Angst, daß allzu große Neugier sie abschrecken könnte.

Walter und Willemijn wohnten in Groningen. Sie hatten sich im ersten Studienjahr kennengelernt. Willemijn studierte Geschichte, Walter Kunstgeschichte. Sie arbeiteten ein paar Abende in der Woche im selben Kino. Walter saß in der Halle hinter einem Kartencomputer, den er in einem antiken Sekretär verschwinden lassen hatte. Willemijn arbeitete im angrenzenden Lokal. Sie paßten wunderbar dorthin. Ihre schlanken Gestalten harmonierten mit den geschwungenen Linien der Jugendstilmöbel, dem Lilienmotiv auf dem Teppich und den Vorhängen. Wenn Walter abends, nachdem er den Sekretär abgeschlossen hatte, kam, um Willemijn zu helfen, band er genauso eine weiße, enganliegende, knöchellange Schürze um wie sie. Dann glichen sie zwei Fischen, so geschmeidig schlängelten sie sich von Tisch zu Tisch, zwei Fische derselben Art, dem einen genügte ein Blick, um zu wissen, was der andere wollte.

Willemijn bewohnte zwei Zimmer in einer Gasse hinter dem Martiniturm, als Walter aus seiner Wohnung ausziehen mußte. »Morgen sitze ich auf der Straße. Kann ich ein paar Wochen bei dir wohnen, bis ich etwas anderes habe?« Das war inzwischen zweieinhalb Jahre her. Mit einem Koffer voller Kleidung und einer unüberschaubaren Menge Plastiktüten mit Kunstbüchern, die nicht in ihre Regale paßten, war er bei ihr eingezogen und nicht wieder gegangen. Willemijn hatte nie darauf gedrängt. Sie fühlten sich wohl zusammen. Es gab wenig, worüber sie nicht reden konnten, und schweigen konnten sie auch.

Nur über die Zukunft sprachen sie nie. Zwar darüber, was sie beruflich machen wollten, in anderen Städten in anderen Ländern vielleicht, aber nicht über ihre gemeinsame Zukunft. Nicht über Kinder, die sie zusammen haben würden. Sie wußten, daß diese Situation nicht ewig währen konnte, denn es fehlte etwas. Darüber, was fehlte, sprachen sie nie, mit anderen manchmal, aber nicht miteinander, denn sie wollten das, was war, nicht zerstören.

Willemijn hätte nie gedacht, daß sie ihr Leben so leicht mit jemandem teilen könnte. Daß zusammen wach werden, frühstücken, Zeitung lesen, studieren so angenehm sein konnte. Walter war nicht nur nett und fürsorglich zu ihr, er ging auch mit der Wohnung sehr liebevoll um. Er legte die Früchte so in die Schale, daß man sie hätte malen wollen, und wenn er Geld hatte, stellte er überall Blumen hin. Über eine Stehlampe, die sie von ihrer Großmutter geerbt hatte, warf er ein Tuch, und es war, als wäre sie so entworfen worden.

Was er berührte, blühte auf, auch Willemijn. Er borgte ihr seine Hemden und, wenn sie einen wichtigen Termin hatte, seinen dunkelbraunen Borsalino. Er nahm sie mit in Secondhandläden, die einzigen, wo man noch besondere und bezahlbare Sachen bekommen konnte, und half ihr bei der Auswahl. Jungenhafte Kleidung stünde ihr am besten, fand er. Wenn sie in den Spiegel schaute, sah sie sich mit seinen Augen. Zu Hause war er wie eine Freundin zu ihr, nur ohne die Konkurrenz, die manchmal zwischen Frauen zu spüren ist. Aber nachts, wenn sie nach der Arbeit durch die Stadt nach Hause gingen, war er ein Mann, der andere Männer auf Distanz hielt. Oder eben nicht, wie sie wollte. Wenn einer zu aufdringlich wurde, brachte sie schnell ihren »Freund« zur Sprache und fiel Walter, sobald sie ihn sah, um den Hals, um ihre Worte zu bekräftigen. Sie konnte ihn einsetzen, wie es ihr beliebte, und er tat dasselbe mit ihr, das wußte sie.

Walter hatte in den zweieinhalb Jahren keinen einzigen Versuch unternommen, eine andere Unterkunft zu finden. Es erstaunte ihn immer noch, daß er sich jemandem so verbunden und sich zugleich so frei fühlen konnte. Wenn er einmal eine Nacht mit Freunden durchzechte, war sie nie eifersüchtig. Dann mußte er ihr später ausführlich erzählen, wer dabeigewesen war, worüber sie geredet hatten. Wenn sie eine Nacht wegblieb, wollte er am nächsten Tag wissen, ob sie verliebt sei und wie sehr. Wenn aus so einer Verliebtheit ein Verhältnis wurde – das bei Willemijn nie länger als einen Monat dauerte, danach konnte er seine Uhr stellen –, hörte er sich geduldig ihre Berichte an. Wenn sie traurig war, weil es wieder nichts geworden war, tröstete er sie mit einer Kanne Tee und kaufte ihr eine Tüte Lakritze oder eine Zeitschrift.

Walter hing an der Wohnung und auch immer mehr an Willemijn. Er war stolz darauf, neben ihr durch die Stadt zu laufen, mit ihr in Cafés und Läden zu gehen und zu sehen, wie die Männer ihr mit den Blicken folgten – er war sich sicher, daß sie ihr früher weniger hinterhergeschaut hatten. Dann strich er ihr eine Locke hinters Ohr und legte ihr den Arm um die Taille. Es sei denn, Willemijn gab ihm zu verstehen, daß sie an einem Mann interessiert war, dann zog er sich zurück – so war es abgemacht.

Manchmal nahm er etwas in den Augen von jemandem wahr, das er nur aus Büchern und Filmen kannte. Dann sah er, wie ein Blick von ihr zu ihm wanderte, glasig wurde, als ob der betreffende Mann allein dadurch, daß er sie beide ansah, auf der Stelle benebelt würde. Ein trüber Blick, hieß das bei Couperus. Walter begriff, daß dieser Voyeur sie auszog, sie aus ihren langen weißen Schürzen wickelte, ihre Oberhemden aufknöpfte, ihnen die Unterwäsche abstreifte. Daß sie ein Hochglanzpaar waren, das Männer sich mühelos und ohne Widerwillen nackt, ineinander verschlungen, vorstellen konnten. Solche Blicke machten ihn nicht wütend, erregten ihn aber auch nicht. Er sprach nie mit Wim darüber, mit keinem Wort, denn wenn er darüber nachdachte, bekam er es mit der Angst zu tun. Was niemand wußte, war, daß sie, daß Walter und Willemijn einander noch nie nackt gesehen hatten.

Sie stellten ihre Taschen mitten im Zimmer ab. Tom schaute abwartend von Walter zu Willemijn. Sie bemerkten ihn nicht. Walter ging kichernd an den Möbeln entlang, gab der Korblampe über dem Eßtisch, in die jemand ein paar Kleeblätter gesteckt hatte, einen Stoß: »Wie ein großer Hut.« Er legte seine Hand auf den braunen Sofabezug, betrachtete die gerahmten Schwarzweißfotos von der Insel in früheren Zeiten an der Wand, nahm einen getrockneten Seestern aus einem gläsernen Aschenbecher, der ebenfalls die Form eines Seesterns hatte, strich sich damit über das Gesicht und sagte im Vorbeigehen zu Willemijn: »Wie eine unrasierte Wange.«

»Von einem Seemann«, sagte sie, nahm ihm den Seestern ab und strich sich damit übers Gesicht. Sie gingen durch den Flur, die Treppe hoch und runter, rissen die Fenster weit auf und lachten über die Zettel an Wänden und Schranktüren, »als ob das Haus zu uns spricht«.

Tom ging in die Küche, um Teewasser aufzusetzen, und inspizierte gleich den Vorratsschrank. Die Gewürze, die er suchte, fand er nicht, nur eine runde Büchse mit vielleicht acht Sorten in Pulverform, speziell für Urlauber. Er wußte, daß Walter und Willemijn selten kochten. Es wahrscheinlich nicht einmal konnten, meistens aßen sie vor der Arbeit mit den anderen Angestellten im Restaurant. Darum hatte er angeboten, diese Woche für sie zu kochen.

Worauf hast du heute abend Appetit? wollte er Willemijn fragen, als sie in die Küche kam, doch sie war schon wieder weg. Es schien, als hätte sie es immer eilig, wenn sie mit ihm allein war. Nebenan hörte er sie mit Walter reden. Er konnte die Worte nicht verstehen, aber Walter fing an zu lachen.

»Und wer schläft wo?« fragte Willemijn, als Tom kurz darauf mit dem Tee ins Zimmer kam. Er stellte das Tablett auf dem Couchtisch ab und sah abwartend von Walter zu Willemijn. Vor ein paar Tagen hatten sie ihn gefragt, ob er mitfahren wolle, »Platz genug«. Willemijns Eltern hatten »Dünenrose« für zwei Wochen gemietet, konnten selbst aber erst nächste Woche auf die Insel kommen. Walter und Willemijn durften das Haus solange nutzen, und wenn das strahlende Wetter anhielt, würden sie noch ein paar Tage länger bleiben, zusammen mit Willemijns Eltern. Ihren Gesprächen hatte er entnommen, daß Walter oft am Wochenende mit zu Willemijn nach Hause fuhr, wie ein braver Schwiegersohn. Er kannte ihre Eltern so gut, daß er sie beim Vornamen nannte.

Tom beugte sich über den Tisch und schenkte Tee ein. Walter und Willemijn sollten nur entscheiden, wer wo schlafen würde, er war ihr Gast, der Außenstehende.

»Wir schlafen hier, habe ich mir gedacht«, sagte Walter und zeigte auf das Doppelbett in dem Zimmer hinter ihm. Tom schaute zur Seite. Das Sonnenlicht, das durch die gelben Vorhänge fiel, tauchte das Schlafzimmer in eine warme Glut. Er wagte nicht, Willemijn anzusehen, aus Angst, daß sein Blick ihn verraten könnte. Walter nahm ihre Taschen, ging damit in das Zimmer und bugsierte sie mit einem Schwung auf das Bett. Die Tür blieb einen Spaltbreit offen, und Tom sah, wie Walter summend anfing, seine Hemden aufzuhängen. »Und du?«

Tom zeigte an die Decke. »Von der Straße aus habe ich gesehen, daß es unter dem Dach noch ein Zimmer gibt. Blick auf die Dünen. Das nehme ich dann.« Gott sei Dank, nicht direkt über ihnen, dachte er und plapperte weiter über die Aussicht – wie weit, wie herrlich, wie goldgelb die Dünen in diesem großzügigen Licht.

Willemijn hatte sich mit ihrem Tee auf das Sofa gesetzt und blätterte in einem Buch, das auf dem Tisch lag. Aufmerksam betrachtete sie eine Kinderzeichnung von Monstern mit roten Stacheln. Sie hatte seine Verwirrung nicht bemerkt. Schnell holte Tom eine Karte von der Insel aus seiner Gesäßtasche, setzte sich in einen der Korbsessel ihr gegenüber und tat, als ob er die Karte studiere. Aber er sah nur schwarze Flecken.

Vor einer Woche hatten sie ihn das erste Mal zu sich nach Hause eingeladen. In einer Freitagnacht war er nach Schließung des Lokals mitgegangen. Vielleicht wohnen sie nur zusammen, dachte er, teilen sich notgedrungen eine Wohnung wie so viele Studenten. Walter war noch in die Spätverkaufsstelle gegangen, um etwas einzukaufen, und Willemijn ging vor Tom her, ins Haus. Um in den Wohnbereich zu gelangen, mußte man durchs Schlafzimmer, und dort standen zwei Betten, aber so dicht zusammengeschoben, daß man von einem Bett sprechen konnte. Es war kaum eine Lücke dazwischen. Er konnte es nicht übersehen. Dieses Bett konnte niemand übersehen. Am Fußende hing ein riesiger, kitschiger Goldrahmen, der mit dünner Angelsehne an der Decke befestigt war. Auf dem Bett lag eine große, weiße Spitzendecke. Es sah aus wie ein Altar. Sobald man das Zimmer betrat, wurde der Blick automatisch von diesem Goldrahmen angezogen, durch ihn hindurchgelenkt, zu der Spitzendecke, zu ihrem Engelsbett. Willemijn hatte ihn starren sehen und sagte schnell: »Ich werfe da immer meine Klamotten drauf, aber das darf ich nicht, das zerstört das Bild.«

»Mal was anderes als ein Wasserbett«, war das einzige, das er herausbringen konnte, während er mit aller Macht versuchte, seine Enttäuschung zu verbergen.

Und jetzt, als sein Blick zu dem Bett wanderte, auf dem Willemijns Reisetasche neben der von Walter stand, und er mit anhören mußte, wie Walter noch immer summend seine Kleider aufhängte, dachte er: Ich wußte es doch?

Willemijn rührte in ihrem Tee und zögerte. Wenn sie woanders schlafen wollte, mußte sie es jetzt sagen. Zu Hause lag jeder auf seiner eigenen Matratze, unter seiner eigenen Bettdecke, in die sie sich, wenn es kalt war, einwickeln konnten, ohne daß der andere etwas davon merkte. Sie wurde nicht wach, wenn Walter, oft mitten in der Nacht, ins Bett kroch. Jeder blieb in seiner Hälfte. Nur morgens berührte sie kurz seine Schulter, um ihn zu wecken. Wenn sie ausnahmsweise einmal gleichzeitig ins Bett gingen, ergriff er schon mal ihren Arm oder legte seine Hand auf ihre Bettdecke, dort, wo ihr Schenkel sich abzeichnete, weil er ihr unbedingt etwas vorlesen mußte. Wenn sie jetzt zu erkennen gäbe, daß sie diese Woche allein schlafen wollte, würde sie Tom ein Zeichen geben. Walter meinte, daß Tom ihre Zeichen ignoriere, oder besser gesagt, daß er sie überhaupt nicht bemerke.

Sie stellte ihren Tee auf den Tisch und lehnte sich in die Kissen zurück. Sie schlug ihre langen Beine übereinander und verschränkte die Arme hinter dem Kopf. Obwohl alle Fenster offenstanden, blieb es warm. Gleich würde sie etwas anderes anziehen, das Kürzeste, Luftigste, das sie mithatte. Sie blies sich ein Haar aus dem Gesicht und sah zu Tom. Er saß noch immer tief über seine Karte gebeugt und spürte nicht, daß sie ihn beobachtete. Es fehlte nicht nur der Schnürsenkel in seinem linken Schuh, sondern auch ein Knopf an seinem Hemd, kurz über dem Nabel. Schwarze Härchen, sah sie, durch die seine Haut hindurchschimmerte, der Hauch eines Fells, über das sie mit den Lippen streichen wollte.

Walter meinte, Tom interessiere sich nicht für sie. Nicht als Frau, nicht mehr für sie als für ihn, wenn es anders wäre, hätte er es sicher gemerkt. »Warum hängt er dann immer um uns herum, wenn er nicht in mich verliebt ist? Vielleicht deinetwegen?« hatte sie ihn gefragt. Walter setzte sein breitestes Lächeln auf. Um seine Irritation zu verbergen, wußte sie. Er reagierte immer so, wenn sie suggerierte, daß ein Mann ihn attraktiv fand.

»Tom ist ein Filmfan. Mit wem kann er so gut über die Filme von Rohmer reden?« sagte er schnell.

»Mit uns, ja. Aber ist das wirklich alles?«

»Das ist doch sehr viel«, sagte Walter gebieterisch. Als sie nicht antwortete, wickelte er ihren blonden Pferdeschwanz um seinen Finger. »Nicht in ihn verlieben, Wim, versprich mir das: tu's nicht. Oder ist es schon zu spät?«

Sie hatte den Kopf geschüttelt. »Ich verliebe mich nicht in jemanden, der mich nicht will. Das passiert mir nicht mehr.«

Jetzt, wo sie daran dachte, schüttelte sie wieder den Kopf, noch heftiger als damals. Nicht zweifeln. Walters Adlerblick entging nichts, er täuschte sich höchstens in sich selbst, nie in anderen.

»Was ist?« fragte Tom. »Liest du etwas, womit du nicht einverstanden bist?« Er deutete mit dem Kopf auf das Gästebuch auf ihrem Schoß. »Soll ich deine Sachen auch aufhängen, Wim?« fragte Walter im selben Moment aus dem Schlafzimmer.

»Gern«, antwortete sie und hörte, wie dünn ihre Stimme klang. »Was hast du gesagt?« fragte sie zerstreut und klappte das Buch zu. Aber Tom war schon aufgestanden und ging aus dem Zimmer. Sie hörte ihn die Treppe hinaufsteigen, seine Schritte auf dem Fußboden direkt über ihr, das Knarren des Bettes.

Sie ließ ihren Blick durch das Zimmer schweifen. Groß war das Haus nicht, das Schlafzimmer war der einzige Ort, wohin man sich zurückziehen konnte. Aber was machte das schon, bei diesem Wetter würden sie häufiger draußen sein als drinnen. Sie sah zu Walter, der gerade das Bett bezog, mit der Bettwäsche, die sie von zu Hause mitgebracht hatten. Er steckte die große Decke sorgfältig fest, strich mit seinen langen Händen eine Falte weg, liebevoll, als streichle er jemanden. Dieses Bett hatte nur eine Matratze. Sie würden enger beieinander liegen als zu Hause.

Im Frühjahr, als Walter eine Studienreise nach Florenz gemacht hatte, waren sie zwei Monate getrennt gewesen. Sie schrieben sich ein paarmal in der Woche und vermißten sich so sehr, daß sie dachte: Wenn er nach Hause kommt, passiert es. Sie ging nicht mehr mit anderen Männern aus, sie wollte ihm treu sein, im voraus. Aber als er Ende Mai vor ihr stand, zog ihr Verlangen sich zurück, schnell, als sei es erschrocken. Sie freute sich riesig, ihn um sich zu haben, seine Geschichten zu hören, aber er brachte sie nicht in Verlegenheit. Nicht ein einziges Mal ertappte sie sich dabei, daß sie sein Hemd aufknöpfen wollte, um ihr Gesicht auf seine Haut zu pressen, zu riechen, ob sich sein Geruch verändert hatte, italienischer, südlicher geworden war. Schon nach zwei Tagen sah sie sich wieder um, in den hohen Spiegeln des Lokals suchte sie andere Männer, und so hatte ihr Blick eines Tages den von Tom gekreuzt.

Die Schranktür quietschte, Walter legte einen Stapel Unterhemden in ein Fach. Sie hatte nicht vergessen, wie sie ihm nach der monatelangen Trennung am Fußende ihres frischbezogenen Bettes gegenübergestanden hatte. Aber das war zu Hause gewesen, in der Stadt, in dem Zimmer, wo sie schon so lange wie Bruder und Schwester gelebt hatten. Sie waren noch nie eine ganze Woche weggewesen, hatten noch nie zusammen gebadet, in der Sonne gelegen, waren nie durch einen Wald gelaufen, wo das Rauschen einen über sich selbst hinauswachsen ließ, wo man sich größer fühlte und nichtiger zugleich. Vielleicht würden sie sich in einer anderen Umgebung auch mit anderen Augen sehen. Sie schaute zur Decke. Vielleicht würde ja durch die Anwesenheit eines fremden Dritten eine andere Chemie zwischen ihnen entstehen?

Als Walter und Willemijn ihn gefragt hatten, ob er mitkommen wolle in ein Ferienhäuschen auf den Inseln, hatte Tom keine Sekunde gezögert. So ein Mietshäuschen, in dem immer andere Leute wohnen, gehörte im Grunde niemandem, wie eine Landschaft. Er brauchte nicht das Gefühl zu haben, ihr Untermieter zu sein. Doch vom ersten Moment an machte Walter »Dünenrose« zu seinem Haus. Er holte eine karierte Decke aus dem Raum gegenüber der Dusche und drapierte sie über das braune Sofa. Den kaputten Fernseher und den Kinderstuhl stellte er in die Küche. Er kaufte zehn Ansichtskarten von dem roten Leuchtturm bei Nebel, klebte sie zusammen und stellte seine »Skyline von Leuchttürmen«, wie er es nannte, auf den Sims über dem Ofen.

Aus den Souvenirs, die frühere Gäste hinterlassen hatten, kreierte er immer wieder neue Stilleben auf dem Couchtisch, der zu nichts anderem mehr gebraucht werden durfte. Bei Spaziergängen schaute er sich kaum um, sondern starrte auf den Boden, immer auf der Suche. So kam er am ersten Nachmittag schon mit einer toten Eidechse nach Hause, einem Stück Fischnetz, einem angeschwemmten Brett mit hebräischen Schriftzeichen, von denen niemand wußte, was sie bedeuteten. Die Muscheln und Scherben, mit denen er seine Stilleben gestaltete, waren angespült, verloren, hierher geweht worden. Sie gehörten niemandem, aber dadurch, daß Walter den ganzen Tag damit beschäftigt war, sie zu säubern, abzubürsten, zu arrangieren und wieder neu zu arrangieren, machte er sie zu seinem Eigentum. Schon bald bekam Tom Beklemmungen von diesem Getue. Er hatte immer stärker das Gefühl, zwischen Walters Sachen zu leben, ein Eindringling in dessen Revier zu sein. Er zog allein los und verausgabte sich auf langen Radtouren. Er stand auf, bevor sie erwachten, und kehrte erst am späten Nachmittag zurück, um zu kochen.

Es war ihr dritter Abend auf der Insel. Es war noch immer warm und völlig windstill. Sie saßen träge auf der Terrasse. In einer Schüssel schwamm eine Weinflasche, die Gläser standen auf dem Holzgeländer. Ab und zu fingen sie ein paar Worte der Bewohner des Nachbarhäuschens auf. Ein Kind sollte ins Bett, weigerte sich aber in allen Tonarten. Das Gespräch kam auf das Brett mit den hebräischen Buchstaben, das Walter mit einem Stück Sandpapier bearbeitete, um ein paar Splitter abzuschmirgeln. Was mag da stehen? fragten sie sich. Der Name eines Schiffs, eine Apfelsinen- oder Avocadomarke?

»Wenn es Hebräisch ist, dann ist es bestimmt ein Gebot«, sagte Tom. Und er versuchte, sie schnell alle zehn aufzuzählen, um Walter zu übertrumpfen: Du sollst nicht töten, nicht stehlen … Erst mittendrin merkte er, daß er ein gefährliches Thema angeschnitten hatte. In seinem Eifer, das Gespräch bestimmen zu wollen, hatte er sich selbst eine Falle gestellt. Er wußte, daß Willemijn zu Walter gehörte, und trotzdem war er mitgefahren, um für sie zu kochen, sie anzustarren und ihr wieder aus dem Weg zu gehen, wenn es ihm zuviel wurde. Wenn er sie in ihrem roten Bikini am Strand liegen sah, wünschte er, er läge neben ihr. Wünschte er sehnlichst, Walter bekäme einen Brief, daß er schleunigst nach Hause kommen müsse. Daß Walter selbst krank würde und abreiste oder zu weit ins Meer hinaus schwimmen würde. In Gedanken übertrat er alle Gebote gleichzeitig – er wußte es und konnte doch nicht damit aufhören.

Er hatte es kommen sehen, blickte aber dennoch erschrocken auf, als Walter enthusiastisch, mit erhobenem Zeigefinger, als würde er ein Rätsel lösen, rief: »Nicht ehebrechen.«

»Ja, das nennen und vergessen alle als erstes«, warf Willemijn ein und schien nicht mehr damit zu meinen, als sie sagte.

»Nicht begehren deines Nächsten Haus, Ziege, Weib ... Was war es doch gleich, Tom?« fragte Walter, und auch Willemijn sah ihn fragend an.

Tom beugte sich vor, um das Brett, das jetzt zu Walters Füßen lag, aufzuheben. Der Schweiß brach ihm aus. Er fühlte sich wie ein Kind, das sich hinter dem Rücken des Vordermanns versteckt, aus Angst, an die Tafel zu müssen. Als er sich aufrichtete, sah er Walter direkt ins Gesicht, der ihn spöttisch anlächelte. »Was haben wir noch? Das mit dem Sabbat habe ich nie richtig verstanden. ›Sunday, bloody sunday‹, hieß der Film nicht so?«

Toms Verwirrung war Willemijn nicht entgangen. Sie wußte nicht, wie sie ihm zu verstehen geben sollte, daß sie nicht Walters Weib war und daß er sie begehren durfte, begehren o ja ... Wenn sie zehn wäre, wüßte sie schon wie. Wenn sie in seiner Klasse wäre, würde sie eine CD mit Klaviersonaten von Mozart mitnehmen und ihn bitten, die in der letzten Stunde zu spielen. Für Geschichte sogar ihren Opa interviewen, der den Krieg noch miterlebt hatte. In der Pause neben Tom herlaufen und ihre Frühstücksbrote mit ihm teilen. Von ihrem toten Hamster erzählen, ihrer toten Oma, ihrem Freund Walter, der plötzlich und unerwartet bei einem schrecklichen Unfall ums Leben gekommen war. Sie hätte nie das Zimmer mit Walter teilen dürfen, deutlicher sein müssen, von Anfang an. Aber wie sollte man deutlich sein, wenn man so viele Gedanken gleichzeitig hatte? Ihr Kopf glich einem Haus ohne Türen, in dem alles ineinander überging.

Am Strand hatte Walter ihr den Rücken eingecremt. Es war das erste Mal, daß er so lange ihre nackte Haut berührte, und sie war neugierig, ob etwas geschehen würde, mit ihm, mit ihr, ob ein Funke überspringen würde. Hingebungsvoll, ohne es schnell hinter sich bringen zu wollen, tat er, was ihm aufgetragen war, wie ein Pfleger, der eine alte Dame wäscht. Über die Schulter lächelte sie ihm zu, werbend, wie sie meinte. Aber vielleicht war ihr Verlangen auch zu vage, lag es an ihr, denn Walter schien nicht zu merken, daß sie sagen wollte: Nur zu, wir werden ja sehen, was draus wird. Wir sind nicht allein, aber der Strand ist breit, und niemandem wird es auffallen, daß du dabei bist, mich zu verführen, um heute abend oder nachher oder jetzt sofort dahinten in einer Dünenkuhle ... Tom macht eine Wanderung um die Insel und ist nicht vor dem Abend zurück.

Walter drehte den Verschluß wieder auf die Tube und stand auf, um ein wenig am Wasser entlangzulaufen. Er hatte keine Badehose an, nur die Schuhe ausgezogen, Ärmel und Hosenbeine ein Stück hochgekrempelt. Als er nach ein paar Minuten zurückkam, verspürte sie zum ersten Mal in all den Jahren eine Abneigung gegen ihn. Gegen seine schmächtige, kraftlose Erscheinung. Gegen seine schmalen Hände mit den langen Fingern, Pinzetten aus Fleisch, die fein säuberlich eine tote Krabbe aus einem Knäuel Seetang fischen konnten. So, wie er da lief, ein wenig gebeugt, nach noch schöneren Muscheln suchend, erinnerte er sie an den melancholischen Mann aus »Der Tod in Venedig«. Walter war natürlich jünger, aber ebenso bleich, auf seine Weise ebenso soigniert gekleidet, mit derselben Art von Strohhut. Nur der Spazierstock und die schwarzen Mascaratränen fehlten. Sie hatte nicht übel Lust, sich mit ihm zu streiten, ihn anzuschnauzen. Sie spürte Vorwürfe, die sie zu lange in sich angestaut hatte und die völlig unbegründet waren: Er hatte nichts Falsches getan, nur etwas *nicht* getan. Wenn das, was ihnen fehlte, hier nicht entstehen konnte, in dem warmen Sand, das Meer direkt vor ihnen, die gischtende Brandung, dann nie, dann nirgends.

Sie richtete sich auf, als er sich vor sie hinkniete. Er drückte die Muscheln, die er gefunden hatte, um ihre Füße herum in den Sand, wie einen Heiligenschein. Er zeigte ihr eine kleine rosa Muschel »wie ein Zehennagel«, aber sie schaute nicht einmal hin, starrte in die Wellen und stieß mit dem Fuß Sand und Muscheln heftig von sich, bis der feste, kühle Sand an ihren Fersen scheuerte.

»Was ist?« fragte er, während er seine Muscheln in Sicherheit brachte.

»Er nervt mich.«

»Wer?«

»Tom.«

»Warum denn auf einmal?«

»Das kann ich nicht erklären. Aber er irritiert mich.«

Walter sah sie verwundert an.

Mit einer heftigen Bewegung wischte sie sich die Tränen aus den Augen. »Es war keine gute Idee, ihn mitzunehmen.«

Weil Walter sie so ansah und sie keine Antwort auf die Fragen hatte, die er stellen würde, sprang sie auf und rannte weg, ins Meer. Sie wußte, daß Walter ihr nicht folgen würde. Er mochte kein Wasser, schien nicht einmal schwimmen zu können.

Sie lehnte sich an das Holzgeländer und trank einen Schluck Wein. Es war noch nicht ganz dunkel, doch der Leuchtturm ging schon an. Das fahle Licht strich alle paar Sekunden über den Waldrand. Walter hatte ein Schachbrett geholt und zündete eine Öllampe an, während Tom die Figuren aufstellte. Sobald die Partie vorbei war, wollten sie ins Dorf gehen. Willemijn löste sich vom Geländer und blieb verloren auf der Terrasse stehen. Sie wollte fliehen, wußte aber nicht wohin.

»Platz genug«, hatte Walter gesagt, als er Tom eingeladen hatte. Es wäre auch Platz genug, wenn sie sich nur nicht so viele Illusionen gemacht hätte. Nicht so lange nachgedacht, so viele vergebliche Gedanken an die Frage verschwendet hätte, wer wo schlief oder hätte schlafen sollen. In einer anderen Umgebung konnte sich vieles ändern, aber nicht alles. Eine Insel war kein Zauberkreis.

»Wenn ich gewonnen habe, gehen wir ins Dorf, okay?« fragte Walter, der sie zögern sah. Er beugte sich wieder über das Brett, das auf einem kleinen Tisch stand. Sein schwarzes Haar berührte fast den blonden Kopf von Tom.

Sie machte ihre Entscheidung, ob sie mitgehen würde, von Tom abhängig. Wenn er zu Hause bliebe, würde sie mit Walter ins Dorf gehen. Sie mußte ihn einen Moment allein sprechen, um ihm zu sagen, daß sie unbedingt in die Stadt zurück wollte, morgen schon. In ihrer Wohnung, dritter Stock, hintenraus, war es sicher nicht so drückend heiß wie hier. Tom sah kurz vom Schachbrett auf. »In ›De Zeeman‹ stehen Billardtische, das ist eine nette Kneipe.«

»Ach, ich gehe ins Bett«, sagte sie, »was lesen.« Sie beugte sich zu Walter und küßte ihn auf den Scheitel.

»Komm doch mit«, drängte er und faßte sie am Handgelenk. »Wenn du willst, gehen wir sofort.«

»Ich stehe schon das ganze Jahr in einem Lokal. Ich habe Urlaub, ja.« Sie machte sich los. »Geht ihr nur zusammen.«

Walter sah sie befremdet an. Sie wich seinem Blick aus,

hatte ihn selbst auch herausgehört, den Hohn in ihrem letzten Satz. Als ob sie lieber zusammen ausgehen würden als mit ihr, sie nur aus Höflichkeit mitnehmen wollten. Sie verstand nicht, wo diese Eifersucht herkam.

»Wenn es nicht meinetwegen ist, daß Tom immer um uns herum hängt, dann vielleicht deinetwegen?« hatte sie Walter gefragt. Und jetzt fragte sie es sich wieder und auch, ob das Interesse nicht auf Gegenseitigkeit beruhe. Es war eine Vermutung, die Walter entschieden zurückweisen würde, aber *er* hatte vorgeschlagen, noch jemanden mitzunehmen, er hatte darauf gedrängt, er hatte Tom eingeladen. Warum? So gut kannten sie ihn doch gar nicht.

Sie schaute auf Toms wasserstoffgebleichtes Haar, das an den Wurzeln schon anfing herauszuwachsen, in derselben Farbe wie das Haar auf seinen Armen. Sie konnte sich nicht täuschen, sie fühlte die Spannung, während ihr Blick jetzt auf seinem Arm ruhte, den er nach dem Glas auf dem Fußboden ausstreckte, um mit seinen Augen an ihren Beinen entlangstreichen zu können. Vielleicht war er ja einer von den Männern, die nur so lange Erregung verspürten, wie sie nicht zu haben war, einem anderen gehörte, und sein Interesse an ihr würde augenblicklich abflauen, wenn er entdeckte, daß es keinen Grund zur Eifersucht gab?

Tom merkte, daß sie ihn beobachtete, denn er hob den Blick und senkte ihn schnell wieder, als sie nicht wegschaute. Und doch hatte er in ihrem Beisein noch nie von einer Frau, einer Freundin oder einem Mädchen gesprochen. Vielleicht war er ja wegen Walter rot geworden – und nicht ihretwegen –, als es um das Begehren von etwas ging, das einem nicht gehört? Und setzte er sich im Lokal nur deshalb so oft zu ihr an die Bar, weil er über sie an Walter herankommen wollte. Hinter den Flaschenreihen war eine Spiegelwand. Vielleicht hoffte er, ohne es selbst zu wissen, im Spiegel etwas von Walter zu erhaschen, der die Tische hinter ihm bediente. Ihr Blick ging von einem zum anderen.

War sie nur ihr Alibi? Sie schaute auf das fahle, helle Licht des Leuchtturms. Wenn es nur einmal stehenbleiben, sie einfangen würde. Vielleicht würden sie dann endlich sehen, wer sie waren, und wer zu wem gehörte.

Beim Billardspielen sprachen sie kaum. Walter hatte es zwar versucht, aber Tom brauchte seine ganze Konzentration für das Spiel. Wenn Walter an der Reihe war, ging er weg, um an der Jukebox neben der Bar ein paar neue Titel auszuwählen. Nach dem Spiel hatten sie sich an einem Tisch in einer Ecke des Billardzimmers niedergelassen. Es war nicht voll, fast alle saßen in der angrenzenden Kneipe. Tom ließ seinen Blick auf einem etwa sechzehnjährigen Mädchen ruhen, das mit seinem Freund eine Partie Billard spielte. Sie mußte es erst lernen, und immer wenn sie dran war, stellte ihr Freund sich hinter sie, um die Lage des Queues in ihrer Hand zu korrigieren.

»Sie erinnert mich entfernt an Wim«, sagte Walter. »Als sie jung war.«

Tom schnellte hoch. »Kanntest du sie damals schon? Nein, nicht?«

»Nur von Fotos.«

Wieder wanderte Toms Blick zu dem Mädchen. Walter sah ihn forschend an. Heute abend hatte er es begriffen. Glaubte er, es begriffen zu haben, als Tom sich errötend gebückt hatte, und er verstand deshalb auch nicht, daß Tom Wim nicht zugeredet hatte, mit ins Dorf zu gehen. Tom hatte sie gern, wußte Walter jetzt, sehr gern, so gern, daß er sich ganz merkwürdig benahm. Er hatte Toms Gefühle für sie falsch eingeschätzt, das war ihm noch nie passiert: was Wim und die Männer betraf, hatte er immer recht behalten. Wenn er sagte: »Dieser Mann ist nichts für dich«, wurde es auch nichts. Nicht weil er es verboten hätte, sondern weil Wim es mit der Zeit selbst einsah. Er mußte sie oft vor sich selbst beschützen. Sie durchschaute nicht, daß Männer ihr manchmal nur etwas vorlogen, um ihren Willen zu bekommen.

»Wie findest du sie eigentlich?« fragte Walter.

»Ich kenne sie nicht, und ich stehe nicht auf Junge.«

»Wim, meine ich.«

Tom schaute hoch, zu dem Ventilator über dem Billardtisch, und unterdrückte einen Seufzer. »Sie ist … etwas ganz Besonderes, deine Willemijn.«

Walter zögerte. Er konnte das Mißverständnis fortbestehen lassen, wie er es meistens tat, aber dann würde Tom so mürrisch und schweigsam bleiben. Der Abend war noch lang. Was hatte er zu verlieren? Er war schon neugierig, wie schnell Tom anbeißen und wohin das führen würde.

»Sie ist etwas ganz Besonderes, ja, aber nicht die Meine. Hast du das noch nicht kapiert?«

Tom zog die Augenbrauen hoch, faßte sich aber und sagte: »Nein, Frauen sind nicht mehr unser Eigentum. Die Zeiten sind vorbei.«

»Bist du in sie verliebt?« fragte Walter und versuchte, nicht zu grinsen.

Tom sah ihn streitlustig an. Zum ersten Mal an diesem Abend war das Scheue aus seinem Blick verschwunden. »Ich wollte dich nicht damit behelligen, aber wenn du schon fragst: ja. Ich habe mich überschätzt. Ich hätte nie mit euch mitfahren dürfen.«

Er nahm Walter das leere Glas aus der Hand, wollte aufstehen und damit an die Bar gehen, aber Walter hielt ihn zurück.

»Wim und ich teilen uns eine Wohnung, wir verbringen viel Zeit miteinander, ich hänge sehr an ihr und sie an mir, aber das ist alles …«

Tom sah ihn fragend an.

»Das ist alles«, wiederholte Walter kühl, denn er wollte nicht noch mehr erklären.

»Und das Bett?«

»Was ist damit?«

»Euer Bett ...« Tom lief rot an, sah Walter, obwohl er es war, der hätte rot werden müssen. »Dieses Bett mit dem idiotischen Rahmen ... Dieses Engelsbett. Da schläfst du doch auch drin?«

»Ein Engelsbett, sagst du?« Walter zwang sich ein Lächeln ab, doch es wollte nicht gelingen. »Ohne es zu ahnen, hast du alles gewußt.«

»Was habe ich gewußt?«

»Hast du jemals eine Abbildung von Engeln gesehen, die miteinander schlafen?«

Tom starrte ihn an, sein Atem stockte.

»Von Engeln, die sich mit Haut und Haar lieben? Liebe machen, sich paaren, vögeln oder wie auch immer du es nennen willst?«

Tom schüttelte den Kopf, langsam dämmerte es ihm.

»Ich auch nicht«, sagte Walter, und jetzt war er es, der Tom das leere Glas aus der Hand nahm und das Weite suchte.

Sie tranken einen nach dem anderen, denn Tom wollte immer wieder anstoßen. Als er sich von seiner Verblüffung erholt hatte, wollte er wissen, ob er Chancen habe. Chancen, bei Willemijn? Amüsiert hörte Walter ihm zu. Er wußte es nicht, vor einer Woche hatte er geglaubt, es zu wissen, aber jetzt nicht mehr. Heute nachmittag am Strand hatte sie sich über ihn beklagt. Sie war auffällig gereizt gewesen, irritiert, obwohl von Tom zu diesem Zeitpunkt weit und breit nichts zu sehen war.

»Spricht sie manchmal über mich?« bohrte Tom.

»Ja ...«

»Und?« Tom machte eine unbeholfene Geste, als ob er nicht nur einen Bindfaden im Schuh hätte, sondern selbst von lauter losen Fäden zusammengehalten würde. Es rührte und ärgerte Walter zugleich. Derselbe Junge, der es nicht lassen konnte, ihn zu korrigieren, wenn er einen sprachlichen Fehler machte, brachte jetzt keinen vernünftigen Satz mehr heraus.

»Mag sie mich ... Ob sie ...?«

»Wenn sie dich nicht mögen würde, hätte sie dich nicht gefragt, ob du mitfahren möchtest«, log er.

»War das ihre Idee?«

Nein, es war seine Idee gewesen. Wims Idee war es, ins Haus »Dünenrose« zu fahren, und er hatte anfangs nicht die geringste Lust dazu gehabt. Er war nicht so ein Naturmensch und fürchtete sich davor, eine Woche allein mit ihr in einem Häuschen am Meer zu verbringen. Das war vielleicht doch zuviel des Guten, als ob sie ein Ehepaar wären, nur die blonden Kinder im Handwagen fehlten. Wenn er zu Hause mal Luft brauchte, ging er allein in die Stadt, was trinken, zu Freunden. Hier gab es nur ein Dorf, kein Kino, und er kannte niemanden. Tom sollte dafür sorgen, daß sie ihrer nicht überdrüssig würden.

»Ihre Idee, meine Idee, das weiß ich nicht mehr. Wir kennen uns schon so lange, daß wir oft dasselbe denken.«

»Aber empfindet sie denn etwas für mich?«

Walter lächelte geniert bei der Erinnerung daran, wie er ihr Tom ausgeredet hatte. Nicht wie so oft, indem er nonchalant sagte, daß dies kein Mann für sie sei, sondern mit stichhaltigen Argumenten, die jeden Zweifel ausräumten. Vor einer reichlichen Woche, als Tom zum ersten Mal bei ihnen zu Hause gewesen war, hatte er sie auf Wims Bitte hin allein gelassen. Als er nach einer halben Stunde zurückkam, fiel ihm auf, wie zerstreut Tom war, als wäre er nicht bei der Sache. Ein Liebhaber in spe würde sich doch neugieriger umschauen, nach den Möbeln, Fotos, Büchern, um mehr, soviel wie möglich, über seine Geliebte zu erfahren? Und das hatte er Wim auch gesagt, gleich nachdem Tom weg war. »Ich sehe es an allem. Er ist nicht in dich verliebt.« Vielleicht hätte er etwas zurückhaltender sein sollen, denn was wußte er schon davon, von dieser Art von Leidenschaft?

Er räusperte sich. »Sie hatte nicht den Eindruck, daß du dich für sie interessierst. Sie ist nicht jemand, der sich dann noch weiter aufdrängt.«

»Nein, so jemand ist sie nicht.«

Je weiter der Abend fortschritt, desto mehr bereute Walter, daß er die Zügel fahrenlassen hatte. Anfangs amüsierte Toms kindisches Verhalten ihn noch, doch schon bald war es ihm zuwider. Es war, als wolle Tom alles, was er wochenlang für sich behalten hatte, in einer Nacht herausschreien. Ein Soldat auf Urlaub. Walter war froh, daß er hier niemanden kannte, denn auf dem Fahrrad nach Hause reimte Tom betrunken drauflos über Willemijn ..., mit der er wolle sein ... Ein paarmal war Walter versucht, Tom zuzurufen, daß er nichts überstürzen solle. Aber er hatte Angst, daß das mißverstanden werden könnte, Fragen hervorrufen würde. Die Frage, wie es möglich war, daß es Walter nie nach ihr verlangt habe, in all den Jahren nicht, obwohl er notabene neben ihr schlief. Fand er Willemijn denn nicht anziehend? Hatte er vielleicht eine andere Freundin, einen Freund, eine unglückliche Liebe?

Solange Tom sang und in seinem Glück aufging, stellte er keine Fragen, also ließ Walter ihn gewähren und behielt den Ärger, der in ihm wuchs, für sich. Er versuchte, Tom nicht zu hören, lauschte dem monotonen Summen des Dynamos und beobachtete die Fliegen, die im Licht seiner Fahrradlampe schwärmten. Sie sahen das Dach von »Dünenrose« schon im Mondlicht vor sich, als Tom plötzlich bremste und vom Rad sprang.

»Ich muß dich was fragen.«

»Komm, Tom, ich will schlafen.«

»Es ist wichtig. Willst du mein *go-between*, mein Vermittler sein? Nicht, daß ich mich nicht traue, es ihr zu sagen, aber ich finde es schwierig. Wir gehen nun schon seit Wochen miteinander um, wie Freunde, mehr nicht, und dann auf einmal einen anderen Ton anzuschlagen, ich wüßte nicht wie ...«

Wie Freunde, mehr nicht, dachte Walter und preßte die Lippen zusammen, um seine Gekränktheit zu verbergen. »*The go-between?* Ist das nicht dieser Film über einen etwa zwölfjährigen Jungen, der mit Liebesbriefen hin und her geschickt wird?«

»Von einer aristokratischen Frau an einen Bauern in der Gegend. Am Anfang weiß der Junge nicht einmal, worum es in den Briefen geht.«

»Willst du ihr einen Liebesbrief schreiben?«

Tom schüttelte ungeduldig den Kopf. »Würdest du ihr ausrichten – heute nacht oder morgen früh, wie du willst, das mußt du wissen, was dir der beste Zeitpunkt scheint –, würdest du ihr sagen, daß ich unheimlich ... na ja, mit deinen Worten. Schon von dem Tag an, als ich sie zum ersten Mal gesehen habe, aber ich bin nicht jemand, der sich irgendwo dazwischendrängelt.«

»Ja«, sagte Walter schnell, um sich den Rest zu ersparen. Es wurmte ihn, daß Tom sich keinen Moment zu fragen schien, ob er sich nicht doch irgendwo einmischte.

Tom warf sein Rad an den Straßenrand und umarmte ihn. Walter erstarrte, nicht durch die Berührung, nicht durch den Atem, der nach Bier roch, sondern vor Wut. Tom war glücklich, voreilig glücklich, lächerlich glücklich. So glücklich, als sei Wim schon die Seine, alles unter Dach und Fach, sein Schicksal besiegelt.

»Danke, danke«, hörte er Tom in sein Ohr hauchen. Frostiger Ärger wich einer anderen Art von Kälte, einer, die seinen ganzen Körper zum Prickeln brachte. Ihn wachsen ließ, ihn Tom noch mehr überragen ließ als ohnehin schon. Während sie nach Hause fuhren und Tom ihm sagte, daß er ein wunderbarer Freund sei, obwohl sie sich erst so kurz kennen würden, sein bester Freund, überlegte Walter sich, daß er die Botschaft ja nicht sofort zu überbringen brauchte. Er konnte es aufschieben, solange es ihm beliebte. Es nie sagen, wenn er wollte. Wenn er es wünschte, würde sich nichts ändern, würde alles beim alten bleiben.

Wim hatte das Korridorlicht und die Korblampe über dem Eßtisch für sie brennen lassen. Der lila Klee, den die vorigen Mieter in die Löcher des Rattangeflechts gesteckt hatten, war längst verwelkt, sah Walter, er zog ihn heraus und warf ihn in den Papierkorb. Am liebsten würde er jetzt das ganze Haus aufräumen, den Schrank saubermachen und neu einsortieren, wie zu Hause, wenn er ruhelos war. Aber er hatte Angst, Wim zu wecken.

Er schaute auf die geschlossene Schlafzimmertür. Er wollte dort jetzt nicht hineingehen. Er wollte allein sein, aber Tom machte noch keine Anstalten, ins Bett zu gehen. Wo sollte er hin? Es blieb ihm kaum etwas anderes übrig, als zu warten, bis Tom endlich schlafen gehen würde.

Als Tom in der Küche verschwunden war, um etwas zu essen zu machen, beugte er sich über sein Stilleben auf dem Couchtisch. Auf einen cremefarbenen Schal von Wim hatte er eine blaßrosa Eierschale mit dunklen Sprenkeln gelegt, die jemand auf dem Sims liegenlassen hatte. Später hatte er noch zwei Hände voll Sand von der Düne geholt und über dem Schal ausgestreut. Die Schale war nahezu unversehrt, es fehlte nur ein kleines Stück. Seiner Meinung nach war das Ei von einem Raubvogel aufgepickt und ausgeschlürft worden, aber Wim glaubte, es sei ganz normal ausgebrütet worden. Wim hatte keinen Blick für Grausamkeit, nicht bei Menschen und nicht in der Natur.

In Gedanken versunken, ging er um den Tisch herum, als Tom mit belegten Broten und zwei Gläsern Milch hereinkam. Walter blieb unschlüssig stehen. Vielleicht sollte er morgen ein paar lange Grashalme neben die Eierschale legen, da, oder da?

Sie setzten sich an den Eßtisch und aßen schweigend. Walter saß Tom etwas abgewandt und ließ seinen Blick auf dem Stilleben ruhen. Als Kind war er schon vom Strand im Mesdag-Panorama fasziniert gewesen. Nicht wegen des gemalten Horizonts mit dem märchenhaften Licht, sondern wegen des echten Sandes mit einem angespülten Holzschuh, einem Stück Fischnetz, einem Brett.

Er schaute hoch, weil sich das Licht veränderte. Tom hatte der Korblampe einen Stoß versetzt und nickte Walter zu. Über die weiße Wand hinter ihm zogen karoförmige Flecken; es war, als ob die Wand selbst sich bewege.

»So eine Lampe hatten wir früher zu Hause auch«, sagte Tom. »Wenn ich abgelenkt werden mußte, zog meine Mutter die Vorhänge zu, machte das Licht an und tippte an die Lampe. Das ist eine meiner frühesten Erinnerungen: wir kommen aus dem Urlaub zurück, ich heule. Meine Mutter nimmt mich an die Hand und zeigt mir alles, aber ich wage nicht, sie loszulassen. Erst als sie das Licht anmacht und die Flecken über die Wand tanzen, weiß ich, daß ich hier wohne.«

Tom sah ihn erwartungsvoll an. Er schien noch etwas sagen zu wollen, überlegte es sich aber anders. War diese Erinnerung nur ein Anlauf zu etwas, was er fragen wollte, sich aber nicht zu fragen traute? Walter beschloß, die Frage, die er so fürchtete, nicht abzuwarten, und stand auf.

»Glaubst du, daß sie Kinder will? Irgendwann? Später?« fragte Tom.

Walter war zu verblüfft, um wütend zu werden. »Bist du nicht etwas zu schnell?«

»Ich habe mir immer Kinder gewünscht.«

»Du hast dreißig in der Klasse.«

»Ich will drei, mindestens. Ich weiß auch schon, wie ich sie nennen möchte.«

»Du hast zuviel getrunken, Tom. Sie weiß noch von nichts, und du schwätzt schon von Kindern.«

Tom nickte, trank noch einen Schluck Milch und stand auf. Er wankte nicht, ließ aber alle Türen hinter sich offenstehen. Walter hörte, wie er auf die Toilette ging, endlos lange pinkelte und kurz darauf die Treppe hochstieg, langsam, als schleppe er nicht nur sich selbst, sondern auch Willemijn und ihre drei Kinder hinauf. Ein Schuh und noch einer fielen auf die Dielen, ein Stuhl wurde umgeworfen, und dann wurde es endlich still in Toms Zimmer unter dem Dach.

Walter zögerte, was er tun sollte. Er wollte lesen, aber sein Buch lag auf dem Kopfkissen, bei Wim. Er ging zum Bücherbord neben dem Ofen und studierte die Titel auf den Buchrücken. Es waren hauptsächlich Krimis und Arztromane, ein dickes Buch »nach der Serie ›Upstairs Downstairs‹« und eine Reihe zerlesener englischer Taschenbücher. Das einzige gebundene Buch war das Gästebuch. Er nahm es an sich, eine kleine Feder schaute hervor. Er ging mit dem Buch zum Couchtisch, zog die Feder heraus und legte sie neben das Ei, schüttelte den Kopf, nahm sie wieder weg.

Sie war zu klein, aber etwas größere, ausgefranste, weiße Federn, wie er sie auf dem Deich beim »Posthuis« liegen sehen hatte, wären schön, dramatischer als Gras. Er stand noch am Tisch und veränderte in Gedanken die Komposition, fragte sich, ob ein nicht allzu großer Flügel von einer Möwe vielleicht passender wäre, als Tom wieder hereinkam. Er trug nur eine Unterhose. Es war das erste Mal, daß Walter ihn halbnackt sah. Bevor er die Augen niederschlug, sah er noch, wie braun und muskulös Tom war, kräftig, aber nicht dick, und leicht behaart. Er sah nicht schlecht aus, es mußte ihm nur einmal jemand sagen, daß er sich die Fußnägel schneiden solle.

»Du vergißt es nicht, oder?«

»Was?« fragte Walter zerstreut, mit der Feder in der Hand.

»Die Botschaft zu überbringen? *To be my go-between?*«

»Ich vergesse es nicht. Aber ich kann nicht versprechen, daß es heute nacht noch was wird.«

Tom schaute zu der geschlossenen Schlafzimmertür hinüber, dann fiel sein Blick auf die Feder in Walters Hand. »Du hattest recht, als du das sagtest von den Engeln, die nicht miteinander schlafen ... Nicht miteinander.«

Walter schätzte sich glücklich, daß nur das Licht über dem Eßtisch brannte und das Zimmer ansonsten im Halbdunkel lag, denn er spürte, wie er mehr und mehr errötete.

»Es wäre ein ziemliches Getue«, kicherte Tom, »dieses Flügelschlagen und überall Federn, Federn, Federn ...«

»Ja«, sagte Walter matt, »ein ziemliches Getue.«

Schnell beugte er sich über den Tisch, hob die Feder auf und legte sie wieder in das Buch. Er kehrte Tom den Rücken zu und ging zum Bücherbord, tat, als ob er etwas suche. Erst Minuten später, als er oben das Bett knarren hörte, wagte Walter sich umzudrehen.

Ohne zu wissen, was er sagte, hatte Tom es erraten. Und ohne es zu wollen, hatte Walter es zugegeben. Getue – genau das war es für ihn immer gewesen. Er konnte es nicht ändern. Er fand eine angezogene Frau allemal schöner als eine nackte. Eine Frau, die ihre langen Beine übereinanderschlug, hundertmal anziehender als eine, die ihre Beine vor ihm spreizte. Den Geruch von Seife oder einer frischgebügelten Bluse erregender als den von salzigem Schleim, Sperma oder Schweiß. Eine Frau, die mit ihm sprach oder ihm zuhörte, war ihm unendlich viel lieber als dieselbe Frau, wenn sie seine Hand nahm, hitzig flüsterte, weil sie da, nein hier, kräftiger oder sanfter gestreichelt werden wollte. So war es immer gewesen, mit Frauen und mit Männern.

Mit Männern auch. Vom ersten Mal mit einer Freundin, als er neunzehn war, bis zu jenem Mal in Florenz mit einem

Engländer, der schon seit Jahren in Italien wohnte, hatte er die körperliche Liebe als banales Getue empfunden, als etwas, dem er sich nicht hingeben konnte. Es war eine merkwürdige Empfindung gewesen, in einem Zimmer zu erwachen, in dem ein Bügelbrett mit lauter Männerhemden stand. In einem Badezimmer zu duschen, in dem Rasierzeug herumlag und keine Lippenstifte oder Tampons. In diesem Punkt hatte er sich schon wohl gefühlt bei dem Mann, aber dem Sex hatte er nichts abgewinnen können.

Vielleicht warst du nicht verliebt genug? hatte Wim eingewandt, als er ihr später beichtete, was er erlebt hatte, und es würde dir mit einem anderen Mann doch gefallen? Er hatte ihre Frage nicht beantwortet. Nicht einmal Wim konnte er alles erzählen.

Er öffnete die Schlafzimmertür. Sie lag mit dem Rücken zu ihm auf der rechten Hälfte der Matratze, unter dem Fenster. Die Stehlampe aus dem Wohnzimmer stand auf seiner Seite des Bettes. Sie hatte noch ein wenig gelesen, ihr Buch lag aufgeschlagen auf der Bettdecke. Die gelben Vorhänge hatte sie aufgelassen, das tat sie öfter, wenn Vollmond war. Sie trug ein altes Oberhemd von ihm, ein hellgraues mit dünnen weißen Streifen. Eines seiner Lieblingshemden, das er so lange wie möglich getragen hatte. Den verschlissenen Kragen hatte sie abgeschnitten und zu einem schmalen, weißen Stehbündchen umsäumt, das hell gegen die braune Haut ihres Halses abstach.

Könnte er sich nur selbst vergessen. Sich vorbeugen, das Haar anheben, ihren Hals küssen, ihr zuflüstern, daß es nun endlich einmal geschehen müsse. Oder besser noch: nichts sagen. Heute vormittag am Strand, als er ihr die Schultern eincremte, hatte er für einen Moment das Gefühl gehabt, daß sie etwas von ihm fordere. Nicht unbeherrscht, eher lakonisch. Sie hatte ihn angelächelt, als wolle sie sagen: Warum nicht? Wenn wir soviel teilen, warum dann das nicht?

Er setzte sich zu ihr auf die Bettkante und streichelte vorsichtig ihr halblanges Haar, das auf dem Kissen ruhte. Er wollte sie nicht wecken, noch nicht. Er beugte sich weiter vor, roch das Meer. Durch Salz und Sonne waren einige Strähnen viel heller geworden, fast weiß, wie Engelshaar. Warum hatte er so viele Gelegenheiten verstreichen lassen? Warum hatte er es vor drei Monaten nicht versucht, bei seiner Rückkehr aus Italien, als sie sich verlegen, wie Fremde fast, gegenübergestanden hatten?

Als er seine Koffer packte, um in die Niederlande zurückzukehren, und den Stapel Briefe sah, die sie ihm geschickt hatte, wurde es ihm immer klarer: daß er sie wollte. Noch nie in seinem Leben hatte er jemanden so vermißt wie Wim. Er hatte ihre Briefe auf die Taschen seines Leinenanzugs verteilt, für den Fall, daß sein Koffer verlorenginge. Seine Taschen waren ausgebeult, er sah aus wie ein Schmuggler, aber ausnahmsweise war es ihm völlig egal, wie er aussah. Während der Rückfahrt wollte er ihre Briefe noch einmal lesen, damit die Zeit schneller verging, er schon bei ihr wäre, noch ehe er sie wiederhatte.

Doch im Zug fing er an zu zweifeln, je weiter er nach Norden kam, desto größer wurden seine Bedenken, und als er vor ihr stand, war er sich sicher: Es ging nicht. Er verspürte kein Verlangen, keine Erregung, nur Scheu und die Gewißheit, daß es das Ende ihrer Freundschaft bedeuten würde, wenn sie sich jetzt ausziehen und nackt aufs Bett legen würden. Sie würden einander enttäuschen, er sie ebensosehr wie sie ihn. Sie würden es nicht voreinander verbergen können, es würde zwischen ihnen stehen, eine Mauer der Reue.

Aber wenn es jetzt nicht geschähe, würde er sie auch verlieren. Er fing an, sich das Hemd aufzuknöpfen. Wenn nicht an Tom, dann früher oder später an einen anderen, der weniger unbeholfen war, keinen *go-between* brauchte. Wim seufzte im Schlaf, streckte ihre Beine wie in einem Krampf, strampelte sich frei. Ein Knopf ihres Hemds war aufgesprungen, eine Brustwarze glitt heraus. Er betrachtete sie. Er wußte, daß Frauen es mögen, wenn man sie da küßt, die Brustwarze zwischen die Lippen nimmt, mit der Zunge berührt – das hatte er gelesen. Vor nicht allzu langer Zeit war er mit einer Frau essen gegangen, die sich Schnecken als Vorspeise bestellt hatte, und als sie serviert worden waren, hatte sie eine davon auf ihre Gabel gespießt, eine in Knoblauchbutter getränkte Schnecke, und lächelnd an seinen Mund geführt. Er wußte, was er zu tun hatte, aber er konnte es nicht. Er beugte sich vor, griff nach dem Laken und deckte Wim vorsichtig zu.

Sie bewegte sich wieder, stöhnte leise, sagte etwas. Im Schlaf, hoffte er, doch sie öffnete schon die Augen. »Wie spät ist es?«

»Spät. Schlaf weiter.«

»Wie war's? Wo seid ihr gewesen?«

»In ›De Zeeman‹.«

»›De Zeeman‹ ... o ja, ›De Zeeman‹? Gehen dort nur Seemänner hin?« fragte sie heiser und rieb sich den Schlaf aus den Augen.

»Nein, sechzehnjährige Mädchen, die zum ersten Mal mit ihrem Freund im Urlaub sind.«

Sie öffnete die Augen noch ein Stück weiter und sah ihn forschend an. »Und was habt ihr da gemacht den ganzen Abend?«

»Geredet, Billard gespielt.«

»Worüber geredet?«

Es erstaunte ihn nicht, daß sie das fragte. Wenn er mit Freunden in der Stadt durchgemacht hatte, berichtete er ihr immer kurz darüber. Warum also jetzt nicht? Er brauchte nichts zu verheimlichen. In der Kneipe und auf dem Rad hatte er sich von Tom mitreißen lassen, aber nun, wo er hier auf ihrer Bettkante saß, wie er es so oft getan hatte, und sie ihn wie immer fragte, wie es gewesen sei, wußte er, daß sich nichts ändern würde. Er brauchte nichts zu verhindern, denn sie interessierte sich nicht für Tom, nicht mehr. Heute vormittag am Strand hatte sie noch gesagt, daß es keine gute Idee gewesen sei, ihn einzuladen. Morgen würde er Tom zur Seite nehmen und ihm sagen, daß Wim mit den Schultern gezuckt habe, als er ihr die Botschaft überbrachte, und daß es wohl besser sei, wenn er abreise, um peinliche Szenen zu vermeiden.

»Wir haben über dich geredet«, sagte er ruhig.

»Über mich?«

»Tom bat mich, dir zu sagen, daß er ziemlich verliebt in dich ist.«

Sie sah ihn erschrocken an. »In mich?« Ihre Augen wurden groß, flüsternd zeigte sie auf das Wohnzimmer. »Ist er da?«

»Nein, er schläft schon.«

Sie strich sich eine Locke aus dem Gesicht. »Puh ...«, sagte sie nur, »also doch ...« Sie hatte etwas Verträumtes im Blick und etwas Beunruhigtes zugleich. »Du hast doch auch nichts gemerkt?«

»Nein, ich habe mich getäuscht. Aber das spielt doch jetzt keine Rolle.«

Sie zeigte zur Decke. »Mußt du gleich hoch, um ihm zu sagen, wie ich über ihn denke?«

»Nein.«

»Gott sei Dank.«

Er wandte sich von ihr ab, um seine Erleichterung zu verbergen. Er hatte nichts anderes erwartet, verspürte aber dennoch einen leisen Triumph. »Warum Gott sei Dank?« fragte er, und um seine Mundwinkel spielte ein Lächeln.

»Weil ich es nicht weiß.«

»Nicht weißt, ob du verliebt bist oder nicht?«

»Doch, natürlich bin ich das.«

Natürlich war sie das. Er hatte richtig gehört.

»Ich dachte, daß es schneller vergeht, wenn ich es für mich behalte«, sagte sie und legte ihre Hand auf seinen Rücken.

Er drehte sich um und sah sie an. Er hatte geglaubt, sie zu kennen, durch und durch. Über andere Männer hatte sie immer geredet, ihn von jeder minimalen Veränderung in ihrem Gefühlsleben informiert. »Guck nicht so erschrocken«, sagte sie.

»Du siehst gar nicht … anders aus. Verliebte schweben.«

Sie lachte auf, blickte aber sofort wieder ernst und schwieg. Dieser Ernst gefiel ihm nicht. Über all die anderen Männer hatten sie immer zusammen gelacht. Wenn sie verliebt gewesen war, aber auch wenn es aus war. Vor allem wenn es aus war.

»Wenn du etwas mit Tom anfängst, ist es kein Strohfeuer?« fragte er zögernd.

»Nein, oder?«

Sie schaute ihn fragend an. Sie wollte seinen Rat, sie vertraute ihm. Er dachte an das, was Tom über Kinder gesagt hatte, die Kinder, für die er schon Namen wußte. Tom war sechsundzwanzig, Tom hatte einen Job, Tom war alleinstehend und wollte jemanden, mit dem er sein Leben teilen konnte.

»Ich habe noch nie eine Beziehung gehabt, die länger als einen Monat gedauert hat«, sagte sie besorgt.

»Außer mit mir.«

»Ja, gut, mit dir.«

Walter schwieg. Merkte sie denn nicht, wie gleichgültig das klang? Als ob er ein Laken wäre, das sie von sich weg trat. Er hätte es wissen müssen: Menschen, die keinen Blick für Grausamkeit haben, sehen diese auch nicht bei sich selbst.

Ahnungslos begann sie, ihm umständlich zu erklären, was sie erhoffte, wovor sie sich fürchtete. Wenn sie sich an Tom bände, würde es sicher von Dauer sein, und sie wußte nicht, ob sie das schon wollte. Ja, sie wollte schon, aber konnte sie es auch? War sie dafür überhaupt geschaffen?

»Was soll ich tun?«

Er war aufgestanden und aus dem Zimmer gegangen. Er hatte etwas von »Durst, so einen Durst, bin gleich wieder da ...« gemurmelt. So leise wie möglich hatte er sich in die Küche begeben, den Teekessel genommen, mit Wasser gefüllt, das Gas angezündet, das Streichholz in die Büchse neben dem Herd geworfen. Er hatte sich alle Mühe gegeben, sowenig Lärm wie möglich zu machen, aus Angst, daß Tom halb entkleidet und schläfrig die Treppe herunterkommen könnte und ihn schmachtend ansehen würde.

Sie fragte ihn um Rat. Ihn. Um Rat. Der Henker fragte den Verurteilten: Was soll ich tun? Wie konnte sie nur? Er frühstückte mit ihr – schon seit zweieinhalb Jahren –, ging tagaus, tagein mit ihr um. Preßte Orangen für sie aus, wenn sie erkältet war, machte ihr eine Wärmflasche, wenn sie Menstruationsbeschwerden hatte, jeden Monat, an die dreißig Wärmflaschen hatte er für sie mit Wasser gefüllt und Hunderte Kannen Tee gekocht. Er kannte ihre Eltern, ihre Schwestern, ihre Launen und konnte immer noch sagen, daß er sie liebe. Und jetzt sollte er ihr zuraten, sich für einen Mann zu entscheiden, der sie ihm wegnehmen würde? Der ihn aus dem Engelsbett vertreiben würde?

Leise schimpfend ging er durchs Zimmer, hob Gegenstände auf, legte sie wieder zurück, brach das Brett mit den hebräischen Buchstaben vor Wut mittendurch. Er wollte ihr Vertrauen nicht enttäuschen, aber was konnte er anderes tun? Gleich würde er sich mit dem Tee zu ihr ans Bett setzen – sie kannte die Geste. Er kochte immer Tee, wenn es Schwierigkeiten mit einem Mann gab. Durch den Tee würde sie wissen, was er auf dem Herzen hatte: Tu's nicht, Wim. Laß die Finger davon! Jetzt bewunderst du Tom noch wegen seiner Ernsthaftigkeit, seiner Begeisterung. Weil er weiß, was er will. Ein ganzer Kerl ist. Weil er Kinder von dir will, aber eines Tages ... Was sollte er sagen? Mit welchem Argument konnte er das Schicksal noch abwenden? Er ließ sich aufs Sofa fallen, stützte die Ellenbogen auf die Knie, ließ den Kopf in seinen Händen ruhen und betrachtete das Stilleben auf dem Tisch. Das Seidentuch, den Sand und das leere Ei.

Es war noch keine sechs Stunden her, daß er wieder ins Schlafzimmer gegangen war. Und siehe, da liefen sie schon den Badweg hinunter. Sie berührten sich noch nicht, sahen einander aber unablässig an und redeten in einem fort.

Es war eine chaotische Nacht gewesen, wie nach einem Sturm, nichts war mehr an seinem Platz. Nachdem er Wim gesagt hatte, daß es gut sei, daß sie es nur wagen solle, war er in seinen Kleidern neben ihr eingeschlummert. Aber Wim hatte keinen Schlaf mehr finden können, war immer wieder über ihn hinweggestiegen, um Wasser zu trinken, das Licht anzuknipsen, sich in den Schlaf zu lesen, und als er nicht mehr aus noch ein wußte, hatte er sich in das Zimmerchen gegenüber der Toilette gelegt, um wenigstens noch etwas ruhen zu können.

Um halb sieben wurde er durch das Geräusch plätschernden Wassers geweckt. Wim wusch sich die Haare. Danach steckte sie immer wieder ihren Turbankopf durch seine Schlafzimmertür – er haßte es, wenn sie mit einem Handtuch um den Kopf herumlief. Was könne, was solle sie anziehen? Dreimal zog sie sich um, und er mußte ihr sagen, wie sie aussah. Tom wachte erst gegen halb zehn auf, brauchte dann ebenfalls endlos lange zum Duschen, Rasieren, Zähneputzen. Das Warten machte Wim noch nervöser, als sie ohnehin schon war, sie begann sogar an den Nägeln zu knabbern. Sie war kurz angebunden, und ihre Hände zitterten von den vielen Tassen Kaffee.

Als Tom gegen zehn endlich in einem sauberen weißen T-Shirt zum Frühstück erschien, wagte er kaum, sie anzusehen. Willemijn sprach auch nicht viel und bekam keinen Bissen herunter. Um so schnell wie möglich von ihrer flirrenden Anwesenheit befreit zu sein, damit sie das erlösende

Wort zueinander sagen konnten, verrichtete Walter seine letzte Tat als *go-between*.

»So, Wim, was hast du heute vor?« fragte er aufgeräumt.

»Einen Strandspaziergang, denke ich.«

»Dazu habe ich keine Lust«, sagte er. »Ich möchte was lesen. Und du, was wirst du heute machen, Tom?«

»Auch ein bißchen am Wasser entlanglaufen, denke ich«, sagte Tom, kaum hörbar.

»Na dann geht ihr mal, ich räume schon ab.«

Da liefen sie. Tom nahm nun ihre Hand, sagte etwas, worüber sie lachen mußte. Sie warf den Kopf zurück. Die Flügeltüren waren zu, aber er hörte es bis hierher, Wim lachte aus vollem Halse.

Walter schlug die Augen nieder.

Er hatte es nicht vermocht. Während er wartete, bis das Wasser kochte, begriff er, daß er es nicht konnte. Es kam durch das Ei, das leere Ei, das seinen Blick immer wieder anzog. Durch das Ei und das Bewußtsein, daß Wim Kinder wollte, irgendwann, später. Und daß er ihr die nicht geben konnte, wenn er sich nicht zu einer noch viel größeren Lüge zwingen würde: so zu tun, als ob er sie begehre.

Tom zog seinen Seemannspullover aus und legte ihn Wim um die Schultern. Wenn sie schlecht geschlafen hatte, fröstelte sie den ganzen Tag, wußte Walter, dann hatte sie an beiden Armen Gänsehaut, wie warm es auch war.

Wie lange würde er solche Dinge noch von ihr wissen?

Er preßte seine Stirn an das kühle Fensterglas und verfluchte den Tag, an dem er Tom eingeladen hatte. Blau stand ihr nicht. Und so ein blauer Seemannspullover aus Wolle schon gar nicht, doch auch diesbezüglich hatte er jetzt natürlich nichts mehr zu sagen. So ein Pullover machte sie gewöhnlich. Aber das wollte sie doch? Normal aussehen, ein normales Leben führen, jemandes Frau sein, Willemijn heißen, geliebt werden, Kinder kriegen. Vielleicht würde sie ihn ab und zu mal anrufen, »zum Ausquatschen«.

Er schauderte. Wenn sie aus seinem Leben verschwinden mußte, dann richtig. Er wollte kein Hausfreund werden, nicht der Onkel ihrer Kinder, nicht ihr Vertrauter, wenn Tom sie einmal betrügen sollte – was irgendwann geschehen würde, da war er sich sicher. So ist das bei Männern, die ihren Trieben nachgeben – das hätte er ihr heute nacht sagen müssen. Früher oder später fällt ihr Blick auf eine andere Frau, die noch mehr Leidenschaft erweckt. Jetzt liefen sie ach so romantisch den Badweg hinunter, aber eines Tages würde eine unsichtbare Dritte zwischen ihnen sein.

Warum wollte sie das mitmachen, durchmachen? Sie hatte genug gelesen und mehr Filme gesehen als der Durchschnittsbürger, sich die Sorgen von Männern und Frauen an der Bar angehört, Abend für Abend. Warum wollte sie es dann trotzdem, das Normale, Banale, obwohl sie es sich hätte ersparen können?

Walter löste sich vom Fenster und sah auf die Uhr. Er hatte noch genug Zeit, um abzuräumen und seine Tasche zu packen. Noch genug Zeit, um einen kurzen Brief zu schreiben, daß er mit der Fähre, Viertel vor zwölf, abgereist sei.

VI

Habe nie Tagebuch geführt, nie etwas aufgeschrieben, um es später noch einmal nachlesen zu können. Aber jetzt ist die Versuchung so groß, daß ich sehr früh aufgestanden bin – der Leuchtturm blinkt noch – und einen Stift und Papier gesucht habe. Konnte nichts finden, nur dieses Buch. Muß ich das eben nehmen. Nachher schneide ich die Seiten heraus. Früher hätte ich mir das nie getraut.

Ich kann nicht sagen, daß ich es verstehe. Ich bin auf die Insel gekommen, um ein paar Tage allein zu sein, und nun habe ich das dringende Bedürfnis zu reden, brabbele hier auch viel öfter vor mich hin als zu Hause. Ist es die Stille, die Stille eines fremden Hauses, mit anderen Geräuschen? Knarren, das ich nicht zuordnen kann, eine Decke, die anders riecht, ein wenig muffig und klamm am Ende der Saison. Liegt es daran, daß ich meine eigene Stimme hören will, um wenigstens etwas Vertrautes wahrzunehmen? Ich schaue hier, glaube ich, auch viel häufiger in den Spiegel. Ich will es nicht, aber es geschieht von ganz alleine.

Niemand wird dies jemals lesen, und doch will ich es geschrieben haben. Warum? Für mich selbst? Aber in dem Moment, wo ich zu schreiben beginne, weiß ich doch schon, wie es enden wird? Warum dann die ganze Mühe, warum meine Nachtruhe unterbrechen? Sie haben mir ans Herz gelegt, gut ausgeruht im Krankenhaus zu erscheinen. Menschen, die beten, sagen, daß Gott, noch ehe sie niederknien, weiß, was sie sagen werden, und doch knien sie nieder und beten. So ähnlich geht es mir auch.

Warum willst du so gern allein auf die Insel? haben sie zu Hause gefragt. Weil ich nur noch selten allein bin. Schon seit den ersten Untersuchungen im Krankenhaus, vor dreizehn Monaten, bis zur letzten, im vorigen Monat, ist immer jemand in meiner Nähe. Um eine schwere Tasche zu tragen, um mich daran zu erinnern, daß ich die Fragen, die ich mir für den Internisten notiert habe, auch stelle. Um mir im Haushalt zu helfen, im Garten, bei all dem, was ich früher allein gemacht habe. Oftmals geht es nicht anders und ist gut gemeint, aber manchmal sehne ich mich danach, wieder allein zu sein, ohne diese ganze Fürsorge.

Neun Monate lang schien es gut zu gehen. Ich kam wieder zu Kräften, unternahm alles mögliche, aber nächste Woche geht es von vorn los. Es ist ungerecht – was für ein törichtes Wort –, als ob Krankheiten gerecht verteilt würden, ein Plan dahinter stecke, wer was bekommt und wie schwer. Aber egal, ich zerreiße das doch wieder. Gibt es nicht ein Lied: »It's my birthday and I cry if I want to ...?« *Es sind meine letzten Stunden auf der Insel* and I cry if I want to. *Es ist ungerecht, daß meine Mutter, die pausenlos genascht hat, Windbeutel in der einen Hand, Cremeschnitte in der anderen, achtundachtzig geworden ist und ich trotz Frühsport und Salat mit Pinienkernen die Siebzig nicht erreichen werde. Vielleicht nicht erreichen werde. Bei der letzten Operation dachte ich noch: Ein paar Meter Darm kann ich gut entbehren. Aber das jetzt fühlt sich anders an. Eine Art Kugel, ein Tennisball, links im Unterleib. Manchmal habe ich solche Schmerzen, daß ich mir den Bauch halten muß. Ich werde auch immer magerer. Ich will nicht andauernd in den Spiegel sehen, aber warum hängt der auch direkt neben der Tür ...*

Während sie sich im Zimmer umschaute, in Gedanken schon beim nächsten Satz, sah sie das weiße Geschirrtuch, das in der Durchreiche zum Trocknen lag. Sie stand auf und hängte es über den Spiegel. So, das hätte sie schon viel eher tun sollen.

Gestern saß ich unter einem Baum, im letzten Waldstück vor dem »Posthuis«. Ich saß auf der Erde, im Moos, mit dem Rücken an den Stamm gelehnt, auf einer Lichtung im Wald und lauschte. Der Geruch von warmem Sand und Kiefernnadeln, der würzige Duft sich verfärbenden Laubs, das milde Septemberlicht, keine Angst, keine Schmerzen, kein einziger Gedanke außer diesem: Warum fahre ich zurück? Warum bleibe ich nicht hier sitzen und warte, bis der Tennisball in meinem Bauch platzt, wie dieser Pilz da. Was ist es, eine Stinkmorchel? Poff … zu Staub sollst du wieder werden. Aber gerade weil ich so glücklich war, dachte ich kurz darauf: Vielleicht kann man ja doch noch etwas machen, gibt es keine Metastasen, und ich sitze nächstes Jahr wieder hier mit dem Rücken an einen Baum gelehnt auf einer Lichtung im Wald. Es ist unmöglich, zu genießen und nicht zu hoffen, sich nicht danach zu sehnen, noch einmal und noch einmal … Ja, ich komme wieder. Wenn ich hier zum letzten Mal wäre, würde ich es wissen. Und auf den Aufnahmen von meinem Bauch war nichts zu sehen.

Ich bin schon öfter auf der Insel gewesen, die Insel gab es schon vor Edu, bevor wir Kinder bekamen. »Nein, nicht um Abschied zu nehmen«, sagte ich zu Edu, der völlig fassungslos war, daß ich gerade jetzt etwas ohne ihn tun wollte, »sondern um zu Atem zu kommen.« Nach dem Krieg habe ich hier mit Freundinnen gezeltet, auf »Lange Paal«. Meine Mutter war nicht damit einverstanden. »Wie wollt ihr euch denn da waschen?«

»Wenn du es mir nicht erlaubst, fahre ich trotzdem.«

Es war das erste Mal, daß ich ihr so etwas zu sagen wagte. Komisch, daß ich jetzt noch weiß, wie sie mir vor zweiundfünfzig Jahren ans Herz legte, daß ich mich immer, auch wenn es nur an einer Pumpe sei, »untenrum« waschen müsse.

Wir waren hier, nicht in »Dünenrose«, sondern im Haus »Fasan«, als ich mit Ingeborg schwanger war. Und vier Jahre später, als Evelien gerade geboren war und es eine kurze Eiszeit in unserer Ehe gab wegen, ach das ist jetzt auch egal. Nein, es ist nicht egal. Sonja van Rees ist eine Schlampe. So, das erleichtert. Wer macht denn so was? Einem Mann hinterherlaufen, der gerade zum zweiten Mal Vater geworden ist. Genug. Ça suffit. *Ingeborg hat hier laufen gelernt, und das Radfahren haben wir allen vieren auf der Insel beigebracht; hier konnten wir es riskieren, weil so wenig Autos fahren. Hier blieben die Kinder zum ersten Mal eine Nacht weg, hier schliefen sie zum ersten Mal mit einem Jungen, den sie am Strand, in »De Zeeman« oder in »De Stoep« kennengelernt hatten. Auf der Insel geschieht alles zum ersten Mal, sagt Edu immer. VLIELAND GRÜSST SIE steht in weißen Buchstaben auf einem grünen Schild am Hafen. Es ist das letzte, was man sieht, wenn man abfährt. Es kann doch nicht sein, daß ich das bald zum letzten Mal lese?*

Ich habe hier die Kinder wachsen und Sprünge machen sehen, durch die mir bewußt wurde: Sie sind wieder größer geworden. Aber ich bin auch selbst gewachsen. Ich fuhr mit dem Fahrrad am Watt entlang, an den raschelnden Sträuchern vorbei und dachte: Vor drei Jahren bin ich hier auch langgeradelt, völlig durcheinander und genauso unruhig wie die Blätter, warum eigentlich? Wie verzweifelt ich auch ankam, ich fuhr immer ruhiger wieder ab. Wie kommt das? habe ich mich in den letzten Tagen oft gefragt.

Ich wollte auf die Insel, solange ich es noch kann. Spazierengehen, Radfahren, gestern habe ich sogar im Meer gebadet. Das Wasser kühlt sich langsam ab, die Nächte sind jetzt frischer als Anfang der Woche, man riecht schon den Herbst. Ich wollte noch ein Mal im Meer baden. Als Kind bin ich immer mit meinem Vater schwimmen gegangen, jeden Morgen um halb sieben saß ich auf dem Gepäckträger seines Fahrrads, und wir fuhren nach Scheveningen. Als ich gestern zitternd ins

Wasser hineinlief – bis zu den Knien war ich schon drin und versuchte einer hohen Welle auszuweichen, die auf meinen Bauch zukam, der Welle, vor der ich schon mein Leben lang Angst habe –, hatte ich das Gefühl, daß er da wäre und sagte: Na los, Marleen, Angsthase. Er ist immer in der Nähe, wenn ich ins Wasser gehe. Das merkwürdige war, daß ich kein Alter mehr hatte. Ich hatte kein Alter, und ich war nicht krank.

Am Meer habe ich den ersten Toten gesehen. Tote. Mein erster Toter, das waren gleich eine ganze Menge, schwarze Tote in gestreiften Kaftanen. Sie gehörten zu einem Zirkus, der gerade angekommen war, und zu elft oder dreizehnt bildeten sie »Die lebende Pyramide«. Sie kletterten einander auf die Schultern und drehten Runden in der Manege, ganz Den Haag sprach darüber. Aber sie hatten noch nie im Meer gebadet und wußten nichts von Gezeiten und Strömungen, nicht, daß die See sogar eine Pyramide umwerfen kann. Als ich mit meinem Vater an den Strand kam, war gerade einer angespült worden, ein großer Mann, der in seinem gestreiften Kaftan noch viel größer wirkte. Mein Vater nahm meine Hand, zog mich schnell in die entgegengesetzte Richtung, aber da wurde wieder einer angeschwemmt. Es ging immer weiter, jede Welle warf einen Toten auf den Strand.

Wo werde ich angespült, wenn es soweit ist? Oder werde ich nicht angespült, löse ich mich auf?

Ich will nicht in einem gestreiften Kleid oder einer gestreiften Bluse aufgebahrt werden. Soll ich schon etwas zurechtlegen, bevor ich ins Krankenhaus gehe? Einen Zettel anstecken ist vielleicht doch besser. Wenn ich sage: »Das möchte ich in meinem Sarg tragen«, ist es schon so definitiv, als ob man einen Koffer packt, um zu verreisen. Aber vielleicht habe ich ja auch Glück und packe nächstes Jahr meinen Koffer, um wieder ein paar Tage auf die Insel zu fahren.

Wenn ich ihnen im Jenseits begegne, diesen schwarzen Riesen, sage ich: Ich kenne Sie … I know you *oder was für eine Sprache wir da auch immer sprechen mögen. Jenseits, ich habe etwas gegen dieses Wort. Als ob mich noch ein langes Leben nach dem Diesseits erwarten würde, mit diversen Ereignissen, Begegnungen, Wiedervereinigungen. Ich stelle es mir eher wie einen Blitz vor, eine Einsicht, wie ich sie jetzt, da ich Bescheid weiß, manchmal habe. So wie heute nacht über meine Mutter, da drang etwas in mein Bewußtsein, doch als ich darüber nachdenken wollte, entglitt es mir wieder. Eine Einsicht, aber in größere Zusammenhänge – in Dinge, von denen ich noch nicht einmal weiß, daß ich sie begreifen möchte – man nennt es deshalb Ewigkeit.*

Habe die zweite Nacht in dem blauen Kämmerchen oben geschlafen. Ich wollte ein Einzelbett, aber in dem Zimmer gegenüber der Toilette ist das Licht so grün. Ich fühlte mich dort eingesperrt wie ein Schiff in einer Flasche. Ich mußte immer an den Operationssaal denken, an all die grünen Wesen um mich herum, kurz bevor ich einschlief. Als ich oben das Bett bezog und aus dem Fenster blickte, fuhr eine Frau mit einer Handtasche am Lenker vorbei. Sie schaute herauf, einen Moment nur, sah mich und nickte. Ich nickte zurück, denn mir gefiel die Vorstellung, daß sie weiß, wo ich schlafe. Ich fände es nicht schlimm, im Schlaf zu sterben, wohl aber, tagelang dazuliegen, ohne daß jemand es bemerkt.

Ich lag auf dem Rücken und schaute auf die blau gestrichenen Dachschrägen, genau das richtige Blau, ganz zart, wie ein Frühlingshimmel, und fragte mich, was ich meinen Kindern mitgegeben habe. Was ich hinterlasse. »Daß man nie wütend schlafen gehen soll«, sagte Evelien kurz vor meiner ersten Operation. »Wenn wir uns gestritten haben, bist du immer noch einmal hochgekommen, denn du wolltest nicht, daß ich wütend einschlafe.« Ich nickte, war froh, daß Evelien von selbst davon anfing. Aber heute nacht dachte ich: Was für ein erbärmlicher Unsinn. Habe ich das behauptet? Ich, die ich noch immer so wütend bin.

Nach der Beerdigung meiner Mutter gestand ich Evelien, daß ich meine Mutter nie geliebt habe. Nie? fragte Evelien. Ja, in der Wiege vielleicht, aber nicht, solange ich denken kann. »Ist es wegen des Kaninchens?« fragte Evelien, die sich alles merkt, das Gedächtnis hat sie von mir. Vielleicht, aber vielleicht gibt es auch gar keine Ursache. Vielleicht haben wir uns von Anfang an nicht verstanden.

»Aber Mama, diese Geschichte habe ich schon so oft gehört.«

»Die von Harry? Oh, entschuldige, ich erzähl dir nichts mehr.«

»Ich meine nicht deinen Harry, sondern Kaninchen, Hühner, Tauben von anderen Kindern, die eines Tages … Haustiere hatten damals noch nicht den Status, den sie heute haben, nicht diesen Gefühlswert.« Und dann kam sie wieder mit ihrem soziologischen Gerede. Aber es bleibt widerlich, und es ist mir egal, ob in Hunderten Familien dasselbe passiert ist. Das macht es nicht weniger grausam. Ich war vernarrt in Harry, viel mehr als in meinen Bruder Ron, den Augenstern meiner Eltern, ihren ersten Sohn. Ich küßte Harry auf seine rosa Kaninchennase, nahm ihn auf den Schoß, streichelte ihn, bis meine Hände glühten, und brachte ihm Schälchen mit leckeren Häppchen. Harry gedieh prächtig, und ich liebte ihn mit jedem Tag mehr.

»Vielleicht hatten sie großen Hunger?« sagte Evelien. »Es war doch Krieg oder Krise?«

Es war kein Krieg, es war Geiz und nichts anderes.

Jetzt weiß ich, was ich zu meiner Mutter hätte sagen sollen: »Wenn unbedingt frisches Fleisch auf den Tisch kommen mußte, dann hättest du doch Ron nehmen können!« Aber so etwas sagt ein sechsjähriges Kind nicht, ich sah sie nur an und dann die große schwarze Pfanne und die Gabel in ihrer Hand, das Messer auf dem blutigen Fleischbrett.

Während ich das schreibe, werde ich wieder wütend. Daß es fast vierundsechzig Jahre her ist, spielt offenbar keine Rolle, ich werde wütend und mir wird übel, wenn ich die glänzende schwarze Pfanne vor mir sehe und Harrys leeren Stall.

Oder kommt dieses flaue Gefühl in meinem Magen von dem Tennisball? Durch dieses Gefühl fing ich im Frühjahr an zu vermuten, daß doch wieder etwas nicht in Ordnung ist, trotz der Aufnahmen, auf denen nichts zu sehen war. Manchmal wache ich nachts aus einem Traum auf, in dem ich schwanger bin, schwanger mit unserem Jüngsten, Maarten, der gerade vierzig geworden ist, bei ihm war mir damals auch so übel.

Es ging immer ums Geld. Darum mußte ich die Schule auch sofort verlassen, als ich nicht mehr schulpflichtig war. Sie hatten ein Geschäft, das ganz gut lief, ein Uhrengeschäft, mein Vater reparierte sie, meine Mutter stand im Laden. Sie hätten mich die Schule beenden lassen müssen. Es war der reine Geiz, sonst nichts. Warum beim Wildbrethändler ein Kaninchen kaufen, wenn man eins herumlaufen hat? Warum ein Kind weiterlernen lassen, wenn es Geld verdienen kann? Ich war eine gute Schülerin und hätte das Gymnasium spielend geschafft, studieren können, eine Sprache, das hätte ich gern gemacht.

Da ist noch etwas, aber ich geniere mich, es aufzuschreiben. Wahrscheinlich weil es so himmelweit entfernt und unerreichbar ist, schäme ich mich, es zuzugeben, auch wenn es niemand lesen wird: Ich wollte gern schreiben. Da ich dies nun dem Papier anvertraue, Papier, das nicht einmal mir gehört, wird mir einmal mehr bewußt, daß ich das am liebsten getan hätte. Schreiben, ein Buch, eine Geschichte, Lieder. Und wenn ich nur ein Lied geschrieben hätte, von dem jeder ein paar Zeilen kennt, eine Zeile wäre schon schön: »Veronika, der Lenz ist da …« Oder: »Sag mir, wo die Blumen sind …« Auch als ich längst im Büro arbeitete, war es bei uns zu Hause verboten, in der Freizeit zu machen, was man wollte. Ich las sehr gern, aber sobald ich irgendwo mit einem Buch auf dem Schoß saß, kam meine Mutter mit einer Flickarbeit an. Wir mußten immer »etwas Nützliches« tun. Das sitzt tief drinnen, so tief wie das

Kaninchen. Und das versteht Evelien nicht, wenn sie sagt, daß ich auch später noch, als ich verheiratet war, hätte studieren oder schreiben können. Und dann kommt sie wieder mit lauter Beispielen von Frauen, die trotz aller Hindernisse getan haben, was sie sich in den Kopf gesetzt hatten. Gut, aber so eine Frau bin ich nicht. Versuch doch nicht ständig, mich zu ändern. Wenn man so erzogen ist wie ich, ist es nicht so einfach, sich eines Tages, wenn man dreißig oder vierzig ist, an den Tisch zu setzen und aufzuschreiben, was in einem vorgeht. An etwas zu glauben, das es noch nicht gibt. Das zwar existiert, aber nur in deiner Phantasie und auch nur ganz vage … Ich konnte das nicht.

Durch die Krankheit weiß ich nun, daß nicht einmal mein Körper mir gehört. Ich habe ihn immer gut gepflegt, aber er hat mich verraten. So wie ein Mann einen verraten kann, indem er sich der Liebe entzieht. Eigentlich hat der Mensch nichts, außer einem Namen, und irgendwie habe ich das auf der Insel immer besser verstanden. Weil mir hier auch nichts gehört. Nichts von dem, was ich so genieße, kann ich mein eigen nennen. Jeden Sommer gab es einen Moment, wo ich dachte: Wenn wir nur hier leben würden oder ein Ferienhäuschen hätten. Auch jetzt kam mir wieder der Gedanke: Könnte ich »Dünenrose« doch den Kindern und Enkeln hinterlassen. Aber das geht nicht. Es gibt auf der Insel nicht so viele Ferienhäuschen, nur selten wird eins dazugebaut, das ist nicht erlaubt. Dadurch bleibt sie, wie sie ist, so weitläufig. Manchmal gelingt es nicht einmal, etwas zu mieten.

Aber daß ich hier immer nur zu Gast war, stimmte mich komischerweise zufrieden. Als würde ich als Gast etwas von dem begreifen, wovon ich immer durchdrungen sein wollte. Auch wenn ich nicht im Urlaub war, sondern zu Hause.

Ich habe, schätze ich, noch ein paar Monate. Es hat keinen Sinn, darüber nachzudenken, was ich aus meinem Leben hätte machen wollen. Das ist so gut wie vorbei. Es ist besser, wenn ich der Tatsache ins Auge sehe, versuche ihr ins Auge zu sehen. Es hat keinen Sinn, mir vorzustellen, daß jemand etwas von mir liest, und wenn es nur ein einziger Gedanke wäre, den ich dem Papier anvertraut habe. Denn das wird nicht geschehen. Ich sehe mich eher noch gesund werden, als daß das geschieht.

Aber ich möchte nicht nachtragend sterben müssen, nicht so wütend auf meine Mutter. Sie konnte schließlich auch nichts dafür, daß sie beschränkt war, phantasielos, kurzsichtig. Und dominant, mein Vater hatte nichts zu melden. Wenn sie Geburtstag hatte, sagte sie einem, was sie haben wollte. Das kaufte man dann und überreichte es ihr, froh, mit dem richtigen Geschenk zu kommen, obwohl es keine Überraschung mehr war. Aber dann war es auch wieder nicht richtig. Es war nie richtig. Dann wollte sie wissen, wo man es gekauft und was es gekostet habe, und da wurde sie wieder fuchsig, weil man sich übers Ohr hauen lassen hatte. Immer hatte ich mich übers Ohr hauen lassen. »Du wirst doch wohl irgend etwas Nettes über sie sagen können?« fragte Evelien neulich, und daß sie selbst es nicht könne, sei meine Schuld, fügte sie hinzu.

Sobald ich geheiratet hatte und zu Hause ausgezogen war, ging ich auf Distanz. Alle zwei, drei Monate besuchte ich meine Eltern, schrieb hin und wieder einen Brief, um sie auf dem laufenden zu halten. Gott sei Dank wohnten wir weit weg. Wenn sie mich zum Geburtstag einluden, sagte ich immer, es sei zu weit. Ich bin ein Feigling. Ich komme nach meinem Vater. Als meine Mutter wegen ihrer schlimmen Füße nicht mehr im Laden stehen konnte, kam sie einmal im Jahr ein paar Tage zu uns. Sie bekam das große Zimmer von Ingeborg, wir legten Klötze unter das Bett, und ich breitete ein Handtuch über den Schreibtisch, damit sie einen Frisiertisch hatte. Sie war sehr gepflegt, bis zuletzt, das habe ich von ihr. Wenn ich ihr morgens Tee brachte, war sie immer mit ihrem Haar beschäftigt. Weißes Haar, das ihr bis auf die Schultern fiel, sie bürstete es endlos, drehte es dann zu einem Knoten, in dem eine weiße Füllung versteckt wurde. Alles an ihr war weiß, ihr Nachthemd, die Pantoffeln, die Haarkämme aus Perlmutt, ihre Arme, mollig und weiß wie Mozzarella. Ich erinnere mich noch an den Geruch, der in Ingeborgs Zimmer hing, wenn meine Mutter dort schlief: eine Mischung aus Talkpuder und Darmwinden.

Sie bewegte sich zuwenig. Ging in meinem Alter schon am Stock und in Maßschuhen, die aussahen wie die Klötze unter den Beinen ihres Bettes. Saß den ganzen Tag in einem Sessel am Fenster, las in der »Libelle« und sagte, daß sie sich wohl fühle, die Aussicht auf den Garten genieße: »Ja, sehr schön die Studentenblumen oder was da steht.« Aber ich glaube, sie vermißte das Geräusch von Straßenbahnen, die Ladenklingel, den Klatsch der Kunden. Sobald die Kinder nach Hause kamen, steckte sie ihnen ein paar Gulden zu und schickte sie in die Konditorei, um Wurstbrötchen, Kuchen oder anderes fettes Glück zu kaufen, das sie von mir nicht bekam.

Sie ist im Schlaf gestorben. Sie wußte, daß sie sterben würde, das haben wir später vom Optiker erfahren. Sie hatte ihre Lesebrille reparieren lassen, doch als er anrief, um ihr mitzuteilen, daß sie die Brille abholen könne, sagte sie, daß sie die nicht mehr brauche. Als ich sie besuchte, zum letzten Mal, aber das konnte ich damals noch nicht wissen, brachte sie mich zur Tür. Sie begleitete mich bis ganz hinaus, durch den Laden, wo meine Schwägerin einen Kunden bediente, bis auf die Straße, um mir zu winken – das tat sie sonst nie. Zwei Tage später war sie tot. Aus dem Bett gestürzt, ins Koma gefallen und nicht mehr aufgewacht. Sie hat sich von mir verabschiedet.

Niemand kann mir sagen, was mich erwartet, was beim Sterben geschieht und ob es danach noch etwas gibt – eine Landschaft, eine Lichtung in einem rauschenden Wald, eine Einsicht? Aber daß meine Mutter zumindest etwas gewußt hat, und war es auch nur, wann sie ungefähr sterben würde, macht den Tod weniger obskur. Sie wußte, daß sie ihre Brille nicht mehr brauchen würde. Sie wußte, daß sie mich nie mehr sehen würde. Sie wußte, daß das letzte Wissen nahe war.

Heute morgen wachte ich sehr früh auf, weil ich etwas zu hören glaubte, Schritte auf der Treppe, Papierrascheln, und weil ich einen Geruch wahrnahm, einen Fritiergeruch. Im Halbschlaf dachte ich, daß es die Frau wäre, die hier jeden Abend vorbeifährt. Daß sie heraufkommt und nachschaut, wie es mir geht. Ich blieb still liegen, versuchte mich zu entsinnen, was ich geträumt hatte und wo dieser Fritiergeruch herkam. Der Traum fiel mir nicht mehr ein, aber ich erinnerte mich, daß meine Eltern jeden Mittwochabend zusammen ins Kino gegangen waren. Wir fanden es nicht schlimm, daß sie ohne uns etwas Schönes unternahmen, denn sie brachten uns immer eine Krokette mit. Dafür wurden wir extra geweckt, meine Schwester, mein Bruder und ich, jeden Mittwochabend, jahrelang.

Ich war schon hellwach, sobald ich sie nur hörte, das Öffnen und Schließen der gläsernen Ladentür, das Vibrieren der Schaufensterscheiben, ihre Schritte, gedämpft durch die Teppiche im Laden, dann lauter auf den Fliesen im Korridor, wieder leiser auf dem Kokosläufer die Treppe hinauf. Sie beeilten sich, zogen nicht einmal die Mäntel aus, sonst würden die Kroketten kalt werden und längst nicht mehr so lecker sein. Ich weiß nicht, wer sich mehr freute: meine Mutter, wenn sie mich aufrecht im Bett sitzen sah, oder ich, wenn sie hereinkam, die Tüte aus ihrer Handtasche zog, sie öffnete und die Krokette mit viel Geraschel hervorholte. Fröstelnd vor Müdigkeit nahm ich den ersten Bissen, und ich weiß jetzt noch, wie es schmeckte. Wie es sich in meinem Mund anfühlte, die Zungenspitze an der rauhen warmen Kruste, die erst nachgab, wenn man die Zähne hineingrub …

Als ich heute morgen mit dieser Erinnerung wach wurde, habe ich mir noch nicht viel dabei gedacht. Ich wollte nur so schnell wie möglich aus dem Bett, einen Stift suchen, Papier, mit jemandem reden, über sie, über die Insel. Ich will nicht zu viel an dieser einen glücklichen Erinnerung festmachen, aber auch nicht nichts.

Sie hat mich geliebt. Sie hat mich geliebt. Auf ihre Weise. Daran denken, wenn ich am Dienstag in den OP gefahren werde. Nicht daran, was sie mir verwehrt hat zu tun, zu werden. Nicht an Harry.

Sie hörte auf zu schreiben und sah sich um. Auf der Insel gehörte ihr nichts, in diesem Haus ebensowenig, das Wichtigste konnte sie nicht mitnehmen. Und doch suchte sie nach etwas, das sie im Krankenhaus anschauen könnte. Das sie berühren könnte, wenn sie Schmerzen hätte oder wenn ihr übel wäre. Etwas, das sie an diese Tage erinnern würde, an diese Nacht, an die Stille. Ein paar Muscheln oder ein Kienapfel, der noch nach Wald roch … Sie beugte sich wieder über das Blatt Papier, weil ihr noch etwas eingefallen war.

– Schere suchen. Diese Seiten so sauber wie möglich herausschneiden. Habe kein Nähzeug dabei, ich hatte es noch in der Hand, dachte aber: Ich werde auf der Insel nichts flicken. In meiner Waschtasche vielleicht … Ich war nicht bei der Sache, wegen Edu, der immer um mich herum lief, völlig durcheinander, wie ein Kater, der spürt, daß Herrchen auf Reisen geht. Gleich pinkelt er mir noch in die Tasche, dachte ich.

– Haus aufräumen
– Gartenstuhl in die Abstellkammer
– abschließen
– Schlüssel unter den Abtreter
– Fahrrad wegbringen

Sie lehnte sich zurück, legte den Stift weg. Sie brauchte sich nicht zu beeilen, würde es bequem schaffen. Sie hatte nicht viel dabei, das Packen würde schnell gehen. Sie stand auf und ging durch das Zimmer, um die Gardinen aufzuziehen. Sie schaute über die Dünen und dachte: Es ist Morgen, und es gibt mich noch ... Tau glänzte auf dem Strandhafer, aber sonst schien alles zu schlafen; als ob die Insel noch einmal ins Bett gekrochen wäre.

Zeit genug, um im »Zeezicht« auf der Terrasse einen Kaffee zu trinken, von dort aus sah man die Fähre schon von weitem ankommen. Zwar war es noch etwas diesig, aber es würde bestimmt ein schöner, klarer Tag werden. Sie könnte sich ja eine Krokette dazubestellen, die nie so schmecken würde wie die vor dem Krieg in Den Haag, aber das machte nichts. Und das Rascheln würde sie sich einfach dazudenken. Oder würde es ihr nach dem Frühstück wieder so schlecht gehen, daß sie nichts mehr herunterbekäme? Am besten gar nicht erst frühstücken. Hoffentlich schaukelt das Schiff nicht so. Nicht auszudenken, wenn sie seekrank würde. Dann hätte sie niemanden, der ihr eine Tüte brächte oder ein Glas Wasser, würde mutterseelenallein auf ihrer Holzbank sitzen und auf einen Punkt starren, damit ihr nicht noch übler würde ... Nicht daran denken, keine Angst haben. Es war windstill, es würde eine ruhige Überfahrt werden. Sie konnte sich getrost eine Krokette bestellen. Ja, darauf freute sie sich jetzt richtig. Daß sie gleich im »Zeezicht« in der Septembersonne in eine Krokette beißen würde, während sie darauf wartete, von der Fähre abgeholt zu werden.

Das Haus ist winterfest. Die Decken, Matratzen- und Kissenschoner hole ich morgen ab. Die Gardinen nehme ich erst mit, wenn die Decken fertig sind, alles zu seiner Zeit. Das Gas ist aus, der Haupthahn zu, die Wasserhähne sind entlüftet. Salz ist in der Toilette, damit sie nicht einfriert. Die Streichholzbüchse ist geleert und noch wie neu, nicht gerostet, keine Delle drin; die macht noch ein Jahr mit.

Die Muscheln, so viele Muscheln, eine halbe Plastiktüte voll. Wenn ich alle Muscheln aufgehoben hätte, die ich in »Dünenrose« gefunden habe, würde ich das Dach und die Wände damit bekleben können. Aber wegwerfen – etwas wegwerfen, das ein anderer vom Strand aufgehoben, in ein Taschentuch gewickelt, mit hierhergenommen, abgespült und auf den Sims oder auf eines der Fensterbretter in den Schlafzimmern gelegt hat –, wegwerfen kann ich das alles nicht. Bloß gut, daß ich in »Dünenrose« allein saubermache, ein anderer würde mich für verrückt erklären, und vielleicht bin ich ja auch verrückt, daß ich die ganzen Muscheln jedes Jahr wieder einsammle und ins Meer zurückbringe.

Die Kienäpfel werfe ich zu Hause in den Kamin, das sind wieder so viele, und wenn sie in Rauch aufgehen, bleiben sie doch auch auf der Insel. Aber diese Eidechse, an der noch alle Beine dran sind, die langen Grashalme in der Flasche, was mache ich damit? Vielleicht ist die Eidechse was für den kleinen, den kleinen, na … Das ist ja furchtbar, jetzt weiß ich schon den Namen meines Nachbarsjungen nicht mehr, es ist das zigste Mal in dieser Woche, daß ich nicht auf einen Namen komme. Man kann so ein Kind doch nicht mit »he« oder »Jungchen« ansprechen. Ich hatte eine Eselsbrücke dafür, aber wie ging die nur? Der Nachbar heißt Bart und der Junge Bram, der kleine Bram bekommt die Eidechse. Die gesprenkelte Eierschale lasse ich auf dem Sims, die geht in meiner Tasche kaputt, und vielleicht kann ja ein Insekt darin überwintern.

Und der Rest? Warum bürden sie mir das auf, lassen mich die Erbschaft aufteilen? Vielleicht sollte ich in der nächsten Saison doch mal einen Zettel aufhängen: Die Gäste haben ihre kostbaren Funde mitzunehmen oder wegzuwerfen. Dieser blauviolette Flaschenhals ist so glattgeschliffen, der hat Jahre im Meer gelegen, wie ein neumodischer Ring, und der weiße Zweig ist schon in den ersten Wochen der Saison hier gelandet. Niemand hat ihn wegwerfen können, allein schon deshalb kann ich es auch nicht. Ich packe das alles in die Muscheltüte, und dann zurück ins Meer.

Ich habe noch eine Dreiviertelstunde, bis das Postamt schließt. Ich will Herrn Dünenrose heute noch das Gästebuch schicken. Keine Ahnung, ob er es liest, aber das Buch gehört zum Haus, und das Haus hat er gebaut, eigenhändig, auch wenn ich nicht weiß, wie lange das her ist. Aber erst darf ich selbst darin lesen.

Was ist denn das, da fehlt ja ein ganzes Stück!

Wer reißt denn einfach so sechs, sieben Seiten aus einem Buch? Man sieht sofort, daß etwas fehlt, als ob sich ein Kind mit der Schere ins Haar geschnitten hätte, nur wächst das hier nicht mehr nach. Das hat es noch nie gegeben. Oder doch, hier, vor acht Jahren: zwei Seiten zusammengeklebt. Das war schon eine Folter für mich, ich mußte mich richtig beherrschen, sie nicht mit einem scharfen Messer oder einer Nagelfeile wieder auseinanderzupolken, um zu erfahren, was ich auf keinen Fall lesen sollte.

Wer macht denn so was? Eine Seite raus verstehe ich ja noch, wenn man einen Klecks gemacht oder sich irgendwie komisch verschrieben hat. Paßt nicht zu dieser Frau – sie muß es wohl gewesen sein – der letzte Gast, in den Wochen davor haben alle ein paar Worte in das Buch gekritzelt. Eine sehr gepflegte Frau, nicht so ein schlunziger Typ, dunkles, geradegeschnittenes Haar, vorn eine schlohweiße Locke. Elegant gekleidet war sie, rote Hose, roter Pullover, rotweiße Turnschuhe, Tuch im Haar, auch in ganz kräftigen Farben. Als ich am Mittwochabend vorbeifuhr, hatte sie sich noch nicht eingewöhnt. Sie ging gerade auf die Terrasse, als ich aus dem Wald kam, setzte sich hin, doch als ich das Häuschen erreichte, war sie schon wieder aufgesprungen und schlenderte durchs Zimmer. Auf dem Rückweg sah ich, daß sie in der kleinen Kammer oben das Bett bezog.

Sie war sehr jugendlich gekleidet, aber auf den Beinen war sie etwas wacklig, weshalb ich mich fragte, ob es so vernünftig ist, daß sie oben schläft. Sie war schließlich allein, und die Treppe ist ziemlich steil und hat nur ein Geländer. Was, wenn etwas liegengeblieben ist, eine Nudel oder irgend etwas anderes? Mal sehen, wer davor da war. Die Schwestern nannte ich sie, drei indonesische Damen weit in die Siebzig. Die haben herrliches Wetter gehabt. Eine hatte ein Laufgestell, ging jeden Abend ein Stück auf dem Badweg hin und her, ganz tief über dieses knallblaue Gestell gebeugt. Man sah, daß es sie viel Mühe kostete, aber sie hat in all den Wochen keinen Abend ausgelassen. Sie bedanken sich für *einen angenehmen Aufenthalt*. Finden sich sicher zu alt für einen Vornamen, haben mit *die Schwestern van Zetten* unterschrieben. Eine hatte ein Laufgestell – Lauf, Laufen ... Was war doch gleich in Laufen, daß ich diesen Ortsnamen nie mehr vergesse? Keine Ahnung, aber irgendwann waren die Zeitungen voll davon.

Es gibt auch Lücken. Ende August war ein etwa fünfzigjähriges Ehepaar hier, dessen Namen ich nun nie erfahren werde. Er machte jeden Abend im Trainingsanzug Bauchmuskelübungen auf der Terrasse, sie hielt dabei seine

Füße fest. Davor waren drei junge Leute hier ... *In »Dünenrose« wurde aus einer stillen Liebe eine große Liebe, Tom und Willemijn* ... Den lang aufgeschossenen Jungen habe ich eines Morgens zur Fähre gehen sehen. Er fiel mir auf, denn er trug einen Hut, hatte einen schwarzen Schirm unter dem Arm und ging ein bißchen gebeugt, als ob er etwas verloren hätte.

Von Mitte Juli bis Mitte August war die Familie Wagenaar hier, die »Musikfamilie«. Vater, Mutter und ich weiß nicht wie viele Kinder. Keine Ahnung, wo die geschlafen haben, auf Luftmatratzen, auf dem Sofa, in den Dünen? Jeden Abend haben sie gesungen, mehrstimmig, ich bin extra dafür vom Rad gestiegen. Von weitem klingt Musik immer schöner; ein Lied aus dem Radio durch ein offenes Fenster oder eine Blaskapelle, die irgendwo in einer Dünenkuhle übt ... Hier noch eine Lücke. Jedes Jahr gibt es doch wieder Gesichter, die keinen Namen bekommen.

Zur Erinnerung an eine xxxxxxxxx Woche auf Vlieland, Simone, Nils, Karlien, Roos. P. S. Das Bild hat Karlien gemalt (ein Porträt ihrer Eltern).

Eine glückliche Woche, eine unvergeßliche Woche, eine denkwürdige? – wir werden es nie erfahren. Aber Durchstreichen ist immer noch besser als Herausreißen. Sie waren übrigens nicht eine Woche hier, sondern drei! Im Juni, einem der schlechtesten seit Jahren. Ihm begegnete man überall auf der Insel, hochrotes Gericht, tief über den Lenker gebeugt, als ob er die Tour de France gewinnen müsse. Einmal habe ich kurz mit ihm geredet, da schimpfte er gerade allein vor sich hin.

Betty Slaghek hat hier ihren achtundfünfzigsten Geburtstag gefeiert. Offensichtlich geht es ihnen wieder etwas besser. Herman kommt ins Plaudern, und Betty malt wieder. Im ersten Jahr war sie ganz aufgedunsen vor Kummer.

Jetzt, wo ich weiß, wie sie normal aussieht, erinnere ich mich, daß sie damals so aufgeschwemmt war, vor allem im Gesicht, als ob der Kummer nicht herauskonnte. Aber das verstand ich erst später, als ich gelesen hatte, was mit ihrem Sohn Evert in Melbourne passiert war. Nächstes Jahr ist es schon wieder fünf Jahre her.

Der alte Mann, über den Herman Slaghek sich ärgert, weil er ein halbvolles Glas Silberzwiebeln im Kühlschrank stehenlassen hat, heißt also Leo. Der lange Leo, das kann ich mir merken. Leo hofft, noch einmal mit seinen Töchtern und den Enkeln wiederzukommen. Kein Wort von einer Frau, die wird es also nicht mehr geben. Von ihm hatte ich mehr erwartet als nur diesen einen Satz. In den ersten Tagen saß er jedesmal, wenn ich vorbeifuhr, mit einem Stift in der Hand am Eßtisch. Ich dachte noch: Das verspricht viel für das Gästebuch.

Den englischen Satz von Sanne, werde ich mir jetzt mal abschreiben. Der Vater von Bram soll mir sagen, was er bedeutet. Ich habe ja eine Vermutung, aber ich will es genau wissen. Es wird schon so wenig ins Gästebuch geschrieben, da möchte ich wenigstens alles verstehen. Dana – das hatte ich vorher schon gelesen, aber jetzt begreife ich es: die Slagheks haben den Schlaflappen von Danas Sohn Floris für ein schmutziges Tuch gehalten und ... Komisch, daß mir das jetzt erst auffällt, das weiße Geschirrtuch über dem Spiegel. Das muß der letzte Gast hingehängt haben, die Frau in Rot, die wahrscheinlich auch die ganzen Seiten herausgerissen hat. Warum? Man konnte sehen, daß sie eine schöne Frau gewesen war, und noch immer ist, nicht jemand, der Angst davor haben muß, in den Spiegel zu schauen. Ich nehme es weg, sofort, früher hängten wir die Spiegel zu, wenn ein Toter im Haus war.

So, das Gästebuch in den Umschlag, den Umschlag in meine Tasche. Ich hoffe nicht, daß das Herausreißen ganzer Seiten zur Gewohnheit wird, denn dann sind wir bald am

Ende. Als ich hier vor zehn Jahren angefangen habe saubergzumachen, lag das Buch schon da. Es war immer da, und es wird nicht voll werden, nicht zu meinen Lebzeiten. Ich hoffe es jedenfalls nicht; ein neues würde so kahl aussehen, ein Buch mit lauter unbeschriebenen Seiten, kein Wort, nicht ein Name darin. Als ob man auf einer Insel landet, wo niemand lebt oder jemals gelebt hat, auf einem Sandriff.

Ich vermisse etwas ... die Feder. Schon ein Wunder, daß sie so lange liegengeblieben ist. Jedesmal, wenn ich kurz vorbeikam, um ein Fenster zu schließen oder das Licht zu löschen, sah ich, daß sie noch zwischen den Seiten lag, die kleine Feder, die ich Ende März am Waldrand gefunden habe. Jetzt ist sie weg. Verlorengegangen, fortgeweht, mitgenommen worden?

Los, wenn ich die Tüte jetzt ans Meer schaffe, bin ich noch rechtzeitig an der Post. Ich nenne es nicht Wegwerfen. Es könnte doch sein, daß alles, was ich in diesem Jahr ins Meer zurückbringe – die Muscheln, die Scherben, den Zweig –, in der nächsten Saison wieder angespült und von den neuen Gästen aufgesammelt wird? Daß immer wieder andere Hände dieselben Dinge berühren, bewundern, ihnen einen Platz geben. Daß nichts verlorengeht.

Anmerkungen

56 Escher, Maurits Cornelis (1898–1972): niederländischer Graphiker, schuf mathematisch durchdachte »Gedankenbilder« mit suggestiver Wirkung, indem er verschiedene Beobachtungsebenen in einer einzigen Raumperspektive vereinte, oft als endlose Muster, die sich aus regelmäßigen Wiederholungen geometrischer Grundfiguren zusammensetzen.

73 Das Gedicht »Marc groet 's morgens de dingen« (Marc begrüßt morgens die dinge) schrieb Paul van Ostaijen (1896 bis 1928). Die deutsche Übersetzung von Klaus Reichert ist dem Band »Gedichte aus Belgien und den Niederlanden«, Volk und Welt, Berlin 1977, entnommen.

145 Couperus, Louis (1863–1923): niederländischer Schriftsteller, Autor naturalistischer und psychologisch differenzierender Romane und Erzählungen.

165 Mesdag, Hendrik Willem (1831–1915): niederländischer Maler und Kunstsammler, Vertreter der impressionistischen Haager Schule. Bekannt ist vor allem sein 1881 gemaltes Panorama vom Strand von Scheveningen, ein Rundgemälde in einem eigens dafür erbauten Gebäude in den Haag.

Barbara Krohn: »Einfühlsam, feinsinnig und mit scharfem Blick.« GENERALANZEIGER BONN

Barbara Krohn, 1957 in Hamburg geboren, hat sich vor allem durch ihre psychologischen Spannungsromane einen Namen gemacht. Sie lebt mit ihrer Familie in Regensburg.

Weg vom Fenster
Mord an einem Professor, dem umschwärmten Mittelpunkt eines illustren Literaturzirkels. Der Verdacht liegt nahe, daß es sich um ein Verbrechen aus Eifersucht handelt. Doch Kommissarin Freya Jansen will nicht so recht daran glauben und beginnt, verfolgt vom Spott ihrer Kollegen, zu ermitteln. Während sie anfangs noch im dunkeln tappt, ist Ines, die zufällig Zeugin des Mordes wurde, bereits auf eine heiße Spur gestoßen.
Roman. 384 Seiten. AtV 1595

Rosas Rückkehr
Rosa Liebmann steckt in einer Krise. Sie verkauft ihre Coffee Bar in San Francisco und kehrt nach fast zwanzig Jahren zurück nach Deutschland. Während sie in Hamburg auf den Zug nach Hauses wartet, entdeckt sie ihre Mutter – in den Armen eines fremden Mannes. Jedem aus ihrer Familie, nur nicht ihrer Mutter, hätte Rosa eine Affäre zugetraut. Doch damit nicht genug: Auf ihrem ersten Spaziergang an der Ostsee findet sie ihren Vater, den stadtbekannten Herzensbrecher, erschossen in seinem Strandkorb. »Ich habe dieses Buch nur zum Essen und Schlafen aus der Hand gelegt.« INGRID NOLL
Roman. 278 Seiten. AtV 1941

Die Liebe der anderen
Wo lauert das Glück? In einem leeren Zug nach Paris? Am Heiligen Abend mit einer geheimnisvollen Weihnachtsfrau? In einer Silvesternacht mit einem Fremden in einer Hafenkneipe? In ihrem wunderbar leichten Episodenroman spürt Barbara Krohn den Umwegen der Liebe nach und erzählt vom Finden und Verlieren und davon, wie kleine Fluchten zum großen Glück führen können. »Treffend, superwitzig und sehr tröstlich – denn offensichtlich stolpern alle anderen Menschen auch in die ewig gleichen Beziehungsfallen.« FÜR SIE
Roman. 205 Seiten. AtV 2141

Mehr Informationen unter
www.aufbauverlagsgruppe.de
oder bei Ihrem Buchhändler

aufbau taschenbuch
AUFBAU VERLAGSGRUPPE

Lenka Reinerová: »Sie schreibt modern und besinnlich.« Augsburger Allgemeine

Lenka Reinerová wurde 1916 in Prag geboren. 1938 floh sie nach Frankreich, wo sie wie viele Emigranten interniert wurde. Über Marokko entkam sie nach Mexiko. Nach Kriegsende kehrte sie mit ihrem Mann nach Europa zurück, lebte seit 1948 wieder in Prag. 1952 wurde sie ein Opfer der stalinistischen Säuberungen, verbrachte fünfzehn Monate in Untersuchungshaft, wurde erst 1964 rehabilitiert. Nach dem Ende des Prager Frühlings erhielt sie Publikationsverbot, wurde aus der Partei ausgeschlossen und verlor ihre Arbeit in einem Verlag. Sie lebt in Prag. 2003 bekam sie die Goethe-Medaille.

Das Traumcafé einer Pragerin
Lenka Reinerová, eine der letzten Zeitzeuginnen der Emigration, beschreibt Stationen ihres Lebens – das Prag der dreißiger Jahre, das Exil in Frankreich und Mexiko, den Stalinismus in den Fünfzigern und jüngste Erfahrungen. Es sind menschen- und lebensfreundliche Erinnerungen, weise und wehmütig, trotz aller bitteren, furchtbaren Geschehnisse.
Erzählungen. 269 Seiten. AtV 1168

Mandelduft
Ob Lenka Reinerová von Gefängnisaufenthalten oder einer Krebserkrankung erzählt, einem Tag in Theresienstadt, von wo ihre Familie deportiert wurde, oder merkwürdigen Urlaubsbekanntschaften – ihre Geschichten machen trotz allem Mut und strahlen Wärme aus. »Eines ihrer Geheimnisse scheint mir in ihrer unerschöpflichen Neugier und ungefälschten Teilnahme am Schicksal der anderen zu liegen.« Aus der Laudatio zur Verleihung des Schillerrings 1999
Erzählungen. 144 Seiten. AtV 1781

Zu Hause in Prag – manchmal auch anderswo
Lenka Reinerová, die als Emigrantin umhergetrieben wurde, erzählt in drei Geschichten einmal mehr aus ihrem bemerkenswerten Leben und den Stationen ihres Exils. »Liebevoll-ironisch beschreibt die Ich-Erzählerin die hellen Seiten ihrer schwierigen Odyssee durch die Welt – und zeigt, daß die Fähigkeit, seinem Schicksal zu trotzen, im Individuum selbst begründet liegt.« Sächsische Zeitung
Erzählungen. 189 Seiten. AtV 1695

Weitere Informationen über Lenka Reinerová erhalten Sie unter www.aufbau-verlag.de oder in Ihrer Buchhandlung

AtV